ISABEL MORF

Schrottreif

VERFAHREN Der Frühling hält endlich Einzug in Zürich. Doch Valerie Gut ist verzweifelt. In ihrem Fahrradgeschäft »FahrGut« im Stadtkreis Wiedikon ereignen sich mysteriöse Vorfälle: Immer wieder wird Zubehör gestohlen, in einer anonymen Zuschrift wird Valerie beschimpft, ein Kunde kehrt von einer Probefahrt mit einem teuren Rad nicht zurück, aus der Kasse verschwinden 4.000 Franken. Und dann liegt auch noch ein toter Mann im Laden. Erschlagen.

Eine echte Herausforderung für den erfahrenen Ermittler Beat Streiff von der Stadtpolizei Zürich und seine junge, energische Kollegin Zita Elmer. Wie sich herausstellt, war der Tote eine mehr als zwielichtige Gestalt. Aber hatte er auch etwas mit den rätselhaften Vorkommnissen bei »FahrGut« zu tun? Valerie will die Wahrheit – um jeden Preis …

Foto: Stefan Jäggi

Isabel Morf, geboren 1957 in Somvix im Kanton Graubünden, absolvierte ein Germanistikstudium in Zürich und Wien. Sie arbeitete in Zürich als freie Journalistin für verschiedene Zeitungen, Zeitschriften und Sachbuchverlage. Heute ist sie in Bern als Redaktorin für das Parlament tätig. Nach Veröffentlichungen in Literaturzeitschriften und der Buchpublikation »Frauen im kulturellen Leben der Schweiz« gibt sie mit dem Roman »Schrottreif« ihr Debüt als Krimiautorin.

ISABEL MORF

Schrottreif

Kriminalroman

Original

GMEINER

Website der Autorin:
www.isabelmorf.ch

Besuchen Sie uns im Internet:
www.gmeiner-verlag.de

Im Ehnried 5, 88605 Meßkirch
Telefon 07575/2095-0
info@gmeiner-verlag.de

4. Auflage 2009

Lektorat: Claudia Senghaas, Kirchardt
Herstellung / Korrekturen: Susanne Tachlinski / Katja Ernst
Umschlaggestaltung: U.O.R.G. Lutz Eberle, Stuttgart
unter Verwendung eines Fotos von muffinmaker / photocase.com
Druck: Fuldaer Verlagsanstalt, Fulda
Printed in Germany
ISBN 978-3-8392-1022-2

Die meisten Schauplätze dieses Romans sind – mehr oder weniger – authentisch. Aber die Figuren und die Handlung sind erfunden.

DIENSTAG, 1. WOCHE

1. Teil

Jetzt reichts, jetzt ermorde ich diese schreckliche Angela, beschloss Valerie Gut. Sie lächelte böse. Und zwar heute Abend. Es war Mitte März, kurz vor 19 Uhr. Draußen dämmerte es. Ein recht milder, frühlingshafter Tag neigte sich dem Ende zu; kaum war die Sonne verschwunden, war die Temperatur empfindlich gesunken. Die Fahrräder waren hineingeräumt. Markus Stüssi, der Mechaniker, und Luís Zafar, der Anlehrling, waren eben gegangen. Valerie warf einen Blick aus dem Fenster. Der Wind trieb einen Papierfetzen vor sich her, eine Passantin zog sich im Gehen Handschuhe über, eine Tram näherte sich vom Bahnhof Wiedikon und nahm mit einem Quietschen die Kurve zur Haltestelle Schmiede Wiedikon. Das war Zürich im Vorfrühling. Die Fahrradsaison beginnt jedes Jahr eher, dachte sie. Der erste warme Tag des Jahres und schon kamen den Leuten ihre Räder in den Sinn, die in Kellerabteilen überwintert hatten und dringend einer Überholung oder einer Reparatur bedurften. Obwohl, dachte Valerie seufzend, wir doch einen vergünstigten Winterservice anbieten. Aber die Leute konnten natürlich kommen, wann sie wollten. Und ziemlich viele hatten heute kommen wollen. Na ja, gut für den Umsatz. Markus hatte eines der neu eingetroffenen, teuren Mountainbikes verkauft. Nach den Wintermonaten, in denen nicht viel lief, hatte sich Valeries Crew auf die Saison einzustellen begonnen. Das Schaufenster war passend zur Jahreszeit dekoriert: künstlicher Rasen mit

Plastikblümchen, darauf ein Rad mit Picknickkorb auf dem Gepäckträger. Aber auf das Schlussbouquet, dachte Valerie, hätte ich gerne verzichten können. Dafür gedachte sie, sich jetzt zu rächen. Endlich. Ein für alle Mal. Sie hatte sich von dieser Frau viel zu viel bieten lassen. Sie ging langsam ins Büro hinunter, dicht gefolgt von Seppli, ihrem kleinen grauen Hundemischling.

Sie starrte auf die weiße Porzellanmöwe, die ihren Schnabel in ein Porzellanrosenblatt tauchte. Es war ein Weihnachtsgeschenk von Luís' Eltern. Es mit nach Hause zu nehmen, hatte Valerie nicht fertiggebracht. Es wegzuwerfen, ebenso nicht. Also stand der Vogel im Büro auf einem Regal an der Wand und Luís war sehr zufrieden damit.

Eine halbe Stunde vor Ladenschluss hatte Angela Legler das Geschäft beehrt. Angela Legler war eine ihrer Stammkundinnen. Leider. Weshalb, war Valerie ein Rätsel, denn FahrGut war es noch nie gelungen, die Dame zufriedenzustellen. Sie war eine durchtrainierte Person mit ungesund gebräunter Lederhaut, die jedes Wochenende mit ihrem Mann Passfahrten unternahm. Vor einem Jahr hatte sie ein schmales, federleichtes Rad mit allen technischen Schikanen für ihre Bergfahrten gekauft, allerdings in einem langwierigen, für die Gut-Crew aufreibenden und nervenzehrenden Prozess: Die Farbe des Rahmens war eine Nuance zu hell. Beim Pedalen nahm sie ein schwaches schabendes Geräusch wahr. Sie hatte sich überlegt, dass sie doch den schmaleren Sattel wollte. Könnte man nicht, bitte, den anderen Lenker montieren, nur damit sie sah, ob der nicht besser war. Sie hatte aber doch lieber wieder den ersten haben wollen. Und so weiter. Ende letzter Woche hatte sie das Rad gebracht, um das Rücklicht reparieren zu lassen, was Markus am Samstag erledigt hatte.

Valerie hielt sich im Hinterhof auf, als sie hörte, dass

Angela Legler im Laden herumschrie. Sie warf einen Blick hinein. Luís hatte der Kundin das Rad aushändigen wollen, worauf sie, nach einem flüchtigen Blick, ausgerastet war und ihn beschuldigt hatte, die Bremse ausgewechselt zu haben. Luís, ein Portugiese, dessen Deutschkenntnisse ausreichten, um die Attacke ungefähr zu verstehen, aber nicht, um sie zu parieren, verwies auf den Mechaniker und brachte sich in Sicherheit. Markus Stüssi wischte sich die ärgste Karrenschmiere von den Händen und schob sich langsam und vierschrötig in den Verkaufsteil des Ladens.

»Ihr habt an meinem Rad die Bremse ausgewechselt!«, tobte Angela Legler, 40-jährig, normal intelligent, von Beruf kaufmännische Angestellte – und jetzt offenbar völlig durchgedreht. Sie wollte die ursprüngliche Bremse, das teure Spitzenspezialmodell, wiederhaben. Sofort. Markus studierte den Reparaturzettel und das Rad eine Weile, betrachtete die Spezialbremse und schüttelte den Kopf.

»Wir haben die Bremse nicht ausgewechselt«, sagte er. »Hier steht: ›Licht reparieren.‹ Das habe ich erledigt. Am Samstag.«

Angela wurde noch wütender und verlangte ihre Superbremsen. Jetzt. Sofort.

Markus zuckte die Schultern. Sagte nichts. Es war offensichtlich, dass er mit dieser Kundin und ihrem Anliegen nichts anzufangen wusste.

Valerie war klar, dass das eine der Situationen war, in denen die Chefin gefragt war. Sie kam herein, Seppli dicht hinter ihr, Angela stampfte ihr entgegen, baute sich vor ihr auf und setzte zu einer Auflistung aller Verfehlungen von FahrGut in den letzten zwei Jahren an. Seppli knurrte leise.

Valerie sah rot. Sie sagte: »Raus! Nimm dein Velo und verschwinde. Definitiv. Die Lichtreparatur ist ein Abschiedsgeschenk.«

Angela holte tief Luft.

»Raus!«, befahl Valerie nochmals etwas lauter. Sie spürte einen Adrenalinstoß durch ihren Körper fahren und dachte: Valerie, gib acht. Sie machte einen Schritt auf Angela Legler zu, und diese wich zwei zurück. Valerie wurde bewusst, dass sie noch immer das Messer in der Hand hielt, mit dem sie draußen Kartonagen zerschnitten hatte.

»Meine Bremse, das werde ich euch heimzahlen!«, stieß Angela hervor, bevor sie ihr Rad packte und machte, dass sie wegkam.

Luís, der Valerie ohnehin bewunderte, applaudierte beeindruckt, während Markus sich ohne Kommentar wieder seiner Reparatur zuwandte. Großartig, dachte Valerie. Sie kannte ihr impulsives Temperament und erlaubte sich nicht mehr als zwei Zornesausbrüche pro Saison unverschämten Kunden gegenüber. Nun hatte sie schon ganz zu Beginn einen davon verbraucht. Zudem kam ihr jene Marketingstudie in den Sinn, gemäß der verärgerte Kunden ihren Frust durchschnittlich bei elf Leuten abluden, während es zufriedenen Kunden reichte, ihre Geschichte viermal weiterzuerzählen. Angela Legler würde die Szene von vorhin vermutlich mindestens 20-mal zum Besten geben.

»Räumen wir zusammen«, wies sie ihre Angestellten an, »es ist gleich halb.« Luís stellte die Fahrräder und den Ständer in den Laden, Markus führte den Diebstahlcheck durch, während Valerie die Kasse übernahm. Der Diebstahlcheck war leider nötig geworden. Seit mindestens einem halben Jahr wurde bei FahrGut regelmäßig geklaut. Mehrmals pro Woche. Immer einzelne Stücke, teures, qualitativ hochwertiges Zubehör. Helme, Schlösser, Sättel. Regenjacken. Es ging ins Geld. Mal 90 Franken. Mal 200. Mal 130. Und nicht nur das. Schlimmer war der unterschwellig allgegenwärtige Argwohn, den Valerie ihren Kunden gegenüber entwickelt hatte, ein leises Misstrauen, wenn sie jemanden bediente, der

Gedanke: Bist du vielleicht der Dieb, auch wenn du jetzt so harmlos eine Kinderfahrradglocke kaufst? Wollte jemand dem Geschäft schaden?

»Ein Set Satteltaschen fehlt. 145 Franken«, meldete Markus.

Valerie fluchte. »Und ihr habt beide nichts gesehen?«

Betretenes Kopfschütteln. Sie war ungerecht, Valerie wusste es. Sie hatte ja ebenfalls nichts bemerkt. Seltsam war es schon, dass sogar Dinge verschwanden, die nicht so einfach zu verbergen waren wie Kilometerzähler oder Sport-T-Shirts. Aber Valerie wusste, dass andernorts ganze Musikanlagen aus Geschäften hinausgetragen wurden.

»War Tschudi heute mal da?«, fragte sie.

Luís nickte. Insgeheim hatte Valerie Hugo Tschudi im Verdacht, die Diebstähle zu begehen. Er war Kunde – nun ja, ›Kunde‹ war ein großes Wort. Ein komischer Vogel, fuhr einen Schrottesel, mit dem er wieder und wieder in den Laden kam. Irgendetwas daran zu flicken gab es immer. Aber vermutlich kam er gar nicht deshalb. Hugo mochte um die 50 sein, wirkte ungepflegt, schien nicht zu arbeiten. Er war lang und hager, die meist ungewaschenen Haare hingen ihm ins Gesicht, die Kleider stammten aus dem Brockenhaus, einem Secondhandladen. Irgendwie war er der Zeit in den 70er-Jahren vom Karren gefallen und dort hocken geblieben. Er kam, um Gesellschaft zu haben, um seine Weltanschauung zu predigen – und möglicherweise, um schönes Fahrradzubehör abzustauben und weiterzuverkaufen, mutmaßte Valerie gereizt. Von irgendetwas musste er ja leben. Sie entließ Markus und Luís in den Feierabend und schloss hinter ihnen ab.

Anschließend warf sie einen Kontrollblick auf die Fahrräder, die auf ihre Reparatur warteten. Wieder entdeckte sie eines mit einem schwarz übermalten FahrGut-Sticker.

Komisch, dachte sie. Das fiel ihr seit einigen Monaten auf, dass immer wieder Räder in die Werkstatt kamen, bei denen der kleine, grün-weiß gestreifte Werbesticker, der auf dem Schutzblech jedes bei ihr gekauften Velos klebte, unkenntlich gemacht worden war. Valerie hatte die Kunden nie darauf angesprochen. So wichtig war es ja nicht. Sie fand es einfach ein bisschen seltsam. Ging jemand mit einem dicken schwarzen Filzstift durch Zürich, der es auf ihre kleinen Werbebotschaften abgesehen hatte? Der Gedanke war absurd. Und doch. Es gab ja auch jemanden, der klaute. Gab es eine Verbindung zwischen diesen beiden Vorgängen? Gab es eine Person, die etwas gegen FahrGut hatte? – Ach was, Unsinn, rief sich Valerie zur Ordnung. Erst mal war es so, dass *sie* ein Problem mit jemandem hatte: Angela Legler. Valerie stieg die Gitterwendeltreppe entschlossen hinab in den unteren Stock.

Dort waren die große Fahrradausstellung, die Velobekleidung samt Umkleidekabine, eine Kinderecke und ihr Büro untergebracht. Der Hund folgte ihr, er war ihr immer auf den Fersen. Seinen Pfoten zuliebe hatte sie auf der Metalltreppe kleine Spannteppichstücke platziert. Im Büro startete Valerie Gut den Computer und klickte sich in die Kundenkartei. Gab den Buchstaben L ein. Da war sie. Legler, Angela. Name, Adresse, Telefon, E-Mail-Adresse. Bearbeiten. Markieren. Delete. Gelöscht. ›Ermorden‹ nannte Valerie es, wenn sie einen besonders unangenehmen Kunden aus der Versandliste entfernte. Sie tat es selten. Aber mit Befriedigung. Angela Legler war für sie gestorben.

2. Teil

Im oberen Stockwerk schaute sie sich um. Das war ihr Reich. Seit fast zehn Jahren. Sie war nach wie vor stolz auf diese zweimal 80 Quadratmeter: Werkstatt, Ausstellung, Verkaufsfläche. Geräumig, zweckmäßig eingerichtet, die Produkte vorteilhaft präsentiert. Drei Arbeitsplätze und 3.000 Kunden in der Kartei. Sie schloss hinter sich ab.

Der alte Laden hatte ganz anders ausgesehen. Darin war sie praktisch aufgewachsen. Ihr Vater war Velomechaniker gewesen, hatte eine kleine Bude im Quartier gehabt. Die Mutter hatte ihm ›das Büro gemacht‹, wie man damals sagte. Und für die kleine Valerie war die enge, etwas schmuddelige und nicht sehr helle Werkstatt der spannendste Ort der Welt gewesen. Es hatte dort so viele wunderbare Dinge gegeben: weiches himbeerfarbenes Kugellagerfett und dunkles Grafitfett, in das sie ihre kleinen Hände tauchte; silbern glitzernde Rädchen, Schrauben und Muttern, aus denen sie sich mithilfe von dünnem Draht Schmuck bastelte. Mit altem Werkzeug durfte sie auf zerbeulten Schutzblechen herumhämmern, ausprobieren, ob sie einen kaputten Schlauch wieder dicht bekam. Sie hatte ihrem Vater so oft bei den gleichen Reparaturarbeiten zugesehen, seine Bewegungen beobachtet, wie er das Werkzeug ansetzte – ihr schien es, als habe sie es wie von selbst gelernt. Bevor sie zehn war, konnte sie einen platten Reifen und eine Bremse reparieren, ein Rad zentrieren, Speichen einsetzen. Nach der Schule saß sie zuerst bei der Mutter im Büro und machte Hausaufgaben und anschließend ging sie in die Werkstatt hinüber, wo der Vater sie an schrottreifen Velos herumbasteln ließ.

Valerie nahm den Hund an die Leine und befestigte sie an der Halterung ihres Fahrrads. Sie schob das Rad über die Birmensdorferstrasse, stieg auf und fuhr an der Haltestelle Schmiede Wiedikon vorbei in die Zurlindenstrasse in Richtung Sihl. Seppli zog an der Leine. Sie überquerte den Hertersteig und bog bei der Sportanlage in die Sihlpromenade ein. Dort ließ sie ihn frei laufen. Da sie es nicht eilig hatte, ging sie zu Fuß weiter.

Sie war gerne zur Schule gegangen, hatte gute Noten gehabt. Ihr Vater war stolz auf sie gewesen und hatte gewollt, dass sie aufs Gymnasium ging und studierte. Das hatte Valerie auch gemacht: Betriebswirtschaft und Ökonomie. Sie hatte in einigen Betrieben gearbeitet, in einer Messerfabrik in Delémont das Marketing übernommen, später in der Geschäftsleitung einer kleinen Textilfabrik in Mollis Einsitz gehabt. Ihr Vater hatte gehofft, sie würde in einen großen Konzern eintreten, Karriere machen. Es war für Valerie nicht ausgeschlossen gewesen, diesen Weg einzuschlagen.

Sie lief der Sihl entlang, die träge dahinfloss, schob das Rad neben sich her und schaute ab und zu nach Seppli. Er tobte mit einem anderen Hund herum, mit offenem Maul und fliegenden Ohren. Die Tiere jagten den Sihlhügel hoch und runter.

Dann hatte ihr Vater mit Mitte 60 einen Herzinfarkt erlitten und gleich darauf einen leichten Hirnschlag, von dem er sich nie mehr vollständig erholte. Schnell war klar: Er würde nicht mehr arbeiten können. Plötzlich hatte Valerie gewusst, dass es ihr Spaß machen würde, das Geschäft zu übernehmen. Der Vater war zuerst etwas irritiert gewesen. Hatte seine Tochter an der Universität studiert, um mit Ende 20 das Gleiche zu machen wie er, der gelernte Velomech? Nun ja, es ihrem Vater gleichzutun, hatte Valerie gerade nicht vor, auch wenn sie ihm das natürlich nicht ins Gesicht gesagt hatte. Sie wollte es besser machen. Sie gestaltete den Laden völlig um. Zwischen Werkstatt und Verkaufsteil ließ sie eine Mauer herausbrechen und die dunkle Holzdecke entfernen, sodass der Raum heller, höher, geräumiger wurde und großzügiger wirkte. Sie ließ die Wände neu anstreichen, veränderte die Einrichtung, ging die Produkte durch, warf einiges aus dem Sortiment, führte anderes neu ein, gab dem Geschäft einen Namen, entwarf knackige kleine Inserate für die Quartierpresse und machte nebenher die Fahrradhändlerprüfung.

Im ersten Jahr war sie allein im Laden. Ihr Vater hatte ebenfalls keine Angestellten gehabt, aber die Mutter hatte mitgearbeitet, die Buchhaltung gemacht, sich um Bestellungen gekümmert, geputzt. Valerie hingegen war auf sich gestellt, was ihr anfangs zu schaffen machte. Natürlich ließ sie sich das nicht anmerken. Die Mutter hatte ihr angeboten, weiterhin die Buchhaltung zu übernehmen, aber das wollte Valerie nicht. Es wäre kein richtiger Neuanfang gewesen. Sie wimmelte die Mutter taktvoll ab und diese hatte zudem genug mit der Pflege des Vaters zu tun. Valerie traute sich in der ersten Zeit kaum, aufs Klo zu gehen, fürchtete sich davor, morgens zu verschlafen oder gar krank zu werden. Aber es ging gut. Am allerersten Tag war zwar ihr erster ›Kunde‹ ein Vertreter gewesen, der ihr eine Kaffeemaschine andrehen und sie, als sie ablehnte, zu Jesus bekehren wollte. Sie entkam der Situation elegant mithilfe einer Nachbarin, die ihr gerade im richtigen Moment zur Neueröffnung ein Stück Kuchen vorbeibrachte. Neben der Stammkundschaft aus dem Quartier, die dem Laden treu blieb, zog sie neue Kunden an. Im ersten Sommer arbeitete sie manchmal bis 23 Uhr oder kam am Montag, ihrem freien Tag, für ein paar Stunden. War das zu Zeiten ihres Vaters genauso gewesen? Es war ihr früher gar nicht aufgefallen, wie viel er gearbeitet hatte. Im zweiten Sommer war klar, dass sie jemanden anstellen musste. Nach drei Jahren bewarb sie sich um ein größeres Ladenlokal, ganz in der Nähe, aber in einer besseren Lage, gleich gegenüber der Tram- und Bushaltestelle Schmiede Wiedikon und neben einem Supermarkt, und zog um. Jetzt konnte sie ein breiteres Sortiment führen, mehr Auswahl anbieten, ein größeres Lager haben. Es war nicht mehr so eng zu zweit, und nach einigen Jahren begann sie, einen Anlehrling oder Lehrling auszubilden.

Seppli war verschwunden und tauchte auch nicht auf, als Valerie ihn rief. Das konnte nur eines bedeuten: Er hatte irgendwo im Buschwerk am Hang des Sihlbergs etwas zu fressen gefunden. Wahrscheinlich etwas äußerst Unappetitliches. Hoffentlich nichts, was zudem unbekömmlich war. Sie hatte keine Lust, sich mitten in der Nacht um einen kotzenden Hund zu kümmern. Endlich kam er angeschlichen und sie nahm ihn an die Leine. Sie zerrte ihn mit der einen Hand von einer offensichtlich wunderbar riechenden Stelle weg, während sie mit der anderen ihr Rad schob, und überquerte die Bederstrasse.

Zu Hause duschte sie, schrubbte sich Reste von Karrenschmiere von den Händen, zog sich etwas Bequemes an und warf tiefgefrorenes Gemüse und etwas Rindfleisch in den Wok. Dazu legte sie eine CD ein. Stockhausen. Mit dieser Vorliebe konnte sie in ihrem Bekanntenkreis keine Begeisterung wecken. Aber hier störte es ja niemanden. Valerie lebte seit vier Jahren allein, seit Lorenz ausgezogen war, mit dem sie zehn Jahre zusammen gewesen war. Sie hatte den Gedanken, sich eine kleinere Wohnung zu suchen, aufgegeben und sich großzügig in den viereinhalb Zimmern eingerichtet. Als besonderen Luxus empfand sie ihre Bibliothek. Ins kleinste Zimmer hatte sie alle Bücherregale gestellt, dazu einen bequemen Sessel und eine Stehlampe. Hier verbrachte sie am liebsten ihre Abende, wenn sie nicht ausging oder Besuch hatte. Zum Essen öffnete sie sich ein Bier und schaltete den kleinen Fernseher ein, ohne richtig hinzusehen. Sie hatte keine Lust, an die Szene mit Angela Legler zu denken, und die dissonante Musik von Stockhausen erinnerte sie zu sehr daran. Der Krimi im Fernsehen allerdings brachte ihr die verdammten Diebstähle im Laden ins Gedächtnis zurück und daran wollte sie jetzt genauso wenig denken. Als sie den leeren Teller von sich schob, näherte sich Seppli, der ihre Zeichen zu deuten wusste. Das Tier hatte ein langes Stück robustes Segeltuch im Maul und wollte, dass Valerie am einen Ende zog und er gefährlich knurrend am anderen, dass sie sich dazu im Kreise drehte und Seppli in die Luft gehoben wurde und rundherum flog. Sie tat ihm den Gefallen.

Sie ging, wie meist, früh zu Bett und schlief rasch ein. Plötzlich schreckte sie hoch. Das Telefon. Jetzt? War schon Morgen? Nein, der Wecker zeigte halb drei. Es musste etwas passiert sein. Verschlafen hastete Valerie in den Flur und hob ab.

»Ja, hallo?«

Es blieb still. Falsch verbunden, dachte sie, halb erleichtert, halb empört. Sie fragte nochmals nach: »Was ist denn, wer ist da?«

»Hallo, Valerie«, flüsterte jetzt eine Stimme und kicherte. »Hab ich dich geweckt?«

»Was soll das?«, rief Valerie, plötzlich wach, scharf. »Wer ist da?«

»Das wüsstest du wohl gerne.« Nun war kein Kichern mehr in der Stimme. »Du Miststück. Du wirst noch ganz anders von mir hören. Kannst dich freuen.«

Dann wurde aufgelegt. Valerie saß starr. Was war das? Falsch verbunden war der Typ nicht gewesen, er hatte ihren Namen genannt. War es überhaupt ein Mann gewesen? Nicht eindeutig festzustellen, wenn jemand flüsterte. Vermutlich schon. Woher war der Anruf gekommen? Sie tippte auf dem

Display herum, bis sie die Anrufernummer vor sich hatte. Rief die Auskunft an. Aus einer Telefonzelle. Hätte sie sich ja denken können. Aber wie soll man klar denken, wenn man mitten in der Nacht einen Drohanruf erhält? Wer konnte das sein? Jemand, den sie kannte? Kaum möglich. Jemand, der sich irgendeine beliebige Telefonnummer, die einer Frau gehörte, herausschrieb und sich einen Spaß daraus machte, sie zu erschrecken? Oder jemand, der sie kannte? Ein Kunde, der etwas gegen sie hatte? Nein, das war absurd. Der ganze Anruf war absurd.

Valerie vergewisserte sich, dass die Wohnungstür abgeschlossen war. Ab und zu vergaß sie es, sie war keine ängstliche Person. Sie stellte die Lautstärke des Klingeltons auf null und ging wieder zu Bett. Eine Weile lag sie noch wach, bevor die Müdigkeit siegte. Am nächsten Morgen galt ihr erster Blick dem Telefon. Es war kein weiterer Anruf eingegangen. Valerie beschloss, die Sache ad acta zu legen. Lohnte sich nicht, sich wegen eines Spinners aufzuregen. Aber ein ungutes Gefühl blieb.

MITTWOCH, 1. WOCHE

1. Teil

Markus war schon da, als Valerie gegen 8.45 Uhr in den Laden kam. Er war dabei, die Räder, die repariert werden mussten, in den Hinterhof zu stellen, damit im Verkaufsraum mehr Platz für die Kunden war. Valerie half ihm, schaute sich die Reparaturzettel kurz an und bestimmte, welche Aufträge Markus sich zuerst vornehmen sollte.

»Wechsle als Erstes dieses Vorderrad aus. Ich habe Frau Bäbler versprochen, dass sie das Velo heute Mittag abholen kann. Die hat Glück gehabt, dass sie sich nur die Hand leicht verstaucht hat, als sie in den Abfallcontainer gedonnert ist.«

Das Velo hatte weniger Glück gehabt, das Vorderrad war zu einer hässlichen Acht verbogen. Markus griff sich das Rad, blieb unschlüssig stehen, schaute Valerie an, aber sagte nichts.

»Na?«, sagte Valerie.

»Ich wollte etwas fragen«, begann Markus.

»Ja?«

»Wir haben doch keine Putzfrau mehr«, bemerkte Markus.

»Ja?«, wiederholte Valerie leicht ungeduldig.

»Ich wüsste vielleicht eine.«

Aha. Markus brachte es langsam auf den Punkt.

»Meine Freundin. Sie könnte einen Job brauchen. Sie hat schon geputzt. Weiß, was man beachten muss. Hat bei einer Reinigungsfirma gearbeitet.«

»Warum nicht«, meinte Valerie. »Sie kann sich mal vorstellen kommen. Wie alt ist sie? Wie heißt sie?«

»33. Sibylle.«

Bloß kein Wort zu viel, ärgerte sich Valerie. Typisch.

»Okay«, sagte sie rasch. »Mach einen Termin aus für nächste Woche. Am besten an einem Vormittag.«

Markus nickte und wandte sich seiner Reparatur zu.

Markus Stüssi, Anfang 30, groß und breit gebaut, arbeitete seit zweieinhalb Jahren bei FahrGut. Valerie wurde nicht ganz schlau aus ihm. Er war sehr zugeknöpft, erzählte kaum etwas von sich, arbeitete meist stumm vor sich hin und machte den Mund nur auf, wenn es um die Arbeit ging. Dann allerdings zeigte sich, dass er durchaus reden konnte. Er erklärte Luís den Unterschied zwischen zwei Bremssystemen oder wies eine Kundin auf die Vor- und Nachteile einer Nabenschaltung im Vergleich zu einer Kettenschaltung hin. Valerie war so weit zufrieden mit ihm. Er war vielleicht nicht besonders intelligent, ein langsamer Denker, Initiative und Ideen erwartete sie nicht von ihm, aber er war ein geschickter Mechaniker und er hatte Kraft, was sie praktisch fand, denn ihre Körperkräfte waren, bei 1,66 Meter, 53 Kilo und einer Abneigung gegen Krafttraining, eher begrenzt. Zu einem guten Klima im Laden trug Markus nicht viel bei – was, wie sich Valerie sagte, auch nicht sein Job war –, aber er arbeitete zuverlässig, kam nie zu spät und war ohne Weiteres bereit, früher zu kommen oder länger zu bleiben. Und bei den Kunden war er beliebt. In letzter Zeit hatte Valerie registriert, dass sich Hugo Tschudi ein wenig mit Markus angefreundet hatte. Das passte ihr nicht ganz, da sie Tschudi misstraute, aber es ging sie im Grunde nichts an, solange der Kunde ihren Mechaniker nicht von der Arbeit abhielt. Und Markus ließ sich nicht ablenken. Valerie wusste, dass Markus es vor einiger Zeit mit einer eigenen kleinen Bude versucht hatte, aber nach zwei Jahren in Konkurs gegangen war. Das wunderte sie nicht. Aber sie wunderte sich darüber, dass er zuvor mit dem Velo ein Jahr durch die Welt gereist war. Er schien ihr so gar nicht der weltoffene, abenteuerlustige Typ zu sein. Doch man konnte wohl ebenso eigenbrötlerisch, wie man Fahrräder instand setzte, durch Litauen, Transnistrien oder Indien pedalen. Selbstverständlich erzählte Markus kaum etwas von jener Reise, obwohl Luís furchtbar gern aufregende Geschichten gehört hätte. Jedenfalls, auch das wusste Valerie, hatte Markus einige Schulden durch seinen Konkurs, die er monatlich abstotterte. Vermutlich brauchte er wenig Geld zum Leben, er hatte eine günstige kleine Altbauwohnung in Örlikon, einem Quartier im Norden der Stadt. Offenbar hatte er nun eine Freundin, es war das erste Mal, dass er sie erwähnte.

Um fünf Minuten nach 9 Uhr kam Luís angeschlichen. Er kam durch den Hintereingang und versuchte, sich unauffällig in den unteren Stock, wo die Garderobe war, zu verdrücken.

»He«, Valerie fasste ihn am Ärmel und deutete auf die Uhr.

»Tschuldigung«, murmelte er schuldbewusst und versuchte, seinen Charme spielen zu lassen. »Konnte nicht schnell fahren. Überall rote Lichter. Und Lastwagen. Konnte nicht überholen. Und auf Trottoir Leute.« Er grinste. »Aber dafür ich jetzt ganz schnell arbeiten, okay, Boss?«

»Auf dem Trottoir sollst du sowieso nicht fahren«, ermahnte Valerie ihn streng. »Und mit Rotlichtern musst du immer rechnen. Los, zieh dich um.«

Valerie hatte es in dem Dreivierteljahr, in dem Luís bei ihr eine Anlehre machte, fertiggebracht, dass er nicht oft zu spät kam, mehr aber auch nicht. Seine Sprachkenntnisse ließen immer noch zu wünschen übrig. Er war klein für seine 16 Jahre, mager und trug seine Baseballmütze immer ins Gesicht gezogen. Er war seit fünf Jahren in der Schweiz, hatte hier auch ein paar Jahre die Schule besucht. Valerie war es unerklärlich, wieso er nach dieser Zeit immer noch so schlecht Deutsch konnte. Er war ihr vom Verein Job vermittelt worden; einer Stelle, die versuchte, Jugendliche, die kaum eine Aussicht hatten auf Arbeit oder Lehrstelle, irgendwie unterzubringen. FahrGut war in den diversen Institutionen, die sich um Schulabgänger kümmerten, als gute Adresse bekannt und Valerie beherbergte häufig für ein paar Tage einen ›Schnupperstift‹. Die meisten schickte sie wieder weg. Wenn sie sich zu desinteressiert zeigten, machte sie kurzen Prozess. Luís hatte sie behalten. Er hatte eine phänomenale Begabung für alles Mechanische. Er verstand vermutlich Valeries Erklärungen nie vollständig, aber nachdem er einen Blick auf ein kaputtes Licht geworfen hatte, wusste er innerhalb von Sekunden, wo der Fehler lag. Valerie begann, mit Luís zu arbeiten, ihm Deutsch beizubringen. Luís lernte. Anfangs verwunderte es ihn unendlich, dass ihm Valerie Zeit gab, im Büro zu sitzen und zu lernen, wo er doch fürs Arbeiten bezahlt wurde. Valerie brachte ein Kinderbuch in den Laden, Pettersson und Findus. Bilder und eine einfache Geschichte. Sie hatte befürchtet, das könnte dem 16-Jährigen zu blöd sein, aber Luís hatte Spaß daran. Sie ließ ihn die Geschichte vorlesen, erklärte ihm Wörter und sie lachten zusammen über die Pointen. Vor ein paar Tagen hatte sich Valerie etwas Neues ausgedacht. Sie brachte Luís ein kleines Schreibheft mit, ein Tagebuch.

»In dieses Heft schreibst du jeden Tag einen Satz. Was du willst. Du kannst etwas beschreiben, das du gesehen, gemacht oder gedacht hast.«

Er hatte sie nur verständnislos angesehen.

»Heute Morgen«, sagte Valerie, »hast du einem Velo einen neuen Sattel montiert. Das könntest du zum Beispiel schreiben.«

Abends zeigte ihr Luís das Heft. Der erste Satz lautete: ›Ich zendriere Rad heute. Und ich schbiele mit Hund.‹

»Super«, lobte Valerie. Und dann besprach sie mit ihm die Rechtschreibfehler.

Heute war Luís also wieder mal zu spät dran. In Windeseile hatte er sich in den Arbeitsoverall geworfen und tauchte wieder auf. Er schnappte sich rasch das Fahrrad, das Valerie ihm zuschob, und begann, den platten Schlauch aus dem Reifen zu schälen.

Valerie deutete auf die Pneuoberfläche: »Wie nennt man das?«

»Profil«, antwortete er.

Valerie nickte. Es war heute bedeckt und kühler und das machte sich am Kundenvolumen bemerkbar. Sie ging ins Büro hinunter, um Bestellungen zu erledigen und die E-Mails zu checken. Außerdem hatte sie vor, die Website zu aktualisieren. Der nächtliche Anruf ging ihr wieder durch den Kopf. Unangenehm. Aber falls er sich nicht wiederholte, würde sie nichts unternehmen. Lina, ihrer besten Freundin, würde sie es erzählen.

Sie wandte sich ihrer Arbeit zu, musterte einen Bestellzettel, den Markus falsch ausgefüllt hatte, und korrigierte. Tja, die Angestellten. Das war ein Kapitel für sich. Valerie hatte zwar schon, bevor sie ein eigenes Geschäft führte, Leitungsfunktionen innegehabt und war Chefin gewesen. Aber sie hatte ihre eigenen Vorstellungen und strebte eine partnerschaftliche Zusammenarbeit an, wollte flache Hierarchien und Frauen fördern. Allerdings hatte sie es nicht gerade geschickt begonnen. Ihre erste Mitarbeiterin war

Rahel Aebli gewesen, eine junge Kindergärtnerin, die aus ihrem Beruf raus und eine Männerdomäne entern wollte. Sie war Autodidaktin, brauchte aber noch Anleitung und Ausbildung. Valerie begegnete ihr freundschaftlich, was bedeutete, dass sie es war, die den Abfall raustrug und putzte, ihrer Angestellten aber genauso viel Lohn bezahlte, wie sie selbst bezog. Valerie kaufte einen neuen Kompressor, damit sie nicht von Hand Pneus aufpumpen mussten. Rahel wies darauf hin, dass der Kompressor die Luft verschmutzte und dringend ein Filter anzubringen war. Valerie bastelte einen. Rahel machte darauf aufmerksam, dass ihr Lohn unter dem branchenüblichen Ansatz lag. Zwar bezog sie sich hier auf ausgelernte Mechaniker, übersah das jedoch großzügig. Rahel wies immer wieder auf dieses und jenes hin, verbunden mit dem Zusatz, dass sie von einer weiblichen Chefin etwas anderes erwartete. Bis Valerie sie in einem Zornesausbruch hinauswarf.

Nach dieser Geschichte war Valerie über die Bücher gegangen. Innerlich. Hatte Lehren daraus gezogen. ›Freunde dich nicht mit dem Personal an‹, hatte sie groß in ihr Tagebuch geschrieben. Von da an änderte sie ihr Verhalten. Sie verwedelte die Tatsache, dass sie die Chefin war, nicht mehr. Und ab diesem Zeitpunkt hatte sie weniger Probleme mit ihren Angestellten. Sie hatte im Laufe der Jahre eine Reihe von Mechanikerinnen und Mechanikern beschäftigt. Bessere und schlechtere. Nettere und weniger nette. Seit zweieinhalb Jahren war es Markus Stüssi. Und im letzten Sommer war Luís Zafar als Anlehrling dazugestoßen. Sie war soweit zufrieden mit der Situation.

Sie machte sich an die Bestellungen, da rief Luís nach ihr. Es war ein unterdrücktes Lachen in seiner Stimme. Valerie ging hinauf. Aha, wieder eine Situation, in der die Chefin ran musste. Die beiden Männer, Markus und Luís, plus ein älterer Kunde standen in einem Kreis ratlos um zwei weinende kleine Mädchen herum. Die beiden trugen Strumpfhosen, aber weder Schuhe noch Hausschuhe. Ihre Kleidchen waren sicher nicht in der Globus-Kinderabteilung gekauft worden.

»Sind da gekommen«, Luís deutete auf den Platz, in Richtung Zentralstrasse. »Haben Hand gehalten und weinen. Konnte sie nicht einfach so lassen. Sind klein.«

Da hatte er sie halt mit hineingenommen. Na ja. Dass lange nicht alle Menschen, die das Leben in ein Fahrradgeschäft spült, irgendetwas mit Rädern zu tun haben oder zu tun haben wollen, wusste Valerie inzwischen aus langjähriger Erfahrung. Lorenz hatte ihr sogar mal vorgeschlagen, FahrGut in ›Strandgut‹ umzubenennen. Diese beiden kleinen Mädchen wollten sicher kein Kindervelo kaufen. Valerie und die Männer versuchten, mit ihnen zu sprechen. Aber die beiden schluchzten bloß. Als Seppli auftauchte, erschraken sie so sehr, dass Valerie ihn hinunterschickte. Die Kleinen konnten weder Deutsch noch Portugiesisch, noch verstanden sie die paar Brocken Türkisch, die eigenartigerweise Markus beizusteuern wusste. Und auf das Kroatisch, das der Kunde an ihnen ausprobierte, reagierten sie ebenso wenig. Valerie nahm die beiden an der Hand und ging mit ihnen zur Regionalwache Wiedikon hinüber. Sie lag ganz in der Nähe, auf der anderen Seite des Platzes, ein altes Eckhaus zwischen Birmensdorfer- und Stationsstrasse.

»Ich habe wieder mal Strandgut abzuliefern«, sagte sie zu Polizistin Elmer, die Dienst hatte. Man kannte sich. In den FahrGut war schon eingebrochen worden, Valerie hatte einmal bei einem Kaffee über die Diebstähle gejammert, und vor ein paar Monaten hatte sie einen verwirrten alten Mann, der nicht ins Altersheim zurückfand, auf der Wache abgeliefert. Außerdem war Zita Elmer dafür zuständig, den

Drittklässlern im Quartier auf dem Pausenplatz des Ämtlerschulhauses das Velofahren beizubringen und sie in die Verkehrsregeln einzuweisen. Dabei fuhr sie eines der Falträder, das die Stadtpolizei im FahrGut für diesen Zweck gekauft hatte.

Zita Elmer war Ende 20, groß, etwas massig, hatte kurzes blondes Haar. Ursprünglich Krankenschwester, hatte sie bald nach der Ausbildung umgesattelt, die Polizeischule absolviert, sich in Zürich beworben und einige Jahre Streifendienst gemacht. Auf der Polizeischule hatte sie ihren Mann kennengelernt, der in Höngg Dienst tat. Seit fünf Jahren arbeitete sie in Wiedikon, seit einem Jahr leitete sie die Wache. Sie war gerne Polizistin. Krankenschwester war sie geworden, weil sie es mochte, mit Menschen zu tun zu haben und einen lebhaften Betrieb liebte. In einem Spital passierte etwas mit den Menschen. Sie wurden krank eingewiesen und verließen den Ort meist wieder gesund. Viele Patienten mochten sie, weil sie optimistisch und auf eine etwas resolute Art einfühlsam war. Sie konnte beispielsweise sehr sanft Blut abnehmen. Andere mochten sie nicht. Das waren diejenigen, die mutlos waren, sich kampflos ihrer Krankheit ergaben. Diese Patienten empfanden sie als grob. Nach wenigen Jahren fühlte sie sich nicht mehr wohl in der Spitalwelt. Sie bewegte sich in einer permanenten Ausnahmesituation, so kam es ihr zumindest vor, aber sie wollte doch mitten im Leben stehen, dort, wo etwas los war. So wurde sie Polizistin. Sie hatte keine Angst vor Hektik, vor sich schnell verändernden Situationen, vor Konflikten. Ob sie sich nachts mit jugendlichen betrunkenen Partygängern herumschlug, die sie beschimpften, oder ob sie sich nachmittags einer alten verängstigten Frau annahm, der auf dem Heimweg die Handtasche entrissen worden war – beides waren Facetten ihrer Arbeit, auf beide Situationen konnte sie sich sehr rasch einstellen. Die Arbeit im Quartier gefiel ihr.

Sie wurde meist mit kleineren Delikten und Regelverstößen konfrontiert, mit Situationen, in denen die alltägliche Ordnung verletzt wurde und es ihr oblag, sie wiederherzustellen. Aber sie betrachtete diese Arbeit nicht als oberste Stufe ihrer Karriereleiter, denn sie war ehrgeizig. Zwei, drei Jahre würde sie weitere Erfahrungen sammeln, bevor sie sich beim Kommissariat Ermittlung oder beim Kommissariat Fahndung bewerben wollte.

Als die beiden kleinen Mädchen die große Frau in der Uniform sahen, weinten sie noch mehr. Aber Zita Elmer wusste bereits Bescheid.

»Ein Problem weniger«, sagte sie zufrieden. Sie liebte es, Fälle zügig zu lösen. »Der Vater der Kleinen hat angerufen. Drei und vier Jahre alt sind sie. Irena und Diana. Eben erst in der Schweiz eingetroffen. Durch die halb offene Wohnungstür abgehauen. Albanisch hätten Sie mit ihnen reden müssen. Na ja, kann ich auch nicht.« Sie wandte sich an die Mädchen. »Offenbar seid ihr zwei fixe kleine Abenteurerinnen, Irena und Diana. Muss der Papa halt besser auf euch aufpassen, was?«

Die Mädchen, die aufmerkten, als ihre Namen fielen, schauten mit großen Augen die fremde Frau an und wurden still.

Zita Elmer griff zum Telefon und rief den Vater an. Sie reichte das Telefon den Kindern weiter, die, ohne selbst den Mund aufzutun, hineinhorchten.

»Er wird gleich kommen«, sagte Elmer. »Happy End in Sicht.«

Valerie und Zita Elmer unterhielten sich noch ein paar Minuten, dann verabschiedete sich Valerie. Sie überlegte einen Augenblick, ob sie Elmer von dem Drohanruf erzählen sollte, ließ es dann aber bleiben. Bevor Elmer hier gearbeitet hatte, war Beat Streiff da gewesen. Er hatte auf demselben Stuhl gesessen, der nun ihr Platz war. Auch der Schreibtisch war derselbe. Vor ein paar Jahren hatte Streiff zur Kriminalpolizei am Bahnhofquai gewechselt. Valerie schob den Gedanken an ihn rasch beiseite.

2. Teil

Valerie kam aus einer kurzen Mittagspause zurück. Spaziergang mit Seppli, eine Cola und ein Sandwich mit scharfer Salami und roter Paprika aus dem Paradicsom nebenan, im Gehen verzehrt. Sehr ungesund, hätte Lorenz, der Arzt war, erklärt. Aber der hatte ja schon länger nichts mehr zu sagen. Zudem, dachte Valerie trotzig, könnte ich auf das Salatblatt zwischen Brötchen und Salami und auf das Stück Paprika verweisen. Trotzdem kaufte sie rasch am Marktstand vor der Migros einen Apfel. Dann schob sie sich einen Nikotinkaugummi in den Mund. Sie war von Gauloises blau umgestiegen, als Lorenz ihr in einer ihrer innigeren und leidenschaftlicheren Phasen gesagt hatte: ›Ich verzeihe es dir nie, wenn du mit Mitte 50 Krebs bekommst.‹ Das hatte Valerie imponiert. Nun, mittlerweile hatte es sich so entwickelt, dass Lorenz sich kaum darum scheren würde, was mit ihr Mitte 50 sein würde. Ihr Kontakt war nach der Trennung abgerissen. Aber beim Kaugummi war sie geblieben.

Markus war dabei, einem Kunden die neu eingetroffenen Cannondale-Mountainbikes vorzuführen. Der Kunde, ein junger Mann, schien sich auszukennen, fragte nach technischen Details, verglich die verschiedenen Modelle miteinander. Valerie deutete an, dass sie ins Büro hinunterginge und man sie, wenn nötig, rufen könne.

Sie wollte Anzeigen entwerfen. Sie inserierte regelmäßig im Tagblatt, im Quartier-Anzeiger, im Tachles, in der Zeitung der orthodoxen Juden – da in Wiedikon ein großer Teil der jüdisch-orthodoxen Bevölkerung Zürichs wohnte – und in der Frauenzeitung. Lange hatte es ihr Spaß gemacht, in ihren Werbetexten mit ihrem Namen zu hantieren, Wortspiele zu kreieren. Aber das verbrauchte sich mit der Zeit. Gewisse klassische Slogans behielt sie bei, schlichte Aussagen wie ›Gute Räder bei Gut‹. Aber sie fand, sie musste ihre Palette etwas erweitern, und hatte vor, sich einem Brainstorming zu überlassen. Nach unzähligen durchgestrichenen Ideen, zerrissenen Blättern, verworfenen Slogans textete sie schließlich ›Warum wie auf Nadeln sitzen? – Satteln Sie Ihr Fahrrad bei uns‹, ergänzt durch ›Gute Sättel bei Gut‹, in kleinerer Schrift am unteren Rand.

Sie hörte ein leises Klopfen und sah auf. Durch die Glasscheibe erblickte sie Adele Goldfarb und winkte sie herein.

»Störe ich?«, fragte Adele und streichelte rasch Seppli.

»Nein, komm nur, ich bin gerade fertig geworden.«

Adele war zehn Jahre alt, wohnte in der Nachbarschaft und kam auf dem Heimweg von der Schule ab und zu bei ihr vorbei. Valerie hatte das Mädchen gern und freute sich, wenn sie kam. Sie war fröhlich, selbstsicher, aufgeweckt, wollte alles wissen. Die Porzellanmöwe fand sie toll. Valerie kannte drei ihrer älteren Brüder, die ebenfalls bei ihr ein und aus gegangen waren; Sruli, Alexander und Aron. Alle mit Löckchen vor den Ohren, kleinen Käppchen, einer Portion unbekümmerter Neugier und großer Diskussionslust. Es war ihnen bewusst, dass bei ihnen zu Hause andere Werte vertreten wurden als außerhalb, und sie erprobten gerne ihre Weltanschauung an den abweichenden Auffassungen von Valerie. Alexander hatte die Plastikdinosaurier in der Kinderecke entdeckt und wollte wissen, was das für Tiere seien. Valerie hatte ihm erzählt, dass sie vor über 100 Millionen Jahren auf der Erde gelebt hätten, dass sie riesengroß gewesen seien und man nicht genau wisse, warum sie ausgestorben sind. Das Alter der Erde war für Alexander aber nicht verhandelbar gewesen. Gott hat die Erde vor 5.766 Jahren geschaffen, da konnte es nicht vor viel, viel längerer Zeit Dinosaurier gegeben haben. Sicher nicht.

Valerie, die nicht viel über die jüdischen Bräuche wusste, unterhielt sich gern mit den Kindern. »Warum dürft ihr nicht gleichzeitig Milch und Fleisch essen?«, fragte sie deshalb eines Tages Alexander.

Der wusste Bescheid. »In der Tora steht, dass man ein Böcklein nicht in der Milch seiner Mutter kochen darf«, hatte er erklärt. Und hatte mit kindlicher Logik hinzugefügt: »Das ist doch klar. Das Kleine soll die Milch seiner Mutter trinken.«

»Wie ist es denn für euch, wenn wir Weihnachten feiern und auf den Plätzen große Weihnachtsbäume stehen?«, hatte sie sich ein anderes Mal erkundigt.

»Wir haben auch schöne Feste«, hatte Alexander erzählt. »Im Winter haben wir Chanukka, das Lichterfest, da zünden wir Kerzen an. Und Geschenke geben wir einander an Purim. Dann verkleiden wir uns.« Die Kinder kamen offenbar ganz selbstverständlich zurecht mit den beiden Welten, in denen sie lebten.

Die meisten Kinder der jüdisch-orthodoxen Familien im Quartier hatten panische Angst vor Seppli, überhaupt vor Hunden. Valerie hatte nie herausfinden können, warum. Die kleinen Goldfarbs waren die Ersten, die sich dem gefährlichen Mysterium Seppli näherten. Der Pionier war nicht Sruli gewesen, der Älteste, sondern Alexander, der Zweite. Er hatte eines Tages Seppli gestreichelt, zwei Tage später wieder. Am dritten Tag war Aron, der Kleine, mitgekommen, der seinen großen Bruder erst ungläubig bewunderte; ihm dann kurz entschlossen nacheiferte und Seppli ins grau gelockte Fell fuhr. Von da an war der Bann gebrochen. Um ihren Mut für sie selbst und die Eltern zu verewigen, hatte Valerie von jedem der Goldfarb-Buben ein Foto mit Seppli machen müssen. Irgendwann war Adele aufgetaucht. Drittklässlerin. Zahnlücke, frecher Blick, ein etwas zu langes Kleidchen für eine Neunjährige, fand Valerie.

»Ich war mit meinem großen Bruder schon mal bei Ihnen«, hatte sie gesagt und sich gründlich umgesehen. »Sie, was ist das für ein Werkzeug? Was machen Sie damit?« Valerie hatte erklärt. Irgendwann war die Kleine mit dem Wunsch herausgerückt, wie ihre älteren Brüder mit Seppli fotografiert zu werden.

»Klar«, hatte Valerie zugestimmt, den faulen Hund aufgescheucht und von den beiden vor dem Laden ein Bild gemacht. Stolz war Adele mit der Aufnahme abgezogen.

Adele trug immer Strumpfhosen und langärmlige Blusen, sogar im Sommer. Valerie hatte sie gefragt, ob ihr nicht zu heiß sei.

Die Kleine hatte gleichgültig die Schultern gezuckt. »Bei uns ist es halt so, alle Mädchen sind so angezogen. Und wenn ich groß bin, verdecke ich mir die Haare wie meine Mutter. – Es ist wegen unserer Religion«, hatte sie hinzugefügt. »Aber manchmal«, hatte sie Valerie anvertraut, »wenn es gar zu warm ist, kremple ich ein wenig die Ärmel hoch. Aber nur bis hier.« Sie deutete auf die Mitte ihres Unterarms.

Adele besah sich die Inseratvorlage. »Den Spruch finde ich lustig«, stellte sie fest, »aber die Zeichnung ist nicht gut genug. Sie müssen einen Sattel zeichnen, aus dem Stecknadeln herausschauen, und daneben einen, der weich ist, vielleicht könnten Sie ein richtiges Kissen daraufmalen.«

Valerie versprach, sie werde schauen, was sich machen lasse, und Adele bot an, ihrem Bruder die Anzeige anzukündigen, damit er Platz in der Zeitung freihielt. Sruli, der älteste der Goldfarb-Söhne, akquirierte neuerdings als Lehrling die Inserate für die Zeitung der orthodoxen Juden, und Adele genoss es, Valerie zuliebe ihre Connections spielen zu lassen.

Plötzlich fragte Adele: »Was sind Neonazis?«

Valerie fühlte sich überrumpelt und ein wenig überfordert. Wusste das Mädchen, wer die Nazis gewesen waren? Wie gingen jüdische Eltern mit solchen Informationen um? Wurden zehnjährige Kinder über alles informiert oder wurden sie geschützt, bis sie älter waren?

»Nicht wahr, die Neonazis mögen Juden nicht?«, fuhr Adele fort.

»Das stimmt«, bestätigte Valerie.

»Wissen Sie, warum?«

Valerie überlegte einen Moment, weil sie das Kind nicht mit einer billigen Antwort abspeisen wollte.

Aber Adele fragte schon weiter: »Gibt es in der Schweiz viele Neonazis?«

»Nein«, schüttelte Valerie den Kopf, »es sind nur wenige.«

»Kennen Sie selbst Neonazis?«

»Nein, mit Neonazis mag ich nichts zu tun haben. Ich kenne niemanden, der so denkt.«

Adele bedachte sie mit einem langen Blick.

»Fragst du mich das aus einem bestimmten Grund, Adele?«, hakte Valerie nach. »Möchtest du mir etwas erzählen?«

Die Kleine schüttelte den Kopf und stand auf. »Ich muss nach Hause, meine Mama wartet auf mich«, erklärte sie und stieg die Wendeltreppe hinauf. Sie blieb nochmals stehen: »Ich kenne einen Neonazi. Er mag mich nicht.« Dann war sie weg.

*

Eine Minute später stand Markus vor Valerie. Er wirkte beunruhigt. Der sportliche Typ, der sich Mountainbikes habe zeigen lassen, sei von einer Probefahrt nicht zurückgekehrt. Wann er denn losgefahren sei, wollte Valerie wissen. Vor einer Stunde, gab Markus zu.

»Hast du ihm ein Pfand abgeknöpft?«, fragte Valerie.

»Ja, die Identitätskarte.«

»Na, dann ist ja gut. Wir rufen ihn einfach an«, meinte Valerie, der es vor Jahren einmal passiert war, dass sie unfreiwillig ein Fahrrad gegen eine Jeansjacke eingetauscht hatte. Die Jacke war ihr überdies zu groß gewesen. Lorenz hatte sie deshalb eine Weile getragen.

Sie rief den jungen Mann an, der tatsächlich zu Hause war; den Vorwurf, ein Fahrrad angesehen zu haben und zu einer Probefahrt aufgebrochen zu sein, aber weit von sich wies. Das Rätsel wurde rasch und unerfreulich aufgeklärt. Seine Identitätskarte war ihm an diesem Morgen gestohlen worden, zusammen mit einer Reihe weiterer Ausweise. Er hatte den Diebstahl der Polizei bereits gemeldet und war im Moment dabei, Kreditkarten und andere Chipkarten unschädlich zu machen beziehungsweise sperren zu lassen. Armer Tropf. Immerhin erhielt er jetzt seine ID wieder. Er kam vorbei und er war in der Tat nicht jener Kunde, der zur Probefahrt gestartet war. Ein ähnlicher Typ, jung, blond, sportlich. Valerie machte Markus keinen Vorwurf, sie hätte vermutlich ebenfalls nicht so genau hingeschaut und sich austricksen lassen. Aber verdammt unangenehm war es schon. Sie ging zum zweiten Mal an diesem Tag zum Polizeiposten hinüber, diesmal in Begleitung eines betretenen und eines unschuldigen jungen Mannes und erstattete Anzeige.

Kurz nach 19 Uhr kam sie nach Hause und schaute nach ihrer Post. Im Postkasten lag ein Paket. Ohne Absender. Valerie runzelte die Stirn. Geburtstag hatte sie nicht und bestellt hatte sie auch nichts. Der Hund schnupperte.

»Na«, fragte Valerie lachend, »ist das für dich? Hast du heimlich Hundefutter bestellt? Passt es dir nicht mehr, was ich dir vorsetze?«

Irgendwie schien es auch ihr, dass das Paket ein bisschen roch. In der Wohnung riss sie es auf. Sie starrte ein paar Sekunden auf den Inhalt. Ihr Herz klopfte heftig, noch bevor ihr Verstand begriff.

»Verdammte Scheiße«, rief sie aus. Zornestränen schossen ihr in die Augen. In dem Paket lag ein toter Fisch. Ein Fisch, der schon eine ganze Weile verendet war. Ein toter Fisch mit glasigen Augen, einem grauen Leib, der jetzt deutlich stank. Sie legte die Schachtel ab und scheuchte den Hund weg. Halb verborgen unter dem Fisch entdeckte sie einen Bogen Papier. Sie zog ihn heraus. ›Beste Grüße‹ stand darauf. Nichts weiter. Der Text bestand aus Buchstaben, die aus einer Zeitung ausgeschnitten und aufgeklebt worden waren. Sie wollte den Zettel schon zerreißen, hielt aber inne. Moment, dachte sie, der Anruf gestern Nacht. Jetzt das Paket. Bevor sie weiter überlegen konnte, klingelte das Telefon. Lina hatte doch gesagt, sie würde heute Abend anrufen. Valerie hob ab. »Lina!«, rief sie. Es war nicht ihre Freundin.

Es war wieder dieses Kichern von gestern Nacht, dieses Flüstern: »Valerie, wie gefällt dir das? Sieht nicht schön aus, so ein toter Fisch, oder? Du wirst auch nicht besser aussehen, wenn du tot bist.«

Valerie legte augenblicklich auf. Ihr Zorn war verflogen. Sie hatte auch keine Angst. Sie war plötzlich ganz kühl. War das eine Art Todesdrohung gewesen? Ich muss etwas unternehmen, dachte sie. Sie legte das Paket auf den Balkon und setzte sich an den Küchentisch. Es konnte keine ernst gemeinte Drohung sein. Es gab niemanden, der sie umbringen wollte, da war sie sich sicher. Aber es gab offensichtlich jemanden, der sie in Angst und Schrecken versetzen wollte. Wer? Warum? Hatte er gewusst, dass sie um diese Zeit nach Hause kam? Sie würde sich das nicht bieten lassen. Morgen früh vor der Arbeit würde sie auf dem Polizeiposten vorbeigehen.

DONNERSTAG, 1. WOCHE

1. Teil

Zita Elmer nahm Valeries Anzeige entgegen. Sehr viel konnte sie nicht tun. Sie würde abklären, ob anderswo in der Stadt in der letzten Zeit weitere Anzeigen wegen ähnlicher Belästigungen eingegangen waren, und das Paket würde sie beim Technischen Dienst auf Fingerabdrücke und andere Spuren untersuchen lassen. Vielleicht konnte man auch herausbekommen, wo der Fisch herkam.

»Früher, als es noch keine Computer gab, wurden anonyme Briefe so zusammengebastelt. Heute könnte man sie einfach tippen. Vielleicht stammt der Schrieb von einer älteren Person, die nicht mit einem Computer umzugehen weiß«, überlegte sie. »Haben Sie eine Ahnung, wer Ihnen bös will?«

»Darüber habe ich mir wirklich den Kopf zerbrochen«, seufzte Valerie, »aber ich kann es mir nicht vorstellen. Natürlich gibt es ab und zu mal Kunden, die unzufrieden sind und sich beschweren. Und vor ein paar Wochen hatte ich eine kurze Affäre mit einem Mann, der es mir übel nahm, als ich nichts weiter von ihm wollte. Aber das sind alles keine Gründe für eine solche Bosheit.«

»Geben Sie mir trotzdem den Namen jenes Mannes und der Kunden, mit denen Sie in letzter Zeit Auseinandersetzungen hatten.«

Valerie gestand, von jenem Mann nur den Vornamen zu kennen, was ihr ein bisschen peinlich war. »Krach hatte ich kürzlich mit einer Kundin, Angela Legler. Aber ich bin praktisch sicher, dass die Stimme am Telefon einem Mann gehört hat. Und ich kann sie mir auch nicht beim Basteln eines solchen Briefs vorstellen.«

Zita Elmer gab Valerie ihre private Handynummer. »Unter Polizeischutz können wir Sie nicht stellen«, entschuldigte sie sich.

Valerie wehrte ab. »Das will ich auch gar nicht, das brauche ich nicht. Ich käme mir ja komisch vor mit einem Bodyguard.« Es gelang ihr ein Lächeln, auch wenn es etwas verrutscht aussah.

»Sie können mich jederzeit auch außerhalb meiner Dienstzeiten anrufen, wenn wieder etwas geschieht.«

»Danke.« Valerie ging zum FahrGut hinüber und Zita Elmer bestellte einen Kurier, der das unappetitliche Fischpaket zur Untersuchung bringen würde.

Valerie war etwas knapp dran, Markus war schon da. »Guck mal, was ich da gefunden habe. Lag am Boden bei der hinteren Türe.«

Es war ein schmuddliger Briefumschlag, mit Druckbuchstaben beschriftet mit ›Valerie Gut‹. Valerie wurde rot und nahm ihn Markus aus der Hand. Schnell ging sie ins Büro hinunter. Sie wollte auf keinen Fall, dass ihre Angestellten etwas von den Bedrohungen erfuhren. Sie riss den Umschlag auf. ›Tote Fische schwimmen mit dem Strohm‹, stand da. Wieder ausgeschnittene, auf den Bogen geklebte Buchstaben. Ein völlig sinnloser Satz. Es ging offensichtlich nur um die ersten beiden Wörter. Der Rechtschreibfehler mochte etwas zu bedeuten haben oder auch nicht. Am meisten erschütterte Valerie, dass der Unbekannte sie auch in ihrem Geschäft verfolgte. Sie schob den Papierbogen in den Umschlag zurück. Mittags würde sie ihn Zita Elmer bringen. Für den Moment wollte sie sich zwingen, nicht mehr daran zu denken, sondern sich auf die Arbeit zu konzentrieren.

Valerie rief Luís zu sich. Seppli schlief im Büro neben dem Ofen, vermutlich träumte er, denn seine Beine bewegten sich und er gab kleine, aufgeregte Laute von sich. Vielleicht jagte er im Traum über eine grüne Wiese und erlebte große Abenteuer. Luís warf ein Blick hinüber und kicherte, dann konzentrierte er sich wieder auf das Velo vor ihm. Valerie hatte einen Stapel hellgelber Post-it-Zettelchen in der Hand, jedes mit einem Wort beschriftet. ›Speiche‹, ›Bremskabel‹, ›Rücklicht‹ und Ähnliches stand darauf. Sie gab Luís eines nach dem anderen; er las die Aufschrift laut vor und klebte das Zettelchen an die richtige Stelle des Rads. ›Gangschaltung‹. Ein schwieriges Wort. Lang. Kaum auszusprechen. Und was bezeichnete es schon wieder?

»Schau dir zunächst nur den ersten Teil des Wortes an«, gab ihm Valerie einen Tipp.

Gang, klar, ging Luís auf.

»Und was machst du, wenn du nicht mehr im fünften, sondern im sechsten Gang fahren willst?«

Richtig, schalten. Und das Ding, mit dem man das bewerkstelligte, war eben – die Gangschaltung.

Sie ging mit ihrem Anlehrling nach oben, griff sich ein Rad, an dem die Gangschaltung repariert werden musste, und begann, Luís am Objekt zu erklären, wo das Problem lag und wie es anzugehen war.

Die Ladenglocke ertönte und aus dem Augenwinkel sah Valerie, dass Hugo Tschudi seine alte Mühle in den Laden schob. Wehe, wenn heute Abend wieder etwas fehlt, drohte sie in Gedanken gereizt.

Markus kümmerte sich sogleich um ihn; zusammen beugten sie sich über das Fahrrad. Der Mechaniker holte einen Schraubenzieher, es war offenbar nur eine lockere Schraube anzuziehen. Valerie nervte es besonders, dass Hugo mit Problemen ankam, die er selbst hätte beheben können. Wenn er auf dem Fahrrad durch Lateinamerika gefahren war, wie er regelmäßig erzählte, musste er wohl imstande sein, eine Schraube an seinem Velo festzudrehen.

»Also, bis Samstag«, hörte sie Hugo zu Markus sagen. So, dachte sie, gleich wieder verärgert, die treffen sich also in der Freizeit. Es ging sie ja nichts an, aber ihr Unmut blieb. Sie hatte in der letzten Zeit eine Abneigung gegen Hugo entwickelt, was vermutlich ungerecht war, wie sie sich eingestehen musste. Auf den ersten Blick wirkte er ein wenig eigen, ein bisschen schrullig, vielleicht etwas lästig, jedoch harmlos. Aber mit der Zeit hatte Valerie ab und zu Blicke von ihm aufgefangen, die ihr nicht gefallen hatten. Kühl, hochmütig, spöttisch. Sie konnten einen unbeholfenen Kunden treffen oder Luís, wenn er Schweizerdeutsch sprechende Kundschaft nicht verstand, oder auch sie selbst, vor allem, wenn sie von irgendetwas genervt war, zum Beispiel von einem komplizierten Kunden, und es sich nicht anmerken lassen wollte. Hugo schien es zu merken – und zu genießen. Es begann sie zu stören, dass er regelmäßig im FahrGut herumlungerte, und sie überließ es meist Markus, sich mit ihm herumzuschlagen. Möglicherweise war das keine gute Idee gewesen. Hugo zu ›ermorden‹ hatte natürlich nichts genützt, der kam sowieso, ob er nun den halbjährlichen Versand bekam oder nicht. Die teuren Neuheiten, die in den Prospekten vorgestellt wurden, konnte er sich ohnehin nicht leisten. Aber immerhin erhielt er keinen Gutschein mehr, mit dem er zehn Prozent auf einen Winterservice erhalten hätte. Das hätte gerade noch gefehlt. Ob er vielleicht – nein, das traute Valerie ihm denn doch nicht zu, dass er auf solche Gemeinheiten kam.

Sie sah auf. Tschudi war ja immer noch da. Er stand neben ihr, schaute auf sie herunter.

»Und wie gehts der Frau Chefin?«, erkundigte er sich mit gespielter Ehrerbietung. »Viel Ärger im Geschäft wie meistens?«

Valerie nahm sich zusammen. »Danke«, antwortete sie kurz, »mir gehts bestens.« Nur nicht provozieren lassen, ermahnte sie sich. Und fügte doch etwas bissig hinzu: »Wir haben günstige Schraubenzieher im Sortiment. Natürlich nur, falls Sie den Ehrgeiz haben sollten, zu lernen, selbst eine lockere Schraube anzuziehen.«

»Wollen Sie damit sagen, bei mir sei eine Schraube locker?«, fragte Tschudi heiter zurück. »Dann wäre ich bei Ihnen ja an der richtigen Adresse.«

Valerie hatte nicht die geringste Lust auf ein Wortgeplänkel. »Ich bin dabei zu arbeiten«, würgte sie das Gespräch ab. »Und normalerweise kosten Reparaturen bei uns etwas.«

»Ja«, gab er verächtlich zurück. »Der heilige Kommerzius ist auch der Schutzpatron dieses Ladens. Da kann man so alternativ tun, wie man will, letztlich ist man doch die Chefin, die scheffelt. Ciao.«

Tschudi ging. Markus warf ihr einen Blick zu. Scheffeln, dachte Valerie, wider Willen amüsiert. Was der sich wohl vorstellt? Sie konnte gut leben vom Geschäft, in den letzten Jahren war es stetig bergauf gegangen. Aber das richtige Business, um reich zu werden, war die Fahrradbranche mit Sicherheit nicht. Für Tschudi, diesen Moralisten, war man wohl schon eine Kapitalistin erster Güte, wenn man es auf mehr als das Existenzminimum brachte. Na ja, es lohnte sich nicht, viele Gedanken an Hugo Tschudi zu verschwenden.

Valerie ließ Luís einen platten Reifen flicken und ging ins Büro hinunter. Der Hund hob seinen verstrubbelten Kopf und gähnte. »Faultier«, murmelte sie und tätschelte ihn. Aber er sprang, erfrischt vom Morgenschläfchen, auf, alles andere als ein Faultier, und schaute sie erwartungsvoll an. Valerie sah auf die Uhr. »In einer halben Stunde ist Mittagspause, dann gehen wir zusammen raus, okay?«

2. Teil

Als Erstes brachte sie mittags den anonymen Wisch zum Polizeiposten. Elmer studierte die Botschaft. »Scheint keinen Sinn zu ergeben. Da ist nur die Verbindung mit dem toten Fisch. Es sei denn, der Täter ist der Meinung, dass Sie gegen den Strom schwimmen. Könnte sich auf Ihren Beruf beziehen. Aber das hilft uns nicht weiter. Vielleicht ist es schlicht ein Psychopath, der Ihnen einen toten Fisch schickte, weil der leichter aufzutreiben ist als ein Kalbskopf. – Entschuldigung«. Valerie war zusammengezuckt. »Ich werde auch dieses Papier auf Spuren untersuchen lassen. Einstweilen bitte ich Sie, die Sache nicht zu sehr auf die leichte Schulter zu nehmen. Passen Sie auf sich auf.«

Na, vielen Dank, dachte Valerie etwas unzufrieden, als sie davonzog. Sie drehte mit dem Hund eine Runde im Quartier. Seppli schnupperte hingebungsvoll an einem undefinierbaren Fleck auf dem Asphalt. Valerie ließ ihn gewähren. Sie hatte es nicht eilig, sie wollte auch nicht nachdenken, sondern für eine halbe Stunde so tun, als wäre es ein ganz normaler Tag, ein Spaziergang wie jeder andere. In diesem Viertel gab es zum Teil verkehrsberuhigte Straßen mit älteren Mietshäusern, Genossenschaftsgebäuden mit günstigen Wohnungen für

Familien mit kleineren Einkommen, für alleinerziehende Mütter mit ihren Kindern, Wohngemeinschaften, ältere Leute mit kleiner Rente. Es war ein eher ruhiges Viertel, zwar mit gemischter Bevölkerung, aber ohne angesagte Bars und Szenetreffpunkte. Die verschiedenen Gemeinschaften pflegten wenig Kontakt. Die orthodoxen Juden blieben für sich, die muslimischen Familien aus den Balkanländern und der Türkei ebenfalls und die Schweizer guckten wohl den Frauen mit Kopftüchern und langen Regenmänteln oder den Männern mit den Zapfenlocken ein bisschen skeptisch nach, kümmerten sich aber um ihre eigenen Angelegenheiten.

Gut drei Jahre war Seppli nun bei Valerie. In ihrem Bekanntenkreis waren eher Katzen die angesagten Haustiere. Hunde, behaupteten ihre Freunde, seien eher etwas für einsame alte Leute, vielleicht für Familien, bei denen es neben zwei unordentlichen Kindern auf einen Hund nicht mehr ankam, oder für die Hundesportler, die ihre belgischen Schäfer militärisch dressierten. Zu guter Letzt gab es noch die Zuhältertypen und verantwortungslosen jungen Loser, die ihr Image mit einem Kampfhund aufpeppten, den sie nicht im Griff hatten. Aber Valerie mochte Katzen nicht. So sehr auch ihre Bekannten das Loblied auf die Unabhängigkeit und Eigenwilligkeit ihrer Katzen sangen und dies geringschätzig der Unterwürfigkeit und Unselbstständigkeit von Hunden gegenüberstellten, sie mochte diese Tiere einfach nicht und solche Charakteranalysen fand sie schlicht dumm.

Sie hatte sich ihren Hund aus einem Tierheim geholt. Was für eine Mischung er war, wurde nicht klar, auch seine Geschichte blieb im Dunkeln. Jedenfalls war er eine Zeit lang obdachlos gewesen und sehr geschickt im Organisieren von Futter. Leider, dachte Valerie seufzend, hatte er diese Eigenschaft bis jetzt nicht abgelegt, obwohl zuverlässig jeden Morgen ein gefüllter Fressnapf vor ihn hingestellt wurde. Die ersten Wochen mit ihm waren nicht einfach gewesen. Er war zwar stubenrein, gutartig und bellte nicht oft, hatte aber ein unerschöpfliches Kontakt- und Kommunikationsbedürfnis. Valerie lebte zu diesem Zeitpunkt seit einem Jahr allein, und zwar gerne. Und sie merkte mit einem leichten Erschrecken, dass sie jetzt nie mehr wirklich allein sein würde. Egal, was sie tat, stets waren zwei große Augen auf sie gerichtet. Wenn sie ins Bad ging, setzte sich der Hund dicht vor die Tür und wimmerte. Wenn sie nach drei Minuten wieder herauskam, war seine Freude einfach zu groß für den banalen Anlass. Nach ein paar Tagen ertappte sie sich bei dem Gedanken, dass sie gerne wieder einmal einen Abend für sich hätte. Aber mit der Zeit hatte man sich aneinander gewöhnt. Seppli gehörte zum Laden und auf beiläufig angenehme Art zu ihrem Leben.

Sie zog den Hund energisch weg von dem interessanten Fleck auf der Straße und bog mit ihm um die Ecke. Es war die Straße, in der ihr Konkurrent Paul Schiesser seinen Laden hatte. Schiesser konnte sie nicht leiden. Valeries Vater und er hatten jahrzehntelang in einer distanzierten Koexistenz gelebt, keiner grub dem anderen groß das Wasser ab. Valerie hatte ihn als Kind gekannt und er war damals nett zu ihr gewesen. Aber der frische Wind, den die erwachsene Valerie ins Business brachte, schreckte Schiesser auf. Als das größere Ladenlokal an der Schmiede Wiedikon ausgeschrieben gewesen war, hatten sich beide beworben. Valerie hatte den Zuschlag erhalten. Sie konnte es Schiesser also nicht verdenken, dass er nicht gut auf sie zu sprechen war. Sie wusste, dass er bei Lieferanten und Konkurrenten über sie lästerte. Er hatte die Entwicklung im Velobusiness einfach verschlafen, während Valerie genau im richtigen Moment ins Geschäft eingestiegen war und ihre Chancen genutzt hatte. Man grüßte sich knapp, wenn man sich zufällig traf.

Valerie wechselte die Straßenseite, sie musste ja nicht gerade an seinem – übrigens schlecht dekorierten – Schaufenster vorbeistolzieren. Der Mann hatte keine Ahnung von Gestaltung. Er hatte offenbar sein halbes Lager im Schaufenster aufgetürmt, damit die Kunden sahen, was bei ihm alles im Angebot war. Mit dem Resultat, dass man gar nichts wahrnahm, nicht mal Lust hatte, einen zweiten Blick zu riskieren.

Aber nun sah Valerie doch genauer hin. Denn die Ladentür wurde aufgerissen und sie hörte Schiesser laut und wütend, mit sich fast überschlagender Stimme brüllen: »Hauen Sie bloß ab und lassen Sie sich hier nie wieder blicken!«

Aus seinem Geschäft stürzte Hugo Tschudi. Was, hier verkehrt der auch?, wunderte sie sich. Dann sah sie Hugos Gesicht. Sein überlegenes, verschlagenes Lächeln. Sie ging rasch weiter. Womit hatte Tschudi Schiesser wohl so in Rage gebracht? Jedenfalls, daran zweifelte Valerie nicht, hatte er es genossen. Nein, dachte sie, Hugo Tschudi war nicht nur ein eigenbrötlerischer Mensch, er war ein sehr unsympathischer Mensch, der in ihr Unbehagen auslöste. War er darüber hinaus ein Dieb? Sie wünschte, er würde FahrGut und ebenso ihren Mechaniker in Ruhe lassen. Ihn einfach ein für alle Mal rauswerfen konnte sie nicht, dafür hatte sie keinen handfesten Grund und dafür war auch der Streit mit Angela Legler noch nicht lange genug her. Die Sache lag ihr ein wenig im Magen. Man hatte ja schließlich einen Ruf zu verlieren.

Valerie ging weiter. Eine Frau fuhr auf einem Rad an ihr vorbei. Angekoppelt war ein kleiner, mit durchsichtiger Folie bedeckter Anhänger, in dem ein kleines Kind saß. Der wurde bei mir gekauft, registrierte Valerie beiläufig. Aber sie hat dem Kind den Helm ja ganz falsch aufgesetzt. Sie erinnerte sich an eine SUVA-Werbung für Velohelme. Eine ganze Familie, alle mit Helmen ausgestattet – und jeder einzelne saß falsch. Hatte keinen Wert, sich darüber aufzuregen.

3. Teil

Die Ladenglocke ertönte, herein kam Frau Zweifel. Frau Zweifel fuhr nicht Velo. Sie war 80 Jahre alt. Sie wohnte im selben Haus, einen Stock über FahrGut. Valerie freute sich, sie zu sehen. Vor über 30 Jahren war sie bei ihr zur Schule gegangen. Frau Zweifel war im Quartier, im Ämtlerschulhaus, Primarlehrerin gewesen. Längst war sie pensioniert. Auch wenn sich das Quartier in den letzten Jahrzehnten stark verändert hatte, Leute weggezogen waren, andere sich hier niedergelassen hatten, kannte Salome Zweifel bis heute viele der Viertelbewohner. Einige hatten bei ihr lesen und schreiben gelernt. Nicht nur Valerie, auch ihr ungeliebter Kunde Hugo Tschudi, Angela Leglers Mann und sogar Paul Schiesser waren ihre Schüler gewesen. Sie wohnte in der eigenen Wohnung und dachte nicht daran, ins Altersheim zu ziehen. Zweimal pro Woche lieferte Pro Senectute Mahlzeiten, die Frau Zweifel nur aufzuwärmen brauchte; eine Putzfrau hielt die Wohnung sauber und bügelte, und wenn sie krank war, bestellte sie jemanden von der Spitex. Zudem hatte ihr Hausarzt, Doktor Hefti, seine Praxis im selben Haus. So kam sie sehr gut zurecht, obwohl ihr diese und jene Altersgebrechen zu schaffen machten. Aber im Kopf war sie völlig klar. Und dann gab es noch Raffaela, ihre Großnichte. Salome Zweifel war nie verheiratet gewesen und hatte keine Kinder. Aber Raffaela, die Enkelin ihres Bruders, schaute regelmäßig bei ihr vorbei.

»Guten Morgen«, grüßte sie, »haben Sie gerade viel zu tun?« Obwohl sie Valerie als Siebenjährige gekannt hatte, nahm sie es sich nicht heraus, sie zeitlebens zu duzen, und Valerie war ihr dankbar dafür.

»Nein«, erwiderte Valerie, »heute läuft nicht viel.« Sie hatte ein Rad in den Bock eingespannt, dessen Lenker sie auswechseln musste. Es war ein Citybike, das statt eines sportlichen Mountainbike-Lenkers einen bequemen Hollandlenker bekommen sollte. Sie rückte für Frau Zweifel einen Stuhl zurecht. »Ich freue mich, wenn Sie mir ein wenig Gesellschaft leisten.«

Markus und Luís waren im hinteren Teil der Werkstatt zugange. Frau Zweifel grüßte unsicher nach hinten. Luís lächelte, Markus reagierte nicht. Typisch, dachte Valerie genervt, dieser Stockfisch.

Valerie hatte eben eines der Bremskabel des Vorderrads mit einem Inbusschlüssel gelöst, nun griff sie nach einem Gabelschlüssel und machte sich am Schaltkabel des Hinterrads zu schaffen. »Wie läufts denn in Ihrem Kurs?«

»Gut«, gab Frau Zweifel Auskunft. »Das ist gar nicht so schwierig mit diesem Internet, wie ich gedacht hatte. Das war eine gute Idee von Raffaela.«

Valerie lachte. Sie kannte Frau Zweifels Großnichte nur flüchtig, denn Raffaela Zweifel war keine Radfahrerin. Sie war eine gut aussehende junge Frau Mitte 20. Typ Partygirl. Fröhlich, lebenslustig – und bewundernswert souverän auf ihren High Heels. Raffaela Zweifel, die in der Nähe als Sekretärin arbeitete, war weit davon entfernt, sich um ihre Großtante zu kümmern, indem sie sich mit ihr zum Kuchenessen traf. Das hätte sie zweifellos gelangweilt. Sie hatte sie dazu angestiftet, sich einen Laptop zu kaufen, und sie eifrig in dessen Benutzung eingeführt. ›Schreib deine Erinnerungen auf‹, hatte sie vorgeschlagen, ›Geschichten, wie es früher war.‹ Kurze Zeit später hatte sie ihr einen Internetanschluss eingerichtet und sie zu einem Internetkurs für Senioren angemeldet. Als Geschenk zum 80. Geburtstag. Das hatte die alte Frau zuerst etwas überrumpelt, aber dann hatte sie Gefallen daran gefunden.

Alle Achtung, dachte Valerie, während sie sich daranmachte, die Lenkergriffe zu entfernen. Sie fuhr mit einem dünnen Schraubenzieher unter den Gummi und sprühte etwas Kriechöl in den Spalt. Nun ließen sich die Griffe herunterschieben. Valerie wischte das Öl sorgfältig vom Lenker.

Sie hatte sich schon oft mit der alten Frau unterhalten und wusste, dass sie es faustdick hinter den Ohren hatte. In ihrer Jugend hätte sie gern Mathematik studiert, aber das Höchste, was ihr Vater ihr damals zugestanden hatte, war eine Ausbildung zur Primarlehrerin gewesen. Da hatte sie wenigstens mit Kindern zu tun. Was sie da lernte, konnte sie später bei den eigenen Kindern anwenden. Eigene Kinder hatte sie dann aber nicht. Aber sie unterrichtete gern. Kinder waren so lernfähig, sie lernten von Geburt an, egal ob sie versunken spielten, herumtobten, sich stritten, Fragen stellten oder etwas beobachteten. Sie lernten, weil sie wissen wollten, wie die Welt funktionierte, in der sie lebten. Man musste also so unterrichten, hatte die junge Lehrerin Salome Zweifel gefolgert, dass die Kinder das, was sie ihnen beibrachte, tatsächlich wissen wollten. Und sie hatte Erfolg. Wenn sie ihre Klassen nach drei Jahren an den Viert- bis Sechstklasslehrer abgab, waren sie mit dem Schulstoff regelmäßig weiter, als es der Lehrplan vorschrieb, vor allem im Rechnen. Natürlich änderten sich die didaktischen Methoden im Laufe der Jahrzehnte, aber Salome Zweifel hatte davon nur das übernommen, was ihr sinnvoll erschien. Wenn sie in der Zeitung las, dass immer mehr Leute auch nach acht Schuljahren nicht richtig lesen konnten, schüttelte sie nur den Kopf. Lesen war eine einfache Kulturtechnik. Auch ein nicht sehr gescheites Kind – oder wie man heute sagte, ein Kind aus bildungsfernem Elternhaus – konnte diese erlernen, das wusste sie aus langjähriger Erfahrung. Wenn das in acht Jahren nicht klappte, stimmte etwas mit der Schule ganz grundsätzlich nicht.

Neben dem Unterricht pflegte sie weiterhin ihre geheime Leidenschaft, die Mathematik. Sie verfolgte ihre Entwicklung aus der Distanz, las Artikel darüber auf der Seite Forschung und Technik der Neuen Zürcher Zeitung, verschlang Biografien von Mathematikern, verfolgte die Entstehung der Informatik. Besonders beeindruckte sie Heinz Rutishauser, Informatiker an der ETH, ein Pionier der Computerwissenschaften. Er war im gleichen Dorf aufgewachsen wie sie, war aber einige Jahre älter. Trotz dieser Interessen hatte Salome Zweifel eine Scheu vor den elektronischen Medien. Irgendwie schienen sie einer anderen Zeit anzugehören, in der sie, Salome, zwar lebte, aber mit der sie nicht so eng verbunden war wie mit früheren Zeiten. Die Pensionierung war ein tiefer Einschnitt in ihrem Leben gewesen. Eigentlich hätte sie sich jetzt an der Universität immatrikulieren und Mathematik studieren können. Aber sie traute es sich nicht mehr zu. Ich werde alt, hatte sie gedacht, nein, ich bin alt, die Dinge überholen mich. Es hatte die junge, unbekümmerte Raffaela gebraucht, um sie aus dieser Unsicherheit und Resignation herauszuholen. ›Unsinn, Salome‹, hatte sie resolut erklärt, ›das muss man heutzutage können. Du auch. Und das schaffst du mit links.‹ Und die alte Frau stellte fest, dass sie zwar langsamer lernte, aber nicht so eingerostet war, wie sie gedacht hatte.

»Raffaela fürchtet, ich könnte mich langweilen, allein in der Wohnung«, erzählte sie nun Valerie. »Sie hat mir von diesen Chatrooms erzählt, in denen man Leute von überall her kennenlernen kann. Zum Beispiel pensionierte Lehrerinnen aus Australien. Oder Leute, die Anagramme basteln. Oder ich könnte im Internet kanadische Zeitungen lesen. Das hat mich natürlich schon interessiert, auch wenn es bald 50 Jahre her ist, seit ich in Kanada gelebt habe. Immerhin war ich zwei Jahre dort.«

»Waren Sie schon auf der Website von FahrGut?«, wollte Valerie wissen. Sie hängte die Brems- und Schaltkabel, die mit kleinen Köpfchen gesichert waren, aus der Bremse und der Gangschaltung aus. Dann hob sie den Lenker aus dessen Vorbau heraus.

»Ach, so weit bin ich bisher nicht. Wir haben im Kurs erst das mit diesen E-Mails gehabt. Das ist alles ein wenig verwirrend. Das Internet ist ja offenbar riesig. Wie finde ich denn Ihre Seite?«

Valerie erklärte es ihr.

»Ich habe jetzt immerhin eine E-Mail-Adresse«, erzählte Frau Zweifel, »und Raffaela schreibt mir täglich eine kurze Nachricht aus dem Büro. Sie ist wirklich ein liebes Mädchen. Auch wenn sie sich etwas verrückt anzieht. Sie hat diese Stelle nun schon länger als ein Jahr und ihr Chef ist offenbar sehr zufrieden mit ihr. – Ihre E-Mails beantworte ich natürlich. Das ist Ehrensache. Wenn ich täglich nachsehe, vergesse ich zudem mein Passwort nicht. Im Kurs haben sie uns gesagt, wir sollten es auswendig können und nicht notieren. Aber mein Gedächtnis ist nicht mehr so gut.«

»Sie müssten eins wählen, das Sie sich gut merken können.« Valerie hatte den Mountainbike-Lenkervorbau, dessen Krümmung nach unten zeigte, aus dem Rahmen entfernt und setzte den neuen Vorbau, dessen Krümmung nach oben verlief, ein. Darauf kam der neue Lenker. Sie erzählte Frau Zweifel die Geschichte aus Umberto Ecos Roman ›Das Foucaultsche Pendel‹. Wie Casaubon am Computer des verschwundenen Jacopo Belbo sitzt und versucht, an dessen Dateien heranzukommen, obwohl er das Passwort nicht kennt. ›Hast du das Passwort?‹, fragt ihn der Computer höflich. Nach stundenlangen vergeblichen Versuchen ist Casaubon mit den Nerven völlig am Ende und er tippt wütend ›Nein‹ ein. Und siehe da, dieses Wort war das Passwort. Frau Zweifel lachte.

»Ja, so etwas Narrensicheres müsste ich auch haben. Eine Frage, die die Antwort enthält. Eine Eingabeaufforderung, die das Passwort beinhaltet. Ein passendes Wort.« Sie kicherte. Sie hatte Freude an Wortspielen, gleichermaßen gefielen ihr Valeries Werbeslogans, in denen sie mit ihrem Namen spielte. Früher hatte sie mit den Namen ihrer Bekannten und ihrer Schülerinnen und Schüler Anagramme ausgetüftelt.

Ihr würde schon was einfallen, dachte Valerie. Sie holte die neuen Brems- und Schaltkabel, die etwas länger waren als die alten.

Es war kurz nach 16 Uhr. Adele kam, wie oft auf dem Nachhauseweg von der Schule, auf einen Sprung vorbei. Valerie hätte sie gerne auf ihre Bemerkung vom Vortag angesprochen, aber dazu hätte sie mit ihr allein sein wollen. Frau Zweifel war gerade dabei, ihr zu erklären, dass sie sich Fotos, die sie mit ihrer Handykamera aufnahm, per MMS auf den Laptop schickte. Adele blickte sehnsüchtig auf das Handy. Ihre Eltern wollten nicht, dass sie eins hatte. Frau Zweifel hingegen besaß eines, weil ihre Nichte es ihr praktisch aufgedrängt hatte. ›Du musst eins haben‹, hatte sie bestimmt erklärt. ›Wenn du irgendwo hinfällst, mit deinen Schwindelanfällen, musst du dir Hilfe organisieren können.‹ Sie hatte ihr natürlich nicht das billigste gekauft, sondern eines, und das machte das Teil so spannend für Adele, mit dem man Fotos machen und sogar kurze Filme drehen konnte. Das hätte das Mädchen so gern ausprobiert. Sie wünschte sich eines zu ihrem Geburtstag, aber ihre Eltern machten ihr keine Hoffnungen.

»Warum schieben Sie die Fotos nicht per Kabel auf Ihren Laptop rüber?«, schlug Valerie vor. »Wäre doch einfacher und billiger als per MMS.« Von einer Rolle zwackte sie vier abgemessene Stücke Kabelhülle ab, schob nacheinander die zwei Bremskabel und die zwei Schaltkabel hinein und zog sie hindurch. Sie hängte oben die Kabelköpfchen ein und legte die Kabel entlang des Lenkervorbaus und des Rahmens nach unten.

»Ach, das funktioniert irgendwie nicht, Raffaela hat es versucht.« Frau Zweifel zuckte die Achseln. »Aber es geht auch so. Übrigens werde ich auf meine alten Tage noch Fotoreporterin.«

Fotoreporterin? Adele hörte gespannt zu.

»Schauen Sie, das haben sie im Kurs verteilt.« Sie kramte eine Broschüre aus ihrer Handtasche hervor und reichte sie Valerie. Ein Wettbewerb für Senioren. Vom Sozialamt organisiert. Seniorinnen und Senioren sehen ihr Quartier. »Kleine Reportagen mit Texten und Fotos des Quartiers, in dem man wohnt. Was meinen Sie, soll ich da mitmachen?«

»Klar!«, rief Valerie. »Sie leben doch schon so lange hier. Kennen das Quartier, die Leute, haben Erinnerungen, haben die Veränderungen miterlebt.« Sie befestigte die Kabel an den Bremsen und der Gangschaltung. Mit einem Inbusschlüssel drehte sie die feinen Schräubchen fest.

»Dürfte ich in Ihrem Geschäft Fotos machen?«

Valerie machte eine einladende Geste. »Jederzeit.« Sie löste das Fahrrad aus der Halterung, stellte es auf den Boden, ersetzte den schwarz übermalten Sticker durch einen neuen und schob es in den hinteren Werkstattbereich. Nun würde sie noch die Gangschaltung überprüfen und wahrscheinlich neu einstellen müssen.

Adele wusste, dass sie langsam nach Hause gehen sollte. Aber sie konnte sich kaum losreißen. Sie wusste plötzlich, was sie werden wollte: Fotoreporterin. Am liebsten gleich. Aber dafür bräuchte sie einen Laptop. Ein Handy. Einen Fotoapparat. Es war hoffnungslos, wenn man zehn Jahre alt war. Sie streichelte Seppli und machte sich auf den Heimweg.

Auch Frau Zweifel verabschiedete sich. Valerie blieb zurück, etwas getröstet, und nahm sich die nächste Reparatur vor. In der letzten Stunde hatte sie die üble Geschichte ganz vergessen. So sollte es sein, dachte sie, nette Kunden, Nachbarinnen, die zum Plaudern kommen, Arbeit, auch mal nervige Kunden, das gehört dazu. Normal sollte es sein, einfach alltäglich. Was war denn bloß in der letzten Zeit los? Angefangen hatte es mit den übermalten Stickern, dann die Diebstähle, jetzt Drohungen, Belästigungen – was sollte das Ganze? Standen diese Dinge in einem Zusammenhang? Würde es sich noch weiter steigern? Plötzlich stieg eine leise Furcht in ihr auf. ›Du wirst auch nicht besser aussehen, wenn du tot bist.‹ Hatte ein Geistesgestörter sie ins Visier genommen?

Es hatte schon eingedunkelt, als Valerie nach Hause fuhr. Sie nahm heute nicht wie sonst den Fußweg am Fluss entlang, sondern blieb auf der Straße. Nun lasse ich mich doch einschüchtern, gestand sie sich ein, ein bisschen ärgerlich auf sich selbst. Sie war normalerweise unerschrocken, hatte auf Velotouren allein draußen übernachtet, ohne Angst zu haben. Aber im Moment fühlte sie sich nicht auf sicherem Boden.

Als zu Hause das Telefon klingelte, schaute Valerie erst aufs Display, bevor sie sich meldete. Diesmal war es wirklich Lina. Sie erzählte ihr die ganze Geschichte, und ihre Freundin reagierte beunruhigt. Vor einigen Jahren war ihr eine Zeit lang ein Stalker nachgestiegen, ein Typ, der in einer Ausstellung ihre Bilder gesehen und ein Porträt über sie in einer Zeitschrift gelesen hatte. Er hatte sich eingebildet, sie seien füreinander bestimmt, und war, als Lina diese Idee nicht teilte, zunehmend aggressiv geworden. Es ging so weit, dass er sie auf der Straße tätlich angriff. Daraufhin war er in eine psychiatrische Klinik eingeliefert worden. Aber Lina steckte die Geschichte noch in den Knochen. Sie riet Valerie, Telefonanrufe mit unbekannter Nummer gar nicht entgegenzunehmen oder sofort abzubrechen, wenn sich der Unbekannte meldete. »Er will dir ja Angst machen, und wenn du gar nicht reagierst, interessiert es ihn vielleicht nicht mehr.« Valerie hoffte, dass es wirklich nur darum ging, sie in Schrecken zu versetzen. Ganz überzeugt war sie nicht. Als sie zu Bett ging, stellte sie den Klingelton des Telefons wieder auf null.

SAMSTAG, 1. WOCHE

1. Teil

Am Samstag war, wie immer, viel zu tun. Luís nahm kaputte Räder entgegen. Markus beriet eine Frau, die ein Citybike wollte, und ließ sie erst eine Probefahrt machen, als sie bereit war, ihre Handtasche dazulassen. Ihm steckte es immer noch in den Knochen, dass er sich vor ein paar Tagen so elend hatte übertölpeln lassen. Valerie versuchte, sich auf die Kunden zu konzentrieren, aber ganz bei der Sache war sie nicht. Konnte es sein, dass der Unbekannte, als harmloser Kunde getarnt, im Laden auftauchte? Vielleicht jener kleine dicke Typ dort? Der sah doch überhaupt nicht wie ein Radfahrer aus. Valerie ertappte sich dabei, wie sie jedes Mal in Richtung Tür schaute, wenn die Ladenglocke ertönte.

Früher war ich robuster, dachte sie. Sie hatte Erfahrung mit anonymen Zuschriften, aber so bösartig waren sie nicht gewesen. Als sie das Geschäft erst kurze Zeit gehabt hatte, war einige Male seltsame Post eingegangen, vor allem von Leuten, die sich daran störten, dass sie als Frau ein Fahrradgeschäft führte. Ihr Kopf war aus einem Zeitungsfoto, das die Neueröffnung abbildete, ausgeschnitten und auf ein pornografisches Bild geklebt worden. Es war eine sehr schlechte Collage gewesen, die Größenverhältnisse von Kopf und Körper hatten überhaupt nicht gestimmt. Valerie hatte das einfach weggeschmissen, ohne jemandem davon zu erzählen.

Die Zeiten, in denen sie sich mit dem Erstaunen von Leuten, dass eine Frau Räder reparierte, herumschlagen musste, waren definitiv vorbei. Das passierte nun wirklich nicht mehr, dass jemand hereinkam, sie sah und fragte, ob niemand da sei. Und das Gerücht, es sei ein Mann mit 1.000 Franken in der Tasche in ihr Geschäft gekommen, um ein Fahrrad zu kaufen, hätte aber keines bekommen, weil er ein Mann war, kursierte schon lange nicht mehr.

Es gab natürlich Männer, die es auf einen Flirt mit ihr anlegten, aber das ging Kellnerinnen, Apothekerinnen und anderen Frauen an der Front nicht anders. Ein Kunde war sogar extra aus Chur angereist und wollte sie zu einem Billy-Cobham-Konzert einladen. Sie hatte abgelehnt. Aber manchmal ging Valerie auch auf einen Annäherungsversuch ein; ein Flirt, die eine oder andere kurze Affäre, mehr hatte sich seit der Trennung von Lorenz nicht ergeben. Und der, mit dem es unter Umständen mehr hätte werden können, hatte die Gegend vor ein paar Jahren verlassen. Valerie hatte keine Zeit, ihren Gedanken nachzuhängen. Sie nahm eine Familie mit drei Kindern in Empfang, die ihren Nachwuchs ausrüsten wollte. Die älteste Tochter, im zickigsten Teenie-Alter, sollte ein Rad zum Geburtstag bekommen. Sie war demonstrativ desinteressiert und fragte den Vater, ob sie nicht stattdessen einfach das Geld haben könnte, um mit ihren Freundinnen nach Mallorca zu fliegen. Sie ließ sich gnädig dazu herab, auf verschiedene Velos einen Blick zu werfen, die Valerie ihr präsentierte. Sie ärgerte sich nicht so sehr über das Mädchen, denn wenn eine 15-Jährige kein Rad wollte, war ihr das egal. Aber die Eltern, die ihrer Tochter das Geschenk halb andienten, halb aufzwangen, gingen ihr auf die Nerven. Sie ließ sich nichts anmerken, fragte das Mädchen nach der Lieblingsfarbe und weckte eine Spur Interesse, als sie ihr ein türkisfarbenes Modell zeigen konnte.

Nun war der Achtjährige dran. Ihm gefiel das rote Velo am besten.

»Komm, du kannst es draußen mal ausprobieren«, schlug Valerie vor. »Da auf dem Platz kannst du herumfahren.«

Die Mutter intervenierte: »Fabio ist sehr ängstlich, nicht wahr, Fabio, du bist sehr ängstlich, pass auf, dass du nicht umfällst und dir weh machst.«

Valerie wusste Bescheid. Um die Mutter auszuschalten, warf sie einen demonstrativen Blick auf den Jüngsten der Familie, der an den Klingeln herumhantierte. Die Mutter ließ sich ablenken und Valerie ging mit dem ängstlichen Fabio hinaus. Der Beobachtung durch seine Mutter entkommen, vergaß der Kleine augenblicklich, dass er der Hasenfuß der Familie war, bestieg das Rad, fuhr los, ohne zu schwanken, und drehte vergnügte Runden. Valerie beobachtete ihn, stellte den Sattel etwas höher, passte den Lenker dem kleinen Kinderkörper an, erklärte ihm, wo der Schalter für das Licht war.

»Das ist wichtig«, sagte sie, »wenn du bei Dunkelheit fährst, musst du immer das Licht einschalten.«

Fabio zuckte die Schultern: »Wenn es dunkel ist, darf ich sowieso nicht hinaus.«

Der Vater übernahm Fabio, und Valerie wandte sich der Mutter und dem Sechsjährigen zu, der einen Helm bekommen sollte.

Manchmal erlaubte sie sich bei Kunden, die ihr auf die Nerven gingen, eine heimliche kleine Stunde der Rache. Das war so ein Moment. Die Mutter versuchte, ihren Sohn für einen Helm zu begeistern, aber der wollte nicht recht. Da kam Valerie hinzu, frisch und unverbraucht, im Gegensatz zur Mutter, und sagte zum Kleinen: »Schau mal, ich hätte da ein besonderes Modell für dich. Das ist ganz neu. Ein Polizeihelm.« Und sie überreichte ihm einen Helm, auf dem in großen Buchstaben ›Polizei‹ stand. Der Kleine war begeistert. Die Mutter weniger. Ungerührt setzte Valerie dem Bub den Kopfschutz richtig auf und ließ ihn in den Spiegel schauen. Die Mutter stand chancenlos mit einem als Glückskäfer verkleideten Helm daneben. Sie warf Valerie einen argwöhnischen Blick zu. Warum hatte diese Frau überhaupt solche Helme im Sortiment?

»Größe und Form passen Ihrem Sohn ausgezeichnet«, bemerkte Valerie sachlich, »wie für seinen Kopf gemacht.«

»Mama, darf ich diesen Helm haben? Ich will diesen!«, rief der Kleine. »Dann mache ich immer Kontrolle im Quartier und alle müssen mir folgen, wenn ich Polizist bin.«

»Qualitativ ist er hervorragend«, erläuterte Valerie, »und preislich sehr günstig.«

Die Mutter gab auf. Die Familie zog mit zwei Rädern und einem Polizistenhelm ab. Der Kleine hatte ihn gleich aufbehalten. Valerie führte ein recht großes Kindervelosortiment, nicht weil sich das wirklich rentierte, dafür waren der Beratungsaufwand zu groß und die Marge zu tief, aber sie betrachtete es als eine Investition in die Zukunft. Möglicherweise würde ja der Sechsjährige, der den Laden als glücklicher kleiner Ordnungshüter verließ und auf dem Heimweg ständig »Stopp!« und »Fahrausweiskontrolle« rief, in zehn Jahren wiederkommen und sein Geburtstagsgeld oder den Lehrlingslohn in ein super Mountainbike investieren.

2. Teil

Kurz nach 16 Uhr bugsierte Valerie so höflich wie möglich den letzten Kunden aus dem Laden und machte den Kassenabschluss. Der Umsatz war gut. Markus ging auf die Diebstahlcheckrunde. Obwohl der Laden die ganze Zeit über voll gewesen war und sie unmöglich dauernd jede Person kontrollieren konnten, die sich im oberen oder unteren Stock umsah, war nichts weggekommen. Interessant, dachte Valerie. Heute war Tschudi nicht hier und es ist nichts abserviert worden. Ihr Argwohn gegen ihn wuchs. Aber sie behielt ihn für sich. Auch Markus gegenüber würde sie nichts erwähnen, da er sich ja mit Hugo angefreundet hatte. Ihr kam ihre Verabschiedung in den Sinn: ›Also, bis Samstag.‹

Irgendetwas musste sie unternehmen, wenn die Diebstähle so überhandnahmen. Am Donnerstag hatte ein Regenponcho für 104 Franken gefehlt, am Freitag ein zusammenfaltbares Körbchen und ein Kilometerzähler. Machte zusammen ebenfalls einen Hunderter.

Sie wählte den längeren Heimweg entlang des Flusses, mit der Extrarunde über die Sihlhölzlibrücke, und ließ Seppli tüchtig rennen. Der Hund liebte das Wasser. Er sauste das Uferbord hinunter und testete die Wassertemperatur. Es war ihm zu kalt. Stattdessen schnappte er sich einen Ast, der dreimal länger war als er selbst, und jagte damit davon, ohne Rücksicht auf eine Frau mit Kinderwagen, die ihnen entgegenkam und im letzten Moment ausweichen konnte. Sie warf Valerie einen vorwurfsvollen Blick zu, aber diese hatte keine Lust, sich zu entschuldigen.

Zu Hause legte sie sich in die Badewanne und schrubbte gründlich die schwarzen Spuren von den Händen. In den

Anfangszeiten hatte sie ein Experiment mit Kaffeesatz als Seifenersatz gemacht. Sie schüttelte belustigt den Kopf, was für Ideen sie gehabt hatte. Er hatte zwar seinen Zweck erfüllt, aber hinterher waren überall Kaffeesatzbrösel gewesen. Sie nahm ziemlich schnell wieder die Spezialseife. Nach dem Bad zog sie sich an, beobachtet von Seppli, der zu spüren schien, dass das ein Outfit war, das für ihn nichts Erfreuliches verhieß. Rock, schmale Schuhe, Lippenstift. Die braunen Locken, die tagsüber am Hinterkopf straff zusammengebunden und unordentlich hochgesteckt waren, fielen ihr nun ins Gesicht. In der Tat. Mehr als das Versprechen, sie würde ganz gewiss wiederkommen, gab es für Seppli nicht. Valerie griff nach der Handtasche und verschwand.

Sie klingelte zwei Straßen weiter bei Lina. Lina Kovàts und Valerie waren seit den Schulzeiten miteinander befreundet. Lina lebte in einer großen Einzimmerwohnung, die sehr sparsam eingerichtet war. Ein paar schöne Möbelstücke, eine Wand voll Bücher, CDs und DVDs, ein großer Gabbeh-Teppich. Nichts lag herum. Valerie, die immer gegen ihre unordentliche Ader ankämpfte, gegen viele kleine Dinge, die herumlagen, Gott weiß, woher sie alle kamen, bewunderte das. Lina hatte Sprachwissenschaft studiert und arbeitete als Korrektorin bei einer Zeitung. Daneben malte sie wilde Bilder, fast grob warf sie manchmal die Farbe auf die Leinwand. Für Valerie waren diese zwei Seiten ihrer Freundin ein Phänomen: Linas Genauigkeit beim Korrekturlesen, ihre Liebe für sprachliche Details, ihr Gespür für stilistische Feinheiten – und die Heftigkeit ihrer Bilder, das Großflächige, die harten Kontraste. Lina zuckte dazu nur die Schultern. ›Es ist halt so‹, meinte sie. ›Ich mache beides gern.‹ Sie hatte ein kleines Atelier am Stadtrand, hell, mit Aussicht ins Grüne, aber im Winter kaum heizbar. Das war Lina egal, dann malte sie in dicke Pullover gehüllt und trank heißen Tee. Valerie besaß zwei Bilder von ihr. Eines war groß, in Orange, Rot und düsterem Schwarz-Weiß gehalten, dominierte eine Wand ihres Wohnzimmers und flößte manchem ihrer Gäste Unbehagen ein. Lina hatte es ihr geschenkt. Das andere hatte Valerie quasi gerettet. Manchmal übermalte Lina nämlich ihre Bilder, wenn sie nicht zufrieden war, und dieses kleinformatige Bild in Blau- und Brauntönen hätte dieses Schicksal ereilt, als Valerie Lina im Atelier besuchte. ›Nein, gib es mir, ich kauf es dir ab‹, hatte sie gebeten Und Lina überließ es ihr für 500 Franken. Sie war groß und dünn und trug einen eckig modellierten Pagenschnitt, dessen Fransen exakt bis in die Mitte der Stirn reichten. Ihre Haare waren immer gefärbt. Manchmal pechschwarz, manchmal künstlich orange, heute war es ein sehr gelbes Blond. Bloß dieses weiche warme Braun, das ihre Naturfarbe war, trug sie nie.

›Warum nicht?‹, hatte Valerie sie gefragt.

›Das ist meine Farbe. Die geht niemanden was an.‹

›Aber du hast ja so auch nichts davon‹, hatte Valerie eingewendet.

Aber Lina war so. Immer auf Abgrenzung, auf Schutz bedacht. Immer sorgfältig daran, eine Fassade zu bewirtschaften und sich dahinter zu verstecken. Natürlich hatte sie überhaupt keine Begabung, ihre Bilder zu vermarkten. In Situationen, in denen es günstig gewesen wäre, ein bisschen Reklame für sich zu machen oder wenigstens einigermaßen zugänglich zu wirken, gab sie sich spröde und störrisch. Valerie, in dieser Hinsicht unbefangen, hatte vor Jahren eine erste Ausstellung in einem Restaurant organisiert. Sie war in der Lokalpresse sehr positiv besprochen worden und Lina hatte einige Bilder verkauft. Später vermittelte Valerie ihr eine Ausstellungsmöglichkeit in einer Galerie im Kreis zwei; der Galerist war einer ihrer Kunden.

Lina und Valerie waren zur Geburtstagsparty eines gemeinsamen Freundes eingeladen. »Magst du überhaupt hingehen?«, hatte Lina gefragt.

»Aber ja«, hatte Valerie versichert, »wäre ja noch schöner, wenn ich mich nicht mehr aus dem Haus traute. Heute Abend werden wir uns tüchtig amüsieren!«

Gerade als sie aufbrechen wollten, klingelte das Telefon: »Szia«, hörte Valerie Lina sagen. Es war also ihr Bruder, der in Genf lebte. Lina hörte eine Minute zu, sagte schließlich: »Sajnos most nincs időm. Koncertre megyek. Felhìvlak holnap. Rendben van?« Pause. Dann: »Igen. Köszönöm. Viszlàt.« Sie legte auf. Valerie schüttelte den Kopf, äußerte aber nichts. Lina. So war sie eben.

*

Valerie und Lina belegten ihre Teller mit gefüllten Weintraubenblättern, Käsestückchen, Oliven und Fleischbällchen. Es waren an die 20 Leute da, die sich in einer eher engen Wohnung drängten. In der Küche fanden sich die Raucher zusammen, im Schlafzimmer führten drei Gäste eine engagierte Diskussion und der Rest stand, saß oder zirkulierte im Wohnzimmer. Valerie sah Valentin, der bei FahrGut ein Rad gekauft hatte, auf sich zukommen. Ihr schwante nichts Gutes. Aber so war es halt. Überall, wo sie hinkam, traf sie auf Kunden. Tatsächlich begann Valentin sofort, von einem Problem zu erzählen, das er mit seinem Fahrrad hatte. Wenn sie etwas hasste, dann das. Sie wollte nicht am Samstagabend bei einem Fest als Velomechanikerin angesprochen werden. Und Gratisratschläge geben schon gar nicht. Ihr Hinweis, er solle das Rad am Dienstag bringen, nützte gar nichts. In diesem Punkt waren Lorenz und sie sich immer einig gewesen. Er hatte es genauso wenig ausstehen können, wenn bei irgendwelchen Anlässen die Leute ihre Gesundheitsprobleme an ihn herantrugen. ›Sie sollten unbedingt zum Arzt gehen‹, hatte er jeweils geantwortet und ein sehr besorgtes Gesicht gemacht. In schwereren Fällen hatte er höflich gesagt: ›Machen Sie sich bitte oben frei.‹ Das hatte immer gewirkt.

Na ja, immerhin wurde sie hier als Expertin angesprochen. Sie vergaß nie jene Party, auf der sie mit Lorenz gewesen war, als sie erst kurze Zeit ein Paar waren. Von einer Kollegin von Lorenz gefragt, was sie beruflich mache, hatte sie geantwortet, sie habe ein Fahrradgeschäft. Damit wusste die junge Ärztin nichts anzufangen und sie hatte freundlich weitergefragt: ›Und hast du auch ein Hobby?‹ Lorenz hatte später darüber gelacht, aber Valerie hatte es geärgert. Und wegen Valentin, der offenbar das Gefühl hatte, dass man sich mit ihr am besten über Fahrräder unterhielt, wurde sie ebenso sauer.

Sie schaute sich nach Lina um. Ihre Freundin wurde von Anne belagert. Valerie wusste, dass sie ihre Gesprächspartnerin nicht mochte, weil sie so neugierig war. Valerie hängte Valentin ab und ging zu den beiden Frauen hinüber. Sie sah gleich, dass da etwas Ungutes im Gange war. Anne belegte seit Neuestem einen Malkurs an der Volkshochschule und wollte mit Lina fachsimpeln. Lina war höflich, aber innerlich kochte sie, das sah Valerie. Sie beschloss einzugreifen.

»Komm«, sagte sie, »das bringt hier nichts mehr für uns. Gehen wir woandershin.«

»Heute ist doch ›Zenith‹«, kam es Lina plötzlich in den Sinn.

»Klar, gehen wir doch dorthin!«, rief Valerie.

Unterwegs hatte Lina einen kleinen Wutanfall wegen Anne, anschließend lachte sie und sagte: »Du warst ja auch nicht besser dran mit Valentin.« Kurze Zeit später hatten beide die misslungene Party vergessen.

›Zenith‹ war eine Ü-40-Disco, im Klartext eine Disco für Leute, die tanzmäßig eine ganze Weile vor Techno sozialisiert worden waren. Einmal im Monat kamen zahlreiche ›Übervierziger‹, die sich nicht in die zahllosen angesagten Klubs der Stadt trauten, weil sie ungefähr 100 Jahre zu alt waren, aus ihren Löchern, um abzutanzen. Lina und Valerie waren oft dabei, manchmal sogar Leon, Valeries Nachbar. Sie kamen gerade richtig für ein Italo-Rock-Set an, schmissen ihre Handtaschen und Jacken in eine Ecke und sich selbst auf die Tanzfläche. Valerie war mitten drin, Lina, wie immer, an der Peripherie. Es war heiß. Nach ein paar Songs ging Valerie, die ihre Freundin aus den Augen verloren hatte, nach draußen, um sich etwas abzukühlen. Sie hörte Linas Stimme. Offenbar telefonierte sie. »Verstehe ich das jetzt richtig, ist das eine Liebeserklärung?« Kurze Pause. Dann: »Und es steht niemand neben dir, der dir eine Pistole an die Schläfe hält und dich zwingt, das zu sagen?« Kurze Pause. »Und du bist nicht auf Drogen oder unter Alk-Einfluss?« Valerie zog sich hastig zurück. Das musste Hannes sein, mit dem Lina seit mehreren Jahren zusammen war. Ein Mann, der sich, ohne je ganz von Lina zu lassen, durch große Widerspenstigkeit auszeichnete. ›Meine Halbbeziehung‹, nannte Lina es ironisch. Die Widerspenstigkeit war ja auch ganz auf ihrer Seite. Jedenfalls schien es den beiden miteinander gut zu gehen.

Hatte er jetzt entdeckt, dass Lina seine große Liebe war?, fragte sich Valerie. Wenn ihr das nur nicht zu viel wird, dachte sie, als ihre Freundin nach wenigen Minuten mit düsterer Miene zurückkam. Aber im nächsten Moment legte D-Jane Marianne Welti ›The Israelites‹ auf, Linas Lieblingsstück, und Valerie sah zu, wie sie tanzte, eckig, wie immer, aber sehr schnell und mit geschlossenen Augen. Kommt schon gut, dachte sie. Später spielte Marianne ›Locomotive Breath‹, Valeries Lieblingslied, zu dem sie das erste Mal mit 16, als sie von zu Hause abgehauen war, in der Jugendherberge in Genua getanzt hatte. Danach liefen die Stones, die Lina naserümpfend ausließ, schließlich folgte Deep Purple, die sie beide liebten, und als das leider unvermeidbare Lateinamerika-Set kam, hauten sie ab. Sobald das Wort ›corazon‹ gesungen wurde, waren sie beide draußen.

Sie gingen auf ein Glas in die Central Bar beim Kanzlei-Quartierzentrum. Diese war bereits recht voll, aber die Frauen fanden ein freies Tischchen und bestellten Wein und Wasser. Valerie erzählte lustige Anekdoten aus dem Fahr-Gut-Alltag, Lina revanchierte sich mit der Geschichte einer Frau, die zu ihr ins Atelier gekommen war, weil sie ein Bild kaufen wollte, schlussendlich aber davon Abstand genommen hatte, weil es keines gab, dessen Farben zu ihren Vorhängen passten. So etwas ärgerte Lina überhaupt nicht, sie fand es nur amüsant. Dann wurde sie schweigsam. Valerie kam das Telefongespräch von vorhin in den Sinn, das sie mitgehört hatte.

»Hannes hat eine Stelle in Bern in Aussicht.«

Die letzten Jahre hatte Linas Freund in Frankfurt gelebt. Er war Deutscher, stammte aus Hamburg und war Finanzanalyst bei einer Großbank. Lina und er verbrachten ab und zu ein paar Tage oder ein Wochenende zusammen entweder in Frankfurt oder Zürich oder irgendwo dazwischen. Nun hatte man ihm eine Stelle beim Eidgenössischen Finanzdepartement in Bern angeboten.

»Wie das?«, hakte Valerie nach.

»Nun, er hat sich beworben. Ohne mir was zu sagen. Damit wir uns häufiger sehen können. Sagt er.«

»Ja, und findest du das gut?«

»Ich weiß nicht. Eigentlich lief es doch so, wie es war, ganz gut.«

Mehr war nicht aus ihr herauszubekommen. »Keine Panik«, beruhigte sie Valerie. »Er kommt ja nicht gleich nach Zürich.«

Lina wechselte das Thema. »Hast du schon was gehört von der Untersuchung des Fischpakets und der anonymen Briefe?«

Valerie schüttelte den Kopf. »Ich werde am Montag mal anrufen«, meinte sie. »Ich verspreche mir nicht allzu viel davon. Ich zweifle auch daran, dass sich die Polizei dafür allzu sehr ins Zeug legt. Wahrscheinlich ist es nur ein makabrer Scherz. Schließlich bin ich ja nicht umgelegt worden.«

»Macht es dir Angst?«, forschte Lina.

»Ich weiß nicht. Manchmal ein bisschen. Aber es macht mich vor allem wütend. Wenn ich den Typen vor mir hätte – der könnte was erleben.«

Sie sah auf und bemerkte auf der anderen Seite der Bar am Tresen ihren Mechaniker Markus mit Hugo Tschudi. Markus wirkte ziemlich angetrunken, Hugo redete auf ihn ein, und er hatte, als der Jüngere in sein Bierglas schaute, wieder diesen Blick, der Valerie gar nicht gefiel. Was die wohl für ein Thema haben?, grübelte Valerie. Im nächsten Moment sah sie Raffaela Zweifel, die Großnichte der alten Frau Zweifel, hereinkommen. Sie war wirklich attraktiv. Trug eng geschnittene Jeans und ein rotes Lederjäckchen, das ein paar Zentimeter oberhalb des Jeansgürtels endete. Ob sie nicht friert?, fragte sich Valerie. Als Hugo die junge Frau erblickte, zog sich ein schmales Lächeln über sein Gesicht, bei dem seine Augen nicht mitmachten. Er hob die Augenbrauen und winkte Raffaela heran. Ach, die kennen sich?, wunderte sich Valerie. Raffaela schien das Zusammentreffen unangenehm zu sein. Sie nickte dem Mann nur kühl zu, schaute sich kurz in der

Bar um und verschwand wieder. Hugo sah ihr nach. Einen Moment lang erkannte Valerie Wut in seinem Blick, bevor er ein unangenehmes Lächeln aufsetzte, das Valerie an die Szene erinnerte, als er aus Schiessers Laden geflogen war.

Gegen ein Uhr trennten sich die beiden Frauen vor Linas Haustür. Lina hatte ihrer Freundin angeboten, sie zu begleiten, aber Valerie hatte entschieden abgelehnt. Sie ging durch die stillen Quartierstraßen ihrem Haus zu. In einiger Entfernung hörte sie Schritte hinter sich. Noch vor einer Woche hätte sie sich nichts dabei gedacht. Jetzt ging sie etwas rascher. Sie nahm wahr, dass die Person hinter ihr ihren Schritt ebenfalls beschleunigte und näher kam. Einen Moment stieg Panik in ihr hoch, gefolgt von einer Welle von Zorn. Sie kämpfte ihren Impuls wegzurennen nieder, verlangsamte ihren Gang, ließ ihren Verfolger aufschließen. Dann drehte sie sich abrupt um, stand breitbeinig da, die Arme vor dem Körper gekreuzt, wie sich die Judo- oder Karatekämpfer hinstellen. Es war ein Bluff, sie konnte überhaupt keine Selbstverteidigung.

»Ist was?«, fuhr Valerie den Mann an.

Der starrte ein paar Sekunden zurück. Machte dann einen Schritt auf sie zu. In dem Moment ging ein Haus weiter die Türe auf, ein paar Leute traten lachend und schwatzend heraus. Der Mann drehte sich um und ging weg. Eine Minute später fiel die Haustüre hinter Valerie ins Schloss. Sie stieg langsam, mit weichen Knien die Treppe hinauf. Hatte sie jetzt eben verdammtes Glück gehabt? War das der Mann gewesen, der sie seit ein paar Tagen bedrohte? Oder war das irgendein Typ, der sich nachts in den Straßen herumtrieb? Jedenfalls sollte er sich in dieser Nacht an keine andere Frau heranmachen können. Valerie wählte die Polizeinotrufnummer und gab eine Beschreibung des Mannes durch. Hoffentlich konnte ihn ein Streifenwagen aufgreifen.

DIENSTAG, 2. WOCHE

1. Teil

»Okay«, sagte Valerie, »wenn du willst, kannst du zweimal die Woche kommen. Am Montag, wenn der Laden geschlossen ist, vier Stunden, dann putzt du den oberen Stock, und am Donnerstag zwei, da arbeitest du unten. Du kriegst 25 Franken pro Stunde.« Markus' Freundin gefiel ihr. Sie hieß nicht Sibylle, wie sie anfänglich verstanden hatte, sondern Sibel, Sibel Evren, und war Türkin. Valerie fragte sich flüchtig, ob Markus ihren Namen absichtlich undeutlich ausgesprochen hatte, und falls ja, warum. Jedenfalls wusste sie jetzt, woher Markus die paar Brocken Türkisch konnte, die er letzte Woche an den beiden albanischen Mädchen, die sich in den Laden verirrt hatten, ausprobiert hatte. Sibel war etwas über 30, seit zehn Jahren in der Schweiz, hatte die C-Bewilligung und sprach recht gut Deutsch. Eine Ausbildung hatte sie nicht, sondern schlug sich mit Gelegenheitsjobs durch. Geputzt habe sie schon öfter, erklärte sie. Sie wohnte bei Markus. Vermutlich putzt sie dort auch, mutmaßte Valerie. Sie wirkte schüchtern und es schien ihr viel an dem Job zu liegen. Valerie führte sie durch die Räume und erläuterte alles im Detail.

»Ich werde sehr gern diese Arbeit machen«, versicherte Sibel. »Ist auch gut, wenn schwarz«, erklärte sie entgegenkommend, aber Valerie winkte ab.

»Nein, du kannst kommen, aber wir machen das mit allen nötigen Formularen, Unfallversicherung, AHV-Beitrag, was anderes kommt nicht infrage.«

Sibel schien ein wenig verunsichert, nickte aber. Vermutlich war sie es gewöhnt, illegal zu arbeiten, ohne jeden Schutz, ohne Sozialleistungen.

»Hast du denn schon schwarzgearbeitet?«, forschte Valerie, aber Sibel schüttelte hastig den Kopf.

»Nein, nein, ist schon gut so.« Das Thema schien ihr unangenehm zu sein. Als sie ging, winkte sie Markus zu, der einem Kunden Sättel zeigte, und deutete auf das Café, das dem Geschäft gegenüberlag.

Kurz vor Mittag drängten sich die Kunden im Laden. Die gesamte Belegschaft bediente, sogar Luís. Valerie sah, dass Fridolin Heer hereinkam, ein Kunde, der ein hochklassiges Fahrrad, ausgerüstet mit einer ganzen Reihe von teuren Extras, bestellt hatte. Sie hatte ihm heute Morgen telefonisch Bescheid gegeben, dass es eingetroffen war. Heer sah sich nach Markus um, denn der hatte ihn beraten und das Rad für ihn bestellt. Aber ihr Mechaniker war in ein Verkaufsgespräch verwickelt. Er blätterte in einem Katalog, suchte nach einem Modell, das er der Kundin zeigen wollte. Valerie kassierte rasch das Geld für ein Fahrradkörbchen und gab Fridolin Heer mit den Augen ein Zeichen, sie würde gleich für ihn da sein. Aber ein anderer Kunde schob sich dazwischen.

»Sorry, aber ich warte schon zehn Minuten. Bei meinem Velo ist ein Pedal abgebrochen. Es steht dort drüben.« Aus dem Augenwinkel nahm Valerie wahr, dass Luís sich Fridolin Heer näherte. Kein Problem, dachte sie, das Velo ist ja genau so, wie Heer es bestellt hat. Luís muss es ihm nur übergeben und kassieren. Er weiß ja jetzt, wie das Einlesegerät für die Postcard funktioniert. Sie kümmerte sich um das abgebrochene Pedal. Frau Zweifel kam herein, die Handykamera gezückt. Valerie verständigte sich kurz per Zeichensprache mit ihr: Alles in Ordnung, machen Sie ruhig Fotos von dem Chaos.

Adele, die mit Frau Zweifel in den Laden geschlüpft war, zupfte die alte Frau am Ärmel: »Schauen Sie, wie lustig. Seppli ist auf die Werkbank geklettert. Machen Sie einen Film von ihm?«

»Mal schauen.« Frau Zweifel, bisher nicht so vertraut mit den Funktionen des kleinen Geräts, musterte das Display und probierte Tasten aus.

Während sie den Reparaturzettel ausfüllte, sah Valerie Hugo Tschudi durch den Laden schlendern, anscheinend ohne ein bestimmtes Ziel. Wieder stiegen Ärger und Unbehagen in ihr auf. Sie scheuchte rasch Seppli von der Werkbank hinunter und schob die Kassenschublade zu, von der sich Markus nach dem Kassieren für einen Moment abgewandt hatte, weil ihm ein ungeduldiger Kunde auf die Schulter getippt hatte. Sie warf einen Blick in die Runde. Fridolin Heer schob eben sein funkelnagelneues Rad aus dem Geschäft. Luís wurde bereits von der nächsten Kundin belagert und lotste sie zu den Velohelmen. Offenbar war alles problemlos vonstattengegangen. Schon wandte sich ihr wieder ein Kunde zu, ein Jugendlicher, der einen Kilometerzähler kaufen wollte.

Adele warf einen Blick auf ihre Uhr. Fast Mittag. Sie musste nach Hause, sonst kam sie zu spät zum Essen. Dabei hätte sie so gerne den kleinen Film angeschaut von Seppli auf der Werkbank, wie er über die Werkzeuge gestiegen war.

Valerie war froh, als es 12 Uhr war und sie dem Laden für anderthalb Stunden den Rücken zukehren konnte. Als sie endlich mit dem Hund das Geschäft verließ, sah sie im Café gegenüber Markus und Sibel am Fenster sitzen. Sibel redete aufgeregt auf ihren Freund ein, sie schien beunruhigt. Komisch, wunderte sich Valerie, ich hatte den Eindruck, sie sei ganz glücklich, dass sie den Job bekommen hat. Aber falls Markus und Sibel miteinander Probleme hatten, war das nicht ihre Sache. Sie hatte genug eigene. Die Identität ihres anonymen Belästigers lag noch immer im Dunkeln. Die Polizei hatte es auch nicht fertiggebracht, den Typen, der ihr am Samstag nachgeschlichen war, aufzugreifen. Am Montagmorgen hatte sie eine Nachricht auf ihrem Anrufbeantworter gehört. Wieder das Flüstern: »Mieses Dreckstück, du entkommst mir nicht.« Deshalb hatte sie die letzte Nacht den Stecker rausgezogen. Sie wollte gar nicht wissen, ob er anrief.

2. Teil

Frau Zweifel setzte sich für einen Moment auf eine Bank auf dem Platz vor dem Haus. Sie wollte sich ein paar Minuten den Rücken von der milden Frühlingssonne wärmen lassen, bevor sie in ihre Wohnung hinaufging und sich das Mittagessen in die Mikrowelle schob. Hoffentlich hatte das mit den Aufnahmen geklappt. Sie wollte sie gleich an ihr E-Mail-Konto senden, denn über allzu viel Speicherplatz verfügte das Handy nicht. Also, zuerst musste sie auf ›Neue Nachricht‹ gehen, dann, nein, nicht auf ›SMS‹, sondern auf ›MMS‹, auf ›Einfügen‹, ›Video‹, das richtige auswählen, aha, jetzt zuerst den runden Knopf in der Mitte drücken, ihre E-Mail-Adresse eintippen – die musste Raffaela bei Gelegenheit für sie einspeichern – und senden. Das sollte funktioniert haben. Würde sie zu Hause gleich überprüfen. Aber jetzt wollte sie sich das Filmchen anschauen. Falls es gut war, könnte sie Adele nach ihrer E-Mail-Adresse fragen und es ihr schicken. Frau Zweifel lächelte vor sich hin, sie hatte Spaß an der Sache.

Sie dachte dankbar an Raffaela. Es rührte sie, dass ihre junge Großnichte die Geduld hatte, sie in die Geheimnisse der modernen Technologien einzuführen. Meine alten Gehirnzellen funktionieren nach wie vor ganz anständig, stellte sie zufrieden fest, obwohl ich den Lebensstil der jungen Leute nicht ganz verstehe. Um Raffaela machte sie sich manchmal Sorgen. Natürlich ohne es sich anmerken zu lassen. Das Mädchen arbeitete immerhin schon über ein Jahr bei dieser Versicherung. Salome Zweifel fragte sich, was Raffaela in ihrer Freizeit tat, denn davon erzählte sie nie etwas. Die alte Frau hoffte, sie würde einen festen Freund finden. Jemanden, der ihr Halt gab.

Sie wandte ihre Aufmerksamkeit wieder dem Handy zu. Also, jetzt anschauen. Zuerst das Icon – Icon hießen die kleinen Bildsymbole, hatte Raffaela erklärt, was sie amüsierte, weil ihr dabei immer die russischen Ikonen in den Sinn kamen – mit der Filmspule drücken, dann nochmals auf ›Bestätigen‹. Gar nicht so schwierig, dachte sie begeistert. Sie schaute sich das Video an. Es dauerte 30 Sekunden. Sie schaute es nochmals an. Ihr Lächeln erstarb. Ihr Herz klopfte heftig. Ohne zu überlegen, löschte sie die Aufnahme. Legte das Handy beiseite. Ein kleiner Schwindel hatte sie erfasst. Das geht gleich vorbei, dachte die alte Frau, ich muss nur ein wenig sitzen bleiben. Jetzt nicht nachdenken. Ich muss nachdenken, aber erst, wenn mir nicht mehr schwindlig ist. Langsam erhob sie sich und ging mit unsicheren Schritten über den Platz. Nach Hause, dachte sie, ich muss mich hinlegen. Sie achtete nicht auf den Weg, stolperte über ein Bündel Altpapier, das vor der Haustür lag, fiel hin und schlug mit dem Kopf auf dem Asphalt auf.

*

»Frau Zweifel, was ist mit Ihnen?« Eine Nachbarin beugte sich über sie. »Sie sind gestürzt. Soll ich einen Krankenwagen rufen?«

»Nein«, Frau Zweifel schlug die Augen auf und murmelte: »Was ist passiert? Bin ich hingefallen? Ich will in meine Wohnung. Ich muss mich hinlegen.«

»Aber Sie haben sich vielleicht verletzt. Ich rufe den Doktor.« Die alte Frau ließ sich von der Nachbarin nach Hause bringen und ein paar Minuten später stand Doktor Hefti vor ihr, der seine Mittagspause in der Praxis verbracht hatte. Er stellte eine Gehirnerschütterung fest. Frau Zweifel war blass und schwach, hatte Kopfschmerzen und musste sich erbrechen, aber sie wollte keinesfalls ins Spital.

»Raffaela wird nach mir schauen, Spitex«, murmelte sie.

»Wenn Sie zehn Tage lang im Bett bleiben und genügend Pflege haben, können Sie zu Hause bleiben«, willigte Doktor Hefti ein. »Jetzt schlafen Sie erst mal, ich verständige Ihre Nichte.«

Später sah sie das Gesicht von Raffaela über sich gebeugt, die besorgt fragte: »Was machst denn du für Sachen?«, und sie wusste, dass sie darauf keine Antwort geben musste. Aber sie reagierte auch nicht, als Raffaela wissen wollte, wo ihr Handy sei. Hatte sie nicht über etwas nachdenken wollen? Hatte das nicht irgendwie mit dem Handy zu tun? Sie schlief wieder ein.

3. Teil

»Können wir den Anhänger ausleihen?« Ein Grüppchen unternehmungslustiger Kinder, zwischen neun und elf Jahren alt, baute sich vor Valerie auf. Sie kannte die drei. Moshes Vater führte ein Geschäft mit koscheren Lebensmitteln in der Nähe des FahrGut, Deborah wohnte gegenüber und Valerie sah die ganze Familie jeweils am Freitag gegen Abend zum Sabbat-Gottesdienst in die Synagoge aufbrechen. Und Aron hatte im letzten Winter an einem Veloflickkurs für jüdische Buben teilgenommen. In Valeries Laden gab es einen alten Veloanhänger, der für fünf Franken pro Woche zu mieten war und vor allem bei den Kindern im Quartier beliebt war.

»Was habt ihr denn damit vor?« Eigentlich kannte Valerie die Antwort. Diese Woche war Purim, ein fröhliches Fest, das auf das Buch Esther im Alten Testament zurückging, an dem sich die Kinder verkleiden, die Mädchen als Prinzessinnen, die Buben entweder als Bösewichte im Gewand von Räubern, wenn sie Haman darstellen wollten, oder als gute Männer, zum Beispiel in fantasievollen Polizeiuniformen, wenn sie die Rolle des Mordechai wählten. An Purim beschenken sich Freunde und Verwandte gegenseitig, und die Kinder liehen Jahr für Jahr den Anhänger aus, um Geschenke zu Bekannten zu transportieren. Das erklärten sie ihr jetzt auch eifrig.

»Na gut«, stimmte Valerie zu, »aber ihr kennt die Bedingungen.«

Die drei nickten, klar, sie waren Habitués. Valerie fragte stets genau nach, was die Kinder im Sinn hatten, denn manchmal hatten sie abenteuerliche Ideen. Sie holte das Vertragsformular aus dem Schreibtisch. Das war nicht nur ein Spiel, das sie den

Kindern zuliebe mitspielte, sondern sie wollte verhindern, dass sie gefährliche Dinge mit dem Anhänger anstellten, zum Beispiel die kleine Schwester hineinsetzten und sie auf der Birmensdorferstrasse spazieren fuhren. Deshalb hatte sie einen Vertrag formuliert. Da stand: ›Keine Kinder in den Anhänger setzen. Nicht mit dem Anhänger auf der Straße fahren. Den Anhänger nicht nachts draußen stehen lassen. Den Anhänger pünktlich zurückbringen.‹ Jedes Kind musste diese Erklärung feierlich unterschreiben.

»Habt ihr die Kostüme schon?«

»Sicher!«, rief Deborah. »Meine Mama hat mir ein ganz schönes Prinzessinnenkleid genäht. Hellgrün und mit einem Schleier. Und sie wird mich schminken, hat sie versprochen.«

»Und wie verkleidet ihr euch?«, wandte sich Valerie an Moshe und Aron.

»Ich gehe als Mordechai, der Esther hilft, die Juden vor dem Perserkönig zu retten«, erklärte Aron. »Ich mag nicht der böse Haman sein.«

»Ich schon!«, rief Moshe. »Ich bin der schlechte Haman. Aber es ist nur ein Spiel.«

Zufrieden zogen die drei mit dem Anhänger ab.

*

Die Bombe schlug abends ein. Als Valerie die Kassenabrechnung machte, fehlten 4.000 Franken. Das war der Betrag, den Fridolin Heers Supervelo gekostet hatte. Luís hatte ihn bedient. Hatte er einen Fehler gemacht beim Eintippen, hatte das Einlesegerät nicht funktioniert? Luís riss erschrocken die Augen auf.

»Nein, er Geld gegeben, vier 1.000-Scheine. Ich in Kasse gelegt«, stotterte er.

»Luís, das Geld ist nicht da!«, Valerie war außer sich. »Hat er wirklich bar bezahlt? Und hast du das Geld einfach in die Kasse gelegt? Du hättest es mir oder Markus geben müssen, damit wir es in den Safe legen können.«

Luís brach in Tränen aus. »Ich weiß nicht. Ich lege Geld immer in Kasse.«

Valerie konnte sich nicht erinnern, ob sie Luís mit der eisernen Regel des Ladens, dass man nie größere Geldbeträge in der Kasse ließ, vertraut gemacht hatte. Er hatte bestimmt schon gesehen, dass sie Geld in den Safe legte. Vermutlich hatte er sich nichts dabei gedacht. Oder vielleicht doch? Luís verdiente nicht viel bei ihr und soviel sie wusste, war sein Vater arbeitslos. Dennoch mochte sie nicht glauben, dass er hier ein Spiel spielte. Dass er nur vorgab, nicht zu wissen, was er mit dem Geld hätte machen sollen. Dass er es eingesteckt hatte, in der Hoffnung, man könnte ihm den Diebstahl nicht nachweisen, da ja sonst wer rasch hätte in die Kasse greifen können. Irgendjemand, der die Szene beobachtet hatte. Gelegenheit macht Diebe.

Luís zitterte. »Es tut mir leid, ich nicht gewusst.«

»Hast du es etwa genommen?« Das kam von Markus.

Luís schluchzte wieder auf. Auf den Gedanken, man könnte ihn verdächtigen, war er bis jetzt gar nicht gekommen. Entsetzt richtete er seine Augen auf Valerie. »Sie glauben, ich …?« Er brach ab, überwältigt von Schrecken und Angst.

Valerie warf Markus einen ärgerlichen Blick zu. »Halt den Mund!«, fuhr sie ihn an. »Nein, Luís, ich glaube nicht, dass du ein Dieb bist.«

4.000 Franken. Das war ein Schlag. Das war etwas anderes, als wenn ein Schloss für 100 Franken oder ein Sattel wegkam. Es war auch deshalb etwas anderes, weil jemand in die Kasse gegriffen hatte. Es war gewagter, dreister, es war kein beiläufiges Mitgehenlassen eines Gegenstands, den man gerne hätte, sich aber nicht leisten konnte. Der Gedanke, den Valerie bis jetzt immer beiseitegeschoben hatte, die Frage, ob es jemanden gab, der ihrem Geschäft schaden wollte, ließ sich nicht mehr verdrängen.

»Wir müssen uns überlegen, was heute alles los war. Ob jemand von uns etwas wahrgenommen hat. Ob uns jemand aufgefallen ist. Versucht, euch zu erinnern.« Markus, Luís und sie ließen den Tag Revue passieren. Viel kam dabei nicht heraus. Markus erinnerte sich undeutlich, dass in einem Moment, als er Geld einnahm, ihn ein etwas aufdringlicher Kunde am Ärmel gezupft und etwas gefragt hatte. Aber er habe die Kasse nicht offen gelassen, versicherte er. Womöglich hatte eine Sekunde Unaufmerksamkeit genügt. Valerie fiel ein, dass sie einmal die Kassenschublade zugeschoben hatte. Aber sie wusste nicht mehr, wann das gewesen war. Es war zudem so viel los gewesen, dass sie sich nicht mehr an alle Kunden erinnern konnten. Sie kaute nervös einen Nikotinkaugummi. Ihr kam in den Sinn, dass Frau Zweifel im Laden für ihren Wettbewerb fotografiert hatte. Sie musste sie nach den Fotos fragen, mit etwas Glück waren Kunden darauf zu erkennen. Hugo Tschudi war auf jeden Fall da gewesen. Obwohl sie sich keine großen Hoffnungen machte, dass es etwas bringen würde, ging sie zum Quartierpolizeiposten hinüber, um Anzeige zu erstatten.

»Haben Sie schon mal daran gedacht, im Laden Überwachungskameras zu installieren?«, fragte Zita Elmer, die die Anzeige aufnahm.

Valerie schüttelte den Kopf. »Nein. Das will ich auf keinen Fall. Ich habe ein ganz gewöhnliches Fahrradgeschäft und das will ich nicht überwachen wie eine Bank oder einen Juwelierladen. Was mir hier passiert, ist ja nichts Besonderes. In anderen Geschäften wird genauso geklaut«, fügte sie trotzig hinzu.

Aber ein kleines, unbehagliches Gefühl in ihrem Innern, dass es vielleicht doch nicht so harmlos war, ließ sich nicht ganz verscheuchen. Mein Laden wird mir weggenommen, dachte sie. Stück für Stück. Aber ich werde es nicht zulassen.

*

Als Valerie nach Hause kam, begegnete sie im Treppenhaus Leon. Leon Marti wohnte einen Stock tiefer als sie, war etwas jünger und hatte einen Hund, ein edles Rassetier, Boxerhündin Benja. Manchmal machten sie gemeinsam die Abendrunde mit den Hunden im Rieterpark oder einen Sonntagsspaziergang am Fluss entlang zur Werdinsel oder auf der Allmend. Seppli und Benja tobten draußen miteinander herum, aber in den Wohnungen ihrer Besitzer gingen sie auf Distanz, beobachteten sich misstrauisch, denn da galt es, ein Revier zu verteidigen beziehungsweise sich auf fremdem Territorium zu bewegen. Leon war Buchhändler. Er war in einer großen Buchhandlung angestellt, hatte aber einige Jahre ein kleines Antiquariat geführt. Er war der einzige ihrer Freunde, der aus Erfahrung wusste, was es hieß, ein eigenes Geschäft zu haben.

»Du siehst aus, als ob du völlig fertig wärst«, stellte Leon fest. »Was ist denn los?«

Valerie gab einen Kurzbericht. Sie erzählte von den geklauten 4.000 Franken, sagte aber nichts von den anonymen Beschimpfungen und Drohungen. Sie hatte Leon gern, aber ab und zu verstand er sie einfach nicht. Deshalb behielt sie allzu Persönliches lieber für sich.

»Komm in einer halben Stunde zu mir, zu Risotto und Rotwein«, schlug Leon vor und Valerie nahm dankbar an.

Sie hatte die ständigen Diebstähle in den letzten Monaten für sich behalten, es wussten nur Lina und ihre Angestellten davon. Nun erzählte sie es Leon beim Nachtessen. »An einem Tag ein teures Schloss, zwei Tage später ein Kilometerzähler, kurz darauf eine Gepäcktasche, letzte Woche zur Krönung des Ganzen das geklaute Mountainbike. Das geht ins Geld, aber was mich am meisten aufbringt, ist, dass mich jemand für dumm verkauft.«

»Und du hast keine Ahnung, wer es sein könnte?«

Valerie zuckte die Schultern, schob sich die letzte Gabel Risotto in den Mund und nahm einen Schluck Wein. Erwähnte widerstrebend Hugo Tschudi, ohne seinen Namen zu nennen.

»Und deine Angestellten?«, forschte Leon.

Valerie schüttelte den Kopf. »Glaube ich nicht. Markus hatte Mühe, einen Job zu finden, nachdem er mit seiner eigenen Bude in Konkurs gegangen war. Der ist froh, bei mir arbeiten zu können, einen festen Lohn zu haben, von dem er seine Schulden langsam abstottern kann. Er ist mir gegenüber sicher nicht die Herzlichkeit in Person, aber das ist er zu niemandem. Er will einfach Velos reparieren und Velos verkaufen, dann ist er zufrieden.«

»Und Luís?«

»Ach nein, Luís, der würde keine Schraube davontragen, der mag mich.«

»Was ist denn mit Schiesser, deinem Konkurrenten? Der ist ja ziemlich schlecht auf dich zu sprechen.«

»Stimmt, aber der kommt nie in den Laden. Und dass er jemanden auf mich angesetzt haben könnte, kann ich mir nicht vorstellen.« Valerie leerte ihr Glas.

»Jedenfalls ist es gut, dass du endlich Anzeige erstattet hast«, tröstete Leon. »Du hast das Problem viel zu lange für dich behalten.«

»Ich weiß nicht, ob es dem Image des Ladens schaden könnte«, erklärte Valerie. »Früher hatte doch die große Buchhandlung an der Bahnhofstrasse den Ruf, dass man dort ungehindert Bücher raustragen könne, dass die Angestellten einfach wegsähen. Ich hoffe nicht, dass solche Gerüchte über meinen Laden kursieren.«

Leon wusste, wie sehr Valerie an dem Geschäft hing. Er hatte seinerzeit sein Herzblut gleichermaßen in sein Antiquariat gesteckt, aber es hatte sich einfach zu wenig rentiert. Es hatte ihm wehgetan, die Buchhandlung aufgeben zu müssen. Er schenkte Valerie nochmals Wein ein. Als sie, nach einer kleinen Runde mit Seppli, in ihre Wohnung hinaufging, war sie ein bisschen betrunken, aber auch ein bisschen getröstet.

MITTWOCH, 2. WOCHE

1. Teil

Natürlich war Valerie am nächsten Morgen spät dran. Verkatert war sie nicht, denn Leon tischte immer exzellenten Wein auf. Aber sie hatte dennoch nicht gut geschlafen, die Sache mit den 4.000 Franken war durch ihre Träume gegeistert, einmal hatte sie geglaubt, das Klingeln des Telefons zu hören, und war aufgeschreckt. Dazu kam, dass selbst der beste Wein ihren Schlaf störte, wenn sie mehr als eine halbe Flasche trank. »Sorry Seppli, heute nehmen wir den kürzesten Weg«, informierte sie den Hund und der trabte ergeben neben ihrem Rad her. Die nächsten zwei Tage würde sie schon überstehen und danach kam das lange Osterwochenende. Vier Tage frei. Drei Tage wollte sie mit Lina in die Berge fahren, nach Vals. Mit etwas schlechtem Gewissen ihrer Kundschaft und ihrem Umsatz gegenüber hatte Valerie beschlossen, das Geschäft am Samstag nicht zu öffnen. Die freien Tage würden ihr und ihren Angestellten guttun. Denn jetzt lag die Sommersaison vor ihnen und an Ferien war vor Oktober nicht zu denken. Nach den letzten Ereignissen war sie ohnehin froh, ein paar Tage wegzukommen. Kein Telefon, keine Post, keine nächtlichen Heimwege. Auf halbem Weg meldete sich ihr Handy. Es war Markus. Seine Stimme klang gehetzt: »Du musst sofort kommen.«

»Ja, bin schon unterwegs, was ist denn?«

»Komm einfach«, sagte Markus und hatte schon aufgelegt. Scheiße, da musste etwas Übles passiert sein, sonst hätte er nicht angerufen. Ein Einbruch in FahrGut? Ein zertrümmertes Schaufenster? Ein Brand? Alles in Schutt und Asche? Weitere anonyme Drohungen? Valeries Herz zog sich zusammen, sie machte gar nicht den Versuch, sich zur Vernunft zu rufen. Sie fuhr, so schnell es ging, Seppli, der das für ein tolles Wettrennen hielt, das er unbedingt gewinnen wollte, sauste neben ihr her.

Das Haus stand noch, das Schaufenster war ganz, kein Rauch quoll heraus. Also vielleicht ein Einbruch? Es war 8.40 Uhr. Die Vordertür war verschlossen, Markus hatte noch nicht begonnen, die Räder hinauszustellen. Er erwartete sie beim Hintereingang. »Lass den Hund nicht rein«, befahl er. »Bind ihn an.«

Verwirrt tat sie es. »Was ist denn?«

Er deutete auf die Treppe. Sie ging ins Lokal, zur Wendeltreppe und schaute hinunter.

Dort unten lag Hugo Tschudi. Er trug wie immer schmuddlige Turnschuhe, ausgebleichte Manchesterhosen, eine alte Windjacke.

Valerie ging langsam hinunter, gefolgt von Markus. Draußen gab der Hund ein Jaulen von sich. Valerie kam die Situation völlig unwirklich vor.

Hugo Tschudis Gesicht war bleich. Er lag auf dem Rücken. In einer unnatürlich verrenkten Stellung. Eine Wunde auf der Stirn. Blut im Gesicht. Blut auf dem Boden. Seine Augen waren offen, blicklos. Auch sein Mund stand leicht offen. Hugo Tschudi war tot.

»Ist er hinuntergestürzt?«, flüsterte Valerie.

»Ich weiß nicht«, sagte Markus. »Oben an der Treppe liegt ein Hammer. An dem ist Blut.«

»Hast du die Polizei schon gerufen?«, wisperte Valerie. Ihr stockte der Atem.

»Nein.« Markus schüttelte den Kopf. »Ich habe nur dich angerufen.«

»Warst du schon bei ihm unten?«

Er nickte.

»Hast du irgendetwas angefasst?«

»Nein.«

Valerie ging hinauf, langsam, und allmählich arbeitete auch ihr Gehirn wieder. Ihr Blick streifte den Hammer. Er gehörte zur Werkstatt. Hatte gehört. Wie war Hugo Tschudi überhaupt hereingekommen? Ich muss die Polizei anrufen. Irgendwie wusste sie, dass es eine ganze Menge mehr zu tun gab, aber im Moment war nur der Gedanke an die Polizei präsent. Hugo war tot. Erschlagen worden im FahrGut. Sie hatte bis jetzt nicht oft einen toten Menschen gesehen. Es war ihr unheimlich. Zu einem Menschen, einem menschlichen Körper gehörte es doch, dass er am Leben war. Hugo Tschudi lebte nicht mehr. Sie rief Zita Elmer in der Regionalwache an.

»Sie müssen vorbeikommen, bei uns liegt ein Toter im Laden.« Ihre Stimme tönte ganz fremd in ihren Ohren. Der Satz schien keinen Sinn zu haben.

Zita Elmer hatte sich eben mit einem Bericht über einen eigenartigen kleinen Vorfall befasst. Ein Kunde hatte ein Coiffeurgeschäft gestürmt und war auf den Coiffeur losgegangen, weil er ihm den Haarschnitt ruiniert hatte. Der Coiffeur hatte verletzt fliehen können. Sie reagierte rasch, stellte keine Fragen, sagte nur: »Ich bin gleich da.«

Gleich danach, kurz vor 9 Uhr, erschien Luís. Valeries Verstand schaltete sich wieder ein. Sie berichtete ihrem Anlehrling kurz, was geschehen war, und wollte ihn heimschicken, aber er, mit einer Mischung aus Schrecken und Faszination, wollte bleiben.

»Na gut, bleib, die Polizei wird dich möglicherweise befragen wollen«, willigte Valerie ein. Sie hängte an die Eingangstür das ›Geschlossen‹-Schild und wünschte, sie hätte Rollläden herunterlassen können, aber es gab keine. Zita Elmer kam, schaute sich den Tatort an, den Hammer, den Leichnam. Das war kein Unfall. Sie orderte Verstärkung. Luís wollte den Toten anschauen, wurde aber zurückgehalten.

»Wegen der Spurensicherung«, erklärte ihm Elmer. Spurensicherung. Ein langes, schwieriges Wort. Wie Gangschaltung. Aber Luís verstand es.

Sie warteten auf die angeforderte Verstärkung. Es kam Valerie sehr lang vor. Sie war in ihrem Laden, in ihrem Reich, aber gleichzeitig in einer Situation, in die sie nicht hineingehörte, sie nicht, ihr Team nicht, ihr Ladenlokal nicht. Da war etwas Unfassbares in ihre Welt eingebrochen, etwas, was nicht sein durfte, auf das sie nicht reagieren konnte. So wartete sie einfach. Markus stand da, vierschrötig und stumm wie meistens. Luís warf ihr scheue Blicke zu. Sie standen und saßen im hinteren Teil des Lokals, damit sie von draußen nicht gesehen werden konnten. Ich verstecke mich in meinen eigenen vier Wänden, ging es Valerie durch den Kopf. Nach unten ins Büro konnten sie nicht, weil der tote Hugo im Weg lag. Der Gedanke vom gestrigen Abend streifte sie: Stück für Stück wird mir mein Laden weggenommen. Aber ich werde es nicht zulassen.

Polizistin Elmer schwieg. Ein Tötungsdelikt. In diesem Fall würde sie nicht die Ermittlerin sein. Aber ihre Sinne waren geschärft. Sie registrierte jedes Detail der Situation. Das Opfer am Fuß der Treppe. Blutspuren auf einzelnen Stufen. Wahrscheinlich war der Mann bei seinem Sturz mit dem Kopf aufgeschlagen, bevor er unten landete. Der blutverschmierte Hammer oben an der Treppe. Vermutlich die Waffe. Sie registrierte das Schweigen. Der Mechaniker lehnte an der Hintertür, die Arme vor der braunen Strickjacke verschränkt. Was er dachte, war nicht auszumachen. Der Anlehrling stand neben ihr. Er spähte nach unten. Sein dünner Körper war gespannt wie eine Feder. Alles an ihm steckte mitten in einem unbegreiflichen, überraschenden, fesselnden Geschehen. Wahrscheinlich hätte er gerne geredet. Fragen gestellt. Mutmaßungen geäußert. Aber er traute sich nicht. Valerie Gut. Sie stand da, als wäre sie erstarrt. Das Schweigen ging von ihr aus. Zita Elmer war immer ein wenig beeindruckt gewesen von ihr. Valerie Gut, zehn, zwölf Jahre älter als sie, Geschäftsfrau in einer Männerdomäne, hatte eine kleine Bude zum stadtbekannten Geschäft gemacht. Sie war ehrgeizig, genauso wie sie selbst. Und jetzt? Wie würde es mit dem Laden weitergehen? Valerie tat ihr leid. Aber da war noch etwas anderes. Für sie, die Polizistin Elmer, war es eine Herausforderung. Ein Tötungsdelikt in ihrer nächsten Umgebung. Sie würde dabei sein, wenn die Spurensicherung am Werk war. Beobachten. Lernen. Das war ein anderes Kaliber als die Bagatellen, mit denen sie sich sonst herumschlug: Schlägereien, Diebstähle, kleine Einbrüche. Sollte sie sich schämen für diese Gedanken? Valerie würden sie vermutlich nicht gefallen. Aber die Ärzte im Spital seinerzeit hatten sich ebenso für die schwierigen Fälle am meisten interessiert, das war normal. Wenn sie nicht den Wunsch gehabt hätte, beruflich weiterzukommen, hätte sie auch Krankenschwester bleiben können.

Endlich trafen die Leute von der Kriminalpolizei ein. Das brach den Bann. Ermittler, Techniker, ein Arzt, Profis, die wussten, was in einer solchen Situation zu tun war. Valerie erkannte überrascht Beat Streiff. Sie hatte ihn lange nicht gesehen. Er hatte vor ein paar Jahren auf dem Quartierpolizeiposten gearbeitet und dann zur Kriminalpolizei, ins Kommissariat Ermittlung, gewechselt. Valerie und er hatten eine kurze Affäre gehabt. Aber damals war sie mit Lorenz zusammen, und später war Beat nicht mehr in der Gegend gewesen. Jetzt leitete er die Ermittlungen. Sie hätte es sich vermutlich denken können. Wenn sie überhaupt hätte denken können. Aber sie befand sich in einem Zustand, in dem ihr alles unwirklich vorkam. Selbst Streiffs Präsenz. Nichts drang wirklich zu ihr durch.

Der Arzt schaute sich Hugo an und rief anschließend in der Rechtsmedizin an, sie sollten die Leiche abholen, damit sie genauer auf Todesursache und Todeszeitpunkt untersucht werden konnte. Die Leute von der Spurensicherung, in weiße Overalls gekleidet, durchkämmten den Laden. Sie nahmen am Treppengeländer Fingerabdrücke, was vermutlich sinnlos war, mutmaßte Valerie, denn es hatte dort natürlich Abdrücke von Dutzenden von Leuten. Die Tatwaffe, der blutverschmierte Hammer, wurde sichergestellt. Die Techniker zupften mit feinen Pinzetten Fasern von Hugos Jacke und sicherten ein Haar, das unter der Treppe lag, (vielleicht ja bloß von Seppli, dachte Valerie mutlos), und versorgten die Fundstücke in kleinen Plastiksäckchen, die sie beschrifteten. Zwei Leute von der Gerichtsmedizin trafen mit einem Sarg ein. Polizistin Elmer wies neugierige Nachbarn ab. Bevor Hugos Leiche weggebracht wurde, wurde sie fotografiert. Die Umrisse des Toten wurden mit weißer Kreide nachgezeichnet. Danach wurde der leblose Körper, der einmal Hugo Tschudi gewesen war, in den Sarg gelegt, hinaufgetragen und weggefahren. Valerie schaute von oben auf die Kreidezeichnung. Sie hatte sich ja immer gewünscht, Hugo würde nicht mehr in ihr Geschäft kommen. Nun würde er es tatsächlich nie mehr betreten. Aber auf eine seltsame Weise würde er von jetzt an immer präsent sein. Oder konnte man mit der Zeit ein solches Bild vergessen? Die Wendeltreppe hinuntereilen, rechts ins Büro gehen, sich an den Computer setzen, oder geradeaus einen Kunden zu den ausgestellten Velos führen? Immer würde man über Hugo Tschudis Körper trampeln. Der Kreideumriss würde verschwinden. Das Blut würde man nicht mehr sehen, wenn geputzt worden war. Aber Blut bekam man nie ganz weg. Mit chemischen Untersuchungen würde es selbst nach Jahren sichtbar werden. Und sie wusste es auch ohne derlei Verfahren.

Streiff sah sich im Lokal um. Er musterte Valeries Angestellte. Leute, die dieser durchdringende Blick traf, fühlten sich oft eingeschüchtert, sie hielten ihn für einen scharfen Hund, der einen sofort verdächtigte. Sie täuschten sich. Der Grund für Streiffs Art, Menschen anzuschauen, lag darin, dass er unter einer milden Form von Prosopagnosie litt. Er hatte Mühe, Gesichter wiederzuerkennen. Nicht immer, es betraf lediglich vereinzelte Leute, die er nur flüchtig kannte. Aber in seinem Beruf konnte er sich das nicht leisten. Es mochte angehen, wenn entfernte Bekannte ihn für arrogant oder bestenfalls für zerstreut hielten, aber bei der Arbeit war das ein Ding der Unmöglichkeit. Seine Prosopagnosie war sein bestgehütetes Geheimnis und er versuchte, seine Schwäche zu überwinden, indem er sich dazu zwang, neue Gesichter buchstäblich auswendig zu lernen, sich bewusst einzelne Merkmale einzuprägen.

Das ging recht gut, seit er überhaupt wusste, dass da in seinem Gehirn irgendeine kleine Schaltstelle nicht problemlos funktionierte. Vorher war er einfach immer wieder unvorbereitet in eine peinliche Situation hineingeraten, wenn etwa auf einem Fest oder – noch schlimmer – an einer Bushaltestelle irgendeine ihm völlig fremde Person ein Gespräch mit ihm angefangen hatte, die ihn bei seinem Namen nannte und dies und das von ihm wusste, während er nicht die leiseste Ahnung hatte, wer sein Gegenüber war. Er hatte sich jeweils mit Gemeinplätzen durchgemogelt und sich krampfhaft bemüht, aus dem Gesprächszusammenhang zu erschließen, wer die Person sein könnte.

Nicht einfacher machte es der Umstand, dass er den meisten Leuten in Erinnerung blieb. Er war mittelgroß und kräftig und fast alle schätzten ihn größer, als er war. Auffallend war sein roter Haarschopf, in den neuerdings etwas Grau hineinspielte. Streiff hatte aber nicht die helle Haut und die blonden Wimpern der meisten Rothaarigen, sondern war gebräunt, und seine Augen waren blau. In puncto Wiedererkennung hatten die anderen also schon wegen seines Äußeren die besseren Karten. Die Erkenntnis, was mit seiner Wahrnehmung nicht stimmte, hatte ein Zeitungsartikel gebracht, auf den er zufällig gestoßen war. Aha. Prosopagnosie hieß das. Seither lebte er besser mit dieser Schwäche, konnte sie einigermaßen kompensieren, und er bezahlte gerne den geringen Preis, dass Leute ihn anfangs wegen seines Blicks unsympathisch fanden.

Er war erschrocken, als man ihm als Tatort FahrGut genannt hatte. Aber er hatte keinen Moment daran gedacht, den Fall an einen Kollegen abzugeben. Niemand wusste davon, dass Valerie Gut und er sich früher näher gekannt hatten.

Er berührte Valerie, die bei der Hintertür stand und auf den Hof hinausstarrte, am Ärmel. »Es tut mir leid, was da geschehen ist. Kanntest du den Toten?«

Sie nickte. »Hugo Tschudi. Ein Kunde von uns, oder, na ja, er kam jedenfalls häufig in den Laden.«

»Seine Adresse? Du hast doch eine Kundenkartei.«

Sie schüttelte den Kopf. »Die Adresse hab ich mal gelöscht.«

»Warum?«

»Er ging mir auf die Nerven«, gab Valerie zu, »er hat sich immer hier aufgehalten, man wusste gar nicht recht, warum. Wir waren wohl ein Element in seiner Tagesstruktur.« Sie wusste, sie würde sich später für ihren Sarkasmus schämen, aber im Moment kamen Widerwille und ein unvernünftiger Trotz in ihr hoch. Sie verwünschte die ganze Situation, in die sie da geraten war, wünschte sich einen ganz normalen Tag. Sie nahm sich zusammen: »Ich hab mal gehört, er wohne bei seiner Mutter, die müsste uralt sein; aber ich weiß es nicht. Frag meinen Mechaniker, Markus Stüssi, der hatte ein wenig Kontakt zu ihm.«

2. Teil

Beat Streiff setzte sich in der Regionalwache Wiedikon an seinen alten Schreibtisch. Zita Elmer, seine Nachfolgerin, hatte ihm das Büro für die ersten Befragungen zur Verfügung gestellt. Seit er vor viereinhalb Jahren zur Kriminalpolizei gegangen war, war er nicht mehr hier gewesen. Der Raum sah fast aus wie damals. Dieselben Möbel, die gleichen Aktenschränke. Ein anderes Bild hing an der Wand. Zita Elmer hatte ein großes Poster von einer Klettertour angepinnt. Eine steile Felswand, an der, winzig klein, drei Bergsteiger klebten. Ob sie selbst kletterte? Er kannte seine junge Kollegin nur flüchtig. Zu seiner Zeit hatte die Wand ein Druck von Mark Rothko geziert. Auf dem Schreibtisch stand kein Aschenbecher. Er selbst brauchte auch keinen mehr. Vor zwei Jahren hatte er aufgehört zu rauchen. Das sah man ihm an, leider. Trotz Judotraining hatte er sieben Kilo zugenommen. Warum kam ihm das gerade jetzt in den Sinn? Momentan zählten andere Dinge. Die Lokalitäten des FahrGut waren versiegelt, bis die Untersuchung des Tatorts abgeschlossen war. Elmer hatte ihn über die Anzeige vom

Vorabend informiert, wegen des Diebstahls von 4.000 Franken aus der Kasse. Und sie hatte ihm auch berichtet, dass Valerie in den letzten Tagen anonym belästigt und bedroht worden war. Streiff hatte gehört, dass die junge Polizistin ihre Sache gut machte. Von Valerie hatte er nichts gehört. Ab und zu sah er in der Stadt Fahrräder mit dem kleinen, grün-weiß gestreiften Aufkleber des FahrGut. Manchmal nur vereinzelt. Aber zeitweise traten sie gehäuft auf, schienen sich ihm geradezu aufzudrängen. Plötzlich waren sie wie vom Erdboden verschwunden. Es war wie ein geheimes Muster, aus dem er nicht schlau wurde. Klar war ihm einzig, dass er selbst es produzierte. Aber er hatte in dieser Sache keine Nachforschungen angestellt.

Lieber als in seinem Inneren ermittelte er in der Außenwelt. Beim konkreten Anlass einer Gewalttat. Dann war es seine Aufgabe herauszufinden, wer sie begangen hatte. Darin war er gut. Er galt als begabter, hartnäckiger Ermittler und als Verhörspezialist. Mit einer Gewalttat wurde das Gleichgewicht im Zusammenleben der Menschen gestört. Er trug dazu bei, die Balance wiederherzustellen, indem er herausfand, was geschehen war. Möglichst umfassend, möglichst genau. Aber auf die Tat fokussiert. Das Geschehen zu werten, es in die Lebensgeschichten der Beteiligten einzubetten; eine Sanktion festzulegen, war dann Sache des Gerichts. Natürlich hatte er eine persönliche Meinung. Aber diese durfte nicht in seine Arbeit hineinfunken. Er, Streiff, setzte alles daran, möglichst gute Grundlagen für die Beurteilung eines Verbrechens zu liefern. Das würde er auch in diesem Fall tun. Valerie Gut hin oder her.

Eines war bereits klar: In den Laden war nicht eingebrochen worden. Die Hintertür war mit einem Schlüssel geöffnet worden. Wer hatte alles Zugang? Und: Waren alle Schlüssel dort, wo sie hingehörten?

Streiff nahm sich zuerst Luís Zafar vor, der nervös auf dem Stuhl herumrutschte. Sein Deutsch war ziemlich schlecht, aber Streiff bekam dennoch aus ihm heraus, dass am Vorabend das ganze Team den Laden gleichzeitig verlassen hatte, dass sie noch über den Diebstahl spekuliert hatten. Der Lehrling war seither geknickt, weil er den großen Geldbetrag einfach in die Kasse gelegt hatte und dadurch mitschuldig daran war, dass dieser gestohlen worden war. Vielleicht hatte ihm Valerie irgendwann gesagt, er müsse ihr große Noten geben, er wusste es nicht mehr. Aber jetzt war etwas viel Schlimmeres geschehen. Ob die beiden Dinge miteinander zu tun hatten?, sinnierte Luís im Geheimen. Aber er sagte nichts davon. Er hätte es nicht erklären können.

»Nicht wissen, wer gemacht«, zuckte er ratlos die Schultern. »Nichts gesehen.« Das Opfer hatte er nur flüchtig gekannt. Einmal hatte Tschudi Luís' unbeholfenes Deutsch nachgeahmt. Seither ging ihm der Anlehrling lieber aus dem Weg. Aber das sagte er dem Polizisten nicht. Es war ihm aufgefallen, dass die Chefin Tschudi nicht leiden konnte. Auch das sagte er dem Streiff nicht. Abends hatte er zuerst mit seinen Eltern gegessen, danach war er mit einigen Kollegen im Jugendtreff Dynamo gewesen. Ja, er hatte einen Ladenschlüssel. »Wer zuerst kommt, kann aufmachen«, erklärte er. »Aber ich nie der Erste«, gab er freimütig zu. »Trotzdem Schlüssel.« Er zeigte ihn vor. »Und Reserveschlüssel ist in Kasse«, fügte er hinzu.

*

Auch Markus Stüssi hatte seinen Schlüssel. Er hatte den Abend mit seiner Freundin Sibel Evren zu Hause vor dem Fernseher verbracht.

»Ihre Chefin hat ausgesagt, Sie hätten das Opfer näher gekannt«, bemerkte Streiff.

Der Mechaniker zuckte die Schultern. »Wir haben ab und zu zusammen ein Bier getrunken.«

»Worüber haben Sie sich unterhalten?«

»Über Fahrräder halt und so.«

»Wissen Sie etwas über seine persönlichen Verhältnisse? Stimmt es, dass er bei seiner Mutter wohnte?«

»Nein«, sagte er, »seine Mutter ist vor einiger Zeit gestorben. Aber er ist danach in ihre Wohnung gezogen und lebte bis jetzt, glaub ich, dort.« Bei ihm gewesen war er nie.

»Wo hat er gearbeitet?«

Soviel Stüssi wusste, gar nicht. Oder nur unregelmäßig. Wovon er gelebt hatte, wusste er nicht.

»Wissen Sie von Freunden, Bekannten von ihm?«

Wieder schüttelte Markus den Kopf. »Kaum. Na ja, er hat Raffaela Zweifel gekannt, die Großnichte der alten Frau, die hier im Haus wohnt. Wir haben sie mal in einer Bar angetroffen. Aber ich glaube nicht, dass sie Freunde waren.«

»Feinde?«

Der Mechaniker schaute drein, als ob er das Wort nicht kennen würde. Dann schüttelte er den Kopf.

»Haben Sie eine Idee, wie und warum er gestern Nacht in das Geschäft gekommen ist und mit wem?«

Markus Stüssi hatte keine Idee. Aber Ideen waren, wie Streiff vermutete, ohnehin nicht Stüssis starke Seite. Er entließ ihn.

Bevor Streiff sich Valerie Gut vorknöpfte, gab ihm Zita Elmer rasch durch, dass in der Hosentasche des Toten ein Schlüssel gefunden worden war, der zur Ladentür des Fahr-Gut passte. Es waren Fingerabdrücke des Verstorbenen darauf. Zudem hatte sie abgeklärt, dass der Reserveschlüssel nicht mehr in der Kasse lag.

Dann saß Valerie Gut ihm gegenüber. Auch sie hatte ein Alibi. Sie hatte den Abend mit ihrem Nachbarn verbracht. Beat Streiff fragte sie nach Hugo Tschudi. Sie erzählte ihm von den Diebstählen, von ihrem Verdacht gegen das Opfer, von ihrem unguten Gefühl ihm gegenüber, vom Unbehagen, weil er sich mit Markus traf, ebenso von der Szene, die sie bei Schiesser beobachtet hatte, von Hugos Blick.

»Du konntest ihn also nicht leiden«, stellte Streiff fest.

»Nein«, gab Valerie zu. Plötzlich wurde ihr bewusst, dass sie und ihr Team nicht einfach von einem schrecklichen Unglücksfall betroffen waren, Auskünfte zu geben hatten und im Gegenzug Trost erwarten konnten, sondern dass sie zum Kreis der Verdächtigen gehörten, wenn sie nicht sogar schlicht und einfach der Kreis der Verdächtigen waren.

Auskünfte hatte Valerie Beat Streiff gegeben. Wünschte sie sich etwa dafür Trost von ihm, fragte sie sich argwöhnisch. Sie beschloss, die Frage zu vertagen.

»Weiß man denn schon, um welche Zeit er umgebracht wurde?«, wollte sie mit dünner Stimme wissen. »Ich meine, wegen der Alibis.«

Streiff nickte. »Ich verhafte dich nicht, Valerie«, sagte er. »Gibt es sonst noch etwas, das ich wissen sollte? Ist dir irgendetwas aufgefallen?«

»Ich weiß nicht, ob es damit zu tun hat«, rückte Valerie heraus. »Aber ich werde seit einigen Tagen bedroht und belästigt von irgendeinem Typen. Frau Elmer weiß Bescheid, ich habe Anzeige erstattet.«

»Ich weiß«, nickte er, »sie hat mich informiert. Ich werde mich darum kümmern. Geh jetzt nach Hause. Geh mit dem Hund auf die Allmend. In dein Geschäft kannst du eh nicht, das ist versiegelt. Vermutlich noch einige Tage. Ich lasse von mir hören, wenn ich mehr weiß.«

Einen Moment lang stieg Wut in ihr hoch. »Für dich ist das Alltag, tote, umgebrachte Menschen, aber ich habe das noch nie erlebt. Und ich will es auch gar nicht erleben.«

»Eben«, bestätigte Beat, »ruf deine Freundin an. Lina hieß sie doch, oder? Sie soll heute Abend für dich kochen. Und stell mir bitte eine Liste der bei euch gestohlenen Gegenstände zusammen, mit Datum des Diebstahls, genauer Markenbezeichnung und Preis der Sachen.«

Auf dem Heimweg ging Valerie durch den Kopf, dass Beat offenbar nicht annahm, dass sie einen Freund hatte. Zu Hause verkroch sie sich nach einer Dusche in die Bibliothek und kuschelte sich in ihren Lieblingssessel. Essen mochte sie nicht. Lesen auch nicht. Sie versuchte zu begreifen, was heute geschehen war. Ich muss es einfach zur Kenntnis nehmen, dachte sie. Es ist passiert, das ist jetzt meine Realität. Aber dass ich es verstehe, kann wohl niemand von mir verlangen. Vielleicht kann ich es, wenn man weiß, wer das getan hat.

Beat ging ihr durch den Kopf. Sie dachte fünf Jahre zurück. Ihre Affäre hatte nicht lange gedauert, ein paar Monate. Damals war sie seit neun Jahren mit Lorenz zusammen gewesen. Sie hatten Tisch und Bett geteilt, aber innerlich waren sie dabei gewesen, sich voneinander zu entfernen. Trotzdem hatte Valerie Schuldgefühle gehabt, als sie Lorenz betrog. Sie hatte sich von Beat getrennt und er hatte es akzeptiert. Gegen alle Logik hatte sie das gekränkt und sie hatte es ihm ein wenig übel genommen. War das einfach verletzte Eitelkeit? Er hatte sie sehr leicht gehen lassen. Hätte sie mehr von ihm gewollt? Damals sicher nicht. Sie war noch nie fähig gewesen, nahtlos von einer Beziehung in die nächste zu wechseln. Später, nach der Trennung von Lorenz, hatte sie ab und zu an Beat gedacht. Sie hätte sich gefreut, ihn zufällig anzutreffen. Aber der Zufall tat ihr diesen Gefallen nicht. Und melden mochte sie sich nicht bei ihm. Er ließ ja auch nichts von sich hören.

Jetzt war er plötzlich aufgetaucht. Im ersten Moment war sie überrascht gewesen, erschrocken, aber es war so vieles auf sie eingestürmt, dass sie gar nicht darüber nachdenken konnte. War sie erleichtert gewesen, als sie ihn hereinkommen sah? Ja, gestand sie sich ein, ein wenig. Widerstreitende Gefühle überkamen sie. Musste sie jetzt dankbar sein, dass er die Zügel in die Hand nahm, in einer Situation, die sie überforderte? Musste sie jetzt einfach warten, bis er den Fall souverän gelöst hatte? Dieser Gedanke gefiel ihr gar nicht. Damals, vor fünf Jahren, war sie die Aktive gewesen, die entschieden hatte, und er von einer Passivität, die sie geärgert und enttäuscht hatte. Und jetzt? Nun war er der Handelnde und sie war das verschreckte Kind, das man nach Hause schickte. Nein, sie wusste, dass sie ihm damit Unrecht tat. Er hatte es sicher nicht so gemeint, sondern nur nett sein wollen. Richtig. Nur nett. Nicht mehr. Und was passte ihr daran nicht? Wünsche ich mir etwa, dass er mehr als nur nett ist zu mir? Valerie, dir ist nicht zu helfen, schalt sie sich. Hör sofort auf damit. Hugo Tschudi ist ermordet worden und du denkst an den Polizisten. Bravo. Sie ging in die Küche und zwang sich, ein Butterbrot zu essen. Dann rief sie Lina an.

MONTAG, 3. WOCHE

1. Teil

Es war Ostermontag. Die Geschäfte waren geschlossen, auf der Straße war wenig Verkehr und es waren nur vereinzelte Passanten unterwegs. Halb Zürich war in den Bergen oder im Tessin. Beat Streiff aber saß in seinem Büro am Bahnhofquai, blätterte im Bericht der Rechtsmedizin und in seinen Notizen zu den bisherigen Erkenntnissen und ließ sich die vergangenen Tage durch den Kopf gehen, während er auf Zita Elmer wartete. Er hatte keine freien Ostertage gehabt, aber das war ihm egal. Am Freitag hatte er ohnehin Dienst schieben müssen und für die folgenden Tage hatte er nichts Besonderes vorgehabt. Und Ermittlungen bei einem Verbrechen konnte man nun mal nicht vor Feiertagen tiefgefrieren und am nächsten Arbeitstag wieder auftauen. Und es hatte sich gelohnt. Zumindest eine interessante Sache hatte er herausgefunden. Vielleicht war es eine Spur, die weiterhalf.

Am Samstagvormittag, auf dem Weg ins Büro, hatte ihn eine Frau betont und vorwurfsvoll gegrüßt, die ihn offenbar kannte und der Meinung war, er hätte zuerst grüßen müssen. Er hatte keinen Schimmer, wer sie war. Solche Situationen, auf die er sich nicht vorbereiten konnte, erfüllten ihn bis heute mit Unbehagen. Er war förmlich ins leere Büro geflohen, wo er sich sicher fühlte. Hatte sich einmal mehr an sein schlimmstes Prosopagnosie-Erlebnis erinnert. War schon Jahrzehnte her. Aber die Vergangenheit ist nicht tot. Sie ist nicht einmal vergangen. Da hatte William Faulkner schon recht gehabt. Es war auf einem Fest gewesen, er hatte nicht viele Leute gekannt. Eine hübsche Frau war ihm aufgefallen, die allein dagestanden hatte. Er war zu ihr hingegangen und hatte sich vorgestellt: ›Hi, ich bin Beat.‹

Sie hatte ihn befremdet angeschaut und dann mit kühlem Spott geantwortet: ›Ich weiß.‹

In diesem Moment war ihm schlagartig aufgegangen, dass er sie von der Uni kannte. Wäre die Feier nicht auf einem Schiff gewesen, das eben vom Flussufer ablegte, hätte er die Party augenblicklich verlassen. Damals hatte er nicht gewusst, dass seine gelegentliche Ungeschicktheit einen Namen hatte. Na ja. Aber Valeries Gesicht war ihm vom ersten Moment an im Gedächtnis geblieben.

Er schob seine Gedanken beiseite und wandte sich der Arbeit zu. Vom Rechtsmedizinischen Institut hatte er am Morgen die Auskunft erhalten, dass die Todesursache bei Hugo Tschudi tatsächlich Schläge mit dem Hammer gewesen waren, in Verbindung mit dem Treppensturz, und dass der Tod kurz nach 22 Uhr eingetreten war. Auch die Rechtsmediziner machten Wochenenddienst, wenn es nötig war. Hugo Tschudi. Der Schlüssel zum Verständnis dieses Verbrechens musste in der Persönlichkeit des Opfers liegen.

Streiff hatte vorgeschlagen, dass Elmer für den aktuellen Fall seine Mitarbeiterin wurde, als Frau vor Ort gewissermaßen, was ihm zugestanden worden war. Nun wollte er mit ihr den Stand der Dinge besprechen. Sie interessierte sich für den Fall und sie war eine motivierte junge Polizistin. Möglicherweise hatte sie Beobachtungen gemacht, die weiterhelfen konnten, vielleicht erzählten ihr manche Leute, die sie als Quartierpolizistin kannten, mehr als ihm, dem Ermittler, der von außen kam.

Eben hatte er eine Wiederholung der Nachrichten vom Vorabend im Lokalfernsehsender angesehen. Natürlich brachte Züri TV einen Bericht, obwohl die Polizei gestern keine neuen Informationen herausgegeben hatte. Solche Ereignisse waren ganz nach dem Geschmack eines Lokalsenders. Eine Journalistin mit einem Mikrofon in der Hand stand vor den Räumlichkeiten des FahrGut und befragte Nachbarn und Passanten. Für jeden Tag, an dem der Fall nicht gelöst war, mussten sich die Lokalmedien eine neue Schlagzeile aus den Fingern saugen. Am Donnerstag war Luís Zafar, der Lehrling, aufgetreten. Der hatte ganz gern in die Kameras geredet. Ins Fernsehen kommen. Fünf Minuten berühmt sein. Valerie hatte das vermutlich nicht gefallen.

Valerie. Er hatte sie etwas mehr als vier Jahre lang nicht gesehen. Dass er kurz nach ihrer Affäre den Posten Wiedikon verlassen und in den Kreis eins gewechselt hatte, hatte nichts mit ihr zu tun gehabt. Aber es war ihm recht gewesen. Es war von Anfang an für beide klar gewesen, dass ihr Verhältnis nicht von Dauer war und nicht mehr als eine flüchtige Geschichte sein konnte. Seine Scheidung lag noch nicht lange zurück und er wollte sich nicht gleich auf eine neue Beziehung einlassen. Und Valerie hatte mit diesem Lorenz Stucki zusammengelebt. Was sie jetzt nicht mehr tat. Das hatte Streiff in aller Beiläufigkeit in Erfahrung gebracht. ›Quacksalber‹ hatte er Stucki im Stillen genannt. Wie auch immer, seinen nüchternen Blick auf den Fall würde die Anwesenheit Valeries nicht trüben.

Streiff sah seine Notizen durch. Hugo Tschudi hatte sich vermutlich den Ladenschlüssel aus der Kasse geschnappt. Wahrscheinlich war er dann mit einem Komplizen in den Laden eingedrungen, um Diebstähle zu begehen. Eventuell nicht zum ersten Mal? Womöglich hatten die beiden Streit bekommen und der Komplize hatte Tschudi erschlagen. Das wäre zwar sehr dumm gewesen, aber das war kein Gegenargument. Vermutlich. Wahrscheinlich. Eventuell. Vielleicht. Es war zu früh, um Aussagen zu treffen. Aber Streiff zweifelte an dieser ersten, so einfachen Theorie. Es konnte sein, dass Tschudis Tod überhaupt nichts mit den Diebstählen zu tun hatte. Dass da ein völlig anderes Motiv dahintersteckte.

Als Erstes war Streiff am Mittwoch in Hugo Tschudis Wohnung gewesen, in einer düsteren, in den 70er-Jahren mit viel braunem und orangefarbenem Novilon renovierten Altbauwohnung im Kreis fünf, begleitet von zwei Leuten von der Technik, die dort nach Spuren suchen sollten, die möglicherweise Hinweise gaben auf den Komplizen, auf den Mörder. Gab es einen Komplizen? Einen Mörder gab es zweifellos. Sie alle drei waren gleichermaßen überrascht gewesen von Hugo Tschudis Wohnung. Im ersten Moment hatten sie das Gefühl gehabt, sich in der Wohnung einer alten Frau zu befinden. An der Garderobe hatte ein Altfrauenregenmantel gehangen, Frauenschuhe hatten dagestanden. Stüssi hatte Streiff gegenüber erwähnt, Hugo habe nach dem Tod seiner Mutter deren Wohnung übernommen, was immerhin schon ein Jahr her war. Offensichtlich hatte er nicht das Geringste verändert. Nicht einmal ihre Kleider hatte er weggebracht, geschweige denn die Nippesfiguren oder gehäkelten Deckchen entsorgt. Alte Familienfotos an den Wänden, ein großformatiger Kalender mit zwölf Hundewelpenbildern aus dem Jahr 2003, Vorhänge, Teppiche, Möbelstücke – alles stammte zweifellos von der seligen Frau Tschudi. Im Badezimmer hatten neben Rasierzeug Tuben mit vertrockneten Resten von Gesichtscreme und eine Haarbürste mit einigen weißen Haaren darin gelegen. In einer Schrankhälfte war Männerkleidung untergebracht. Jeans, Hemden, Wäsche, eine Winterjacke. Alles hatte ziemlich nach secondhand ausgesehen. In der Stube hatten ein paar Zeitungen neueren Datums herumgelegen. In der Küche einige

Konservendosen, vermutlich schon aus der Nachmutterperiode. Gut möglich, dass es jetzt schmutziger und unordentlicher war als früher. Streiff hatte sich unwillkürlich nach einer Urne umgeschaut. Aber die Wohnung hatte eigentlich nicht den Eindruck gemacht, dass Tschudi hier ein Mausoleum für seine verblichene Mutter hatte einrichten wollen, dafür hatte das Ganze zu lieblos gewirkt, sondern es hatte eher so ausgesehen, als ob es ihm schlicht egal war, was herumlag. Für seine wenigen Habseligkeiten hatte die Wohnung genügend Platz geboten, selbst wenn er sich die Mühe sparte, die Dinge der Mutter wegzubringen. Er hatte sie benutzt wie ein Hotelzimmer, sich im Vorgefundenen eingerichtet, ohne sich eine persönliche Umgebung zu schaffen. Spuren von anderen Personen gab es nicht. Kein Hinweis auf Gäste, eine Freundin oder einen Freund. Was war Hugo Tschudi, 48 Jahre alt, für ein Mensch gewesen?, hatte sich Beat Streiff gefragt, während er ratlos auf einen kleinen schwarzen Porzellanschwan gestarrt hatte, der in einem Regal stand. In der Wohnung hatte sich weder Geld noch Diebesgut gefunden. Ein Adressbuch mit wenigen Namen hatte auf dem Tisch gelegen. In einem Regal der Wohnwand, die natürlich aus dunklem Holz war, was den Raum noch düsterer wirken ließ, hatte eine Sammlung von zerfledderten älteren Kriminalromanen gelegen. Ob die von der Mutter oder vom Sohn Tschudi stammten? Streiff hatte in einigen geblättert. Na, das würde wohl nicht weiterhelfen. Alle möglichen Leute lasen Kriminalromane. Er hatte die Inhaltsangaben überflogen. Offenbar hatten Mutter oder Sohn Tschudi eine Vorliebe gehabt für Krimis, in denen Erpresser ihr Unwesen trieben.

Am interessantesten aber war der Inhalt des Mülleimers gewesen, den er sich zuletzt vorgenommen hatte. Dort hatten sich nämlich ein Paar dünne Gummihandschuhe und einige zusammengeknüllte Zeitungen gefunden. Eine Boulevardzeitung, in großen Buchstaben gedruckt. Einzelne Wörter und Buchstaben waren herausgeschnitten worden. Und noch etwas hatte Streiff aus dem Abfall gezogen: eine mit Fischchen bedruckte Alufolienverpackung mit aufgeklebtem Kassenetikett aus dem Coop Letzipark, die Verpackung eines Wolfsbarsches, gekauft drei Tage, bevor Valerie den toten Fisch bekommen hatte.

*

Später am selben Tag war Streiff bei Paul Schiesser vorbeigegangen. Der hatte schon vernommen, dass im FahrGut ein Toter gefunden worden war. Hatte frohlockt. Hatte aus seiner Abneigung gegen Valerie Gut und ihrem Geschäft keinen Hehl gemacht. Er hatte sich bei Streiff eifrig erkundigt, ob ›die kleine Gut‹ zu den Verdächtigen gehöre, etwa gar schon überführt sei. Hatte erklärt, er werde sich um das Ladenlokal bewerben, wenn FahrGut endgültig geschlossen sei. Streiff hatte interessiert zugehört.

Schiesser hatte sich offensichtlich gar keine Gedanken darüber gemacht, warum die Polizei bei ihm hereinschneite, und war deshalb sehr überrascht, als Streiff ihn auf seinen Streit mit Hugo Tschudi angesprochen hatte. Er hatte nicht gewusst, wer der Tote war. Ganz langsam hatte ihm gedämmert, dass diese Tatsache die Situation irgendwie zu seinen Ungunsten veränderte.

»Oh, das war nichts«,hatte er wegwerfend gesagt, als ob er sich kaum erinnern könne. »Er war wohl nicht ganz zufrieden mit einer kleinen Reparatur, der Herr Tschudi.«

»Was war es denn für eine Reparatur?«, hatte Streiff nachgefragt. »Und was hat Herr Tschudi genau beanstandet?«

Schiesser war rasch in Bedrängnis gekommen. Weder seine Fantasie noch seine Spontaneität hatten ausgereicht, um so auf die Schnelle ein einigermaßen haltbares Lügengerüst zu zimmern. Streiffs teilnehmende Nachfragen, die Verständnis für einen von unverschämter Kundschaft geplagten, ehrlichen Velomech durchschimmern ließen, hatten den Inhalt jener Auseinandersetzung ans Licht gebracht – und Schiesser erneut in Rage. Tschudi hatte ihn verspottet wegen seiner kleinen Schmuddelbude. ›Schießen Sie Ihre Fahrräder am besten auf den Mond‹, hatte er gekalauert, auf Valerie Guts erfolgreiche Werbung anspielend. Hatte gehöhnt, weil Schiesser sich von der Konkurrenz hatte überflügeln lassen. Zu allem Überfluss von einer Frau. Die ihm vor Jahren das große helle Ladenlokal vor der Nase weggeschnappt hatte. Die jetzt die Kundschaft anzog, die Geld hatte für teure Räder, während zu ihm, Schiesser, nur jene kamen, die ein günstiges Velo von der Stange wollten. Das alles hatte Tschudi ihm genüsslich unter die Nase gerieben. Streiff hatte Schiesser aufmerksam zugehört.

»Sie hassten also Hugo Tschudi«, hatte er festgestellt. »Und ebenso das Geschäft von Frau Gut.«

Schiesser war aufgegangen, dass er in eine Falle geraten war, und hatte erschrockene Augen gemacht. Aber als Streiff ihn gefragt hatte, wo er den Mittwochabend verbracht habe, hatte er wieder Oberwasser gehabt. »Am Stammtisch, in der Alpenrose«, hatte er herausfordernd informiert. »Wollen Sie die Namen meiner Kollegen? Im Service war übrigens Stana.«

Streiff hatte klein beigegeben und war abgezogen. Er hatte sich im Augenblick nicht so sehr für Schiessers Alibi interessiert, obwohl er ihn aus dem Kreis der Verdächtigen nicht ausschloss. Aber er war leicht auszutricksen, und Streiff war der Ansicht, für den Moment genüge es, ihn ein bisschen in Sicherheit zu wiegen. Von wann und bis wann genau Schiesser in der Alpenrose gewesen war, ließ sich leicht herauszufinden. – In der Zwischenzeit hatte er es in Erfahrung gebracht. Schiesser war schon vor 22 Uhr gegangen. Er hatte also kein Alibi für die Mordzeit.

Es war aber im Moment vor allem Tschudis Persönlichkeit, die Streiff beschäftigte. Er hatte offenbar eine ganz hässliche Seite. Das hatte sich an den Drohungen gegen Valerie gezeigt, aber auch in seiner Häme Paul Schiesser gegenüber. Wer andere demütigt, ihnen ihre Schwachpunkte vorhält, feiert zwar kleine Triumphe – lebt aber unter Umständen gefährlich. Hatte Hugo Tschudi wunde Punkte von anderen Leuten gekannt und sein Wissen ausgespielt? Es kam ihm in den Sinn, dass Valerie erzählt hatte, welche Blicke sie ab und zu von Hugo aufgefangen hatte.

Zita Elmer kam herein. Streiff holte ihr und sich einen Kaffee und fasste zusammen, was er herausgefunden hatte.

»Und jetzt Sie«, forderte er sie auf.

Elmer hatte sich sehr gefreut, dass der erfahrene Streiff sie als Assistentin wollte. Er ließ sie mitmachen, reinschnuppern. Genau das hatte sie sich gewünscht. Sie hatte sich mit Engagement und Akribie in die Arbeit gestürzt. In den letzten Tagen hatte sie, Ostern hin oder her, ihr Mann verstand das, in Sachen Tschudi recherchiert und dabei, wie sie es nannte, in einer ziemlich unerfreulichen Biografie herumgestochert.

Hugo Tschudi war ein hochintelligenter Mensch gewesen. Ursprünglich Hochbauzeichner, hatte er nach der Matura auf dem zweiten Bildungsweg vor mehr als 20 Jahren Mathematik studiert, aber kurz vor dem Abschluss einen psychischen Zusammenbruch erlitten und sein Studium nie beendet. Nach einem Aufenthalt in der Psychiatrie hatte er eine mehrmonatige Reise mit dem Fahrrad unternommen. Später hatte er ein Studium in Umweltwissenschaften begonnen, aber bald wieder abgebrochen. Er hatte sich für Ökologie begeistert, für die Natur ganz allgemein, war für Sonnenenergie, gegen Schneekanonen und so weiter gewesen, war den Grünen beigetreten, die ihn aber nach einem Jahr wegen unangepassten Verhaltens ausgeschlossen hatten, wie sie von einem seiner ehemaligen Parteikollegen erfahren hatte. Er hatte Autofahrer angepöbelt; Leuten, die im Supermarkt Tiefkühlprodukte im Einkaufskorb hatten, Vorwürfe gemacht; Frauen in Pelzmänteln mit Farbe besprüht; an öffentlichen Veranstaltungen zu ökologischen Themen unprogrammgemäß das Wort ergriffen und war allen auf die Nerven gegangen. Er war eine Weile lang das Schreckgespenst der grünen Szene gewesen, hatte der Partei intern ihre Wischiwaschi-Haltung vorgeworfen und sie nach außen hin unmöglich gemacht. Gewohnt hatte er in einer Altbauwohnung mit Holzofen in der Brahmsstrasse, die er nur sehr sparsam beheizte. Zeitweise geizte er mit Wasser zum Duschen und Wäschewaschen. Er hatte mal da, mal dort gejobbt, als Hausmeister, Putzmann, Lagerarbeiter, meist temporär, und oft wurde er hinausgeworfen, weil seine Rechthaberei, seine Belehrungen, seine Überheblichkeit der ganzen Umgebung auf den Geist gegangen waren.

›Wissen Sie, den Herrn Tschudi konnten wir nicht behalten‹, hatte Elmer ein früherer Arbeitgeber erklärt. ›Er wollte partout als Reinigungsmittel nur Schmierseife benutzen, weil das umweltfreundlicher sei. Aber das entsprach einfach nicht unserem Konzept. Herr Tschudi hinterließ die geputzten Toiletten unsauber – und dazu seifig.‹

Beliebt war Hugo Tschudi nirgends gewesen. Aber man wurde ja nicht gleich umgebracht, weil man besserwisserisch und hochmütig ist, verächtlich über andere lächelt und mit Schmierseife putzen will.

War Hugo Tschudi ein Dieb gewesen? Geld hatte er kaum besessen. Seine temporären Jobs hatten nicht viel eingebracht.

Als sie noch gelebt hatte, hatte seine Mutter ihm offenbar ein bisschen was von ihrer AHV, ihren Bezügen aus der Rentenversicherung, zugesteckt. Im Übrigen hatte er Arbeitslosengeld bezogen und manchmal Sozialhilfe. Ein Gesuch auf eine Rente lag bei der IV, der Invalidenversicherung, vor. Darüber musste ja jetzt nicht mehr entschieden werden. Tschudi hatte nicht viel Wert auf materielle Güter gelegt. Die düstere kleine Wohnung seiner Mutter hatte ihm genügt, seine wenigen Kleider sahen sehr nach Brockenhaus aus, sein Fahrrad war eine Schrottmühle, Valeries ewiger Ärger. Streiff konnte es ihr nicht verdenken. Aber möglicherweise hätte er doch gerne mehr Geld gehabt, vielleicht hatte er ein Doppelleben geführt?

Streiff steuerte bei, was er aus dem Adressbuch hatte herausholen können. Viel war es nicht. Tschudi hatte offenbar keinen großen engeren Bekanntenkreis gehabt. Oder er hatte die Adressen seiner Freunde nicht notiert. Markus Stüssi etwa, mit dem er sich ja ab und zu getroffen hatte, war nicht verzeichnet. Eine Cousine hatte sich gefunden, die mit dem Opfer schon seit Jahren keinen Kontakt mehr hatte, ihn aber als Kind und Jugendlichen näher gekannt hatte. Streiff hatte sie in letzter Minute erwischt, bevor sie ins Osterwochenende ins Tessin abgereist war. Er sei ein Mensch gewesen, hatte sie gesagt, der sich gleichzeitig maßlos unter- und überschätzt hatte. Er hatte schwer Kontakt gefunden zu anderen Jugendlichen und bei Mädchen Abfuhren eingefangen, was er jeweils zynisch-verletzt kommentiert hatte. Aber er konnte sich ebenso aufspielen und großspurig erklären, die Welt werde noch hören von ihm. Eine frühere Arbeitskollegin, ein Bekannter vom Regionalen Arbeitsvermittlungszentrum und ein ehemaliger Kollege von den Grünen hatten nicht viel zu sagen gewusst. Aber allen schien es irgendwie unangenehm zu sein, zu Hugo Tschudi befragt zu werden.

Hatten sie etwas zu verbergen? Jedenfalls hatten sie alle ein Alibi für den Abend des Mordes. Zwei, drei Adressen blieben zu überprüfen, Leute, die wegen der Feiertage nicht erreichbar gewesen waren.

»Die zweite Person«, sagte Zita Elmer, »was gibt es da für Möglichkeiten? Muss sie ein Komplize beim Eindringen in den Laden gewesen sein?«

»Vielleicht ist ihm jemand gefolgt«, überlegte Streiff.

»Paul Schiesser«, schlug Elmer vor.

»Möglich«, sagte Streiff. »Er war in der Alpenrose, verließ das Lokal aber kurz vor 22 Uhr. Er mag Tschudi auf dem Heimweg gesehen haben und ihm nachgegangen sein.«

»Eventuell gibt es noch andere, die einen Grund hatten, Tschudi nachzuschleichen.«

Streiff schwieg.

»Stüssi?«

»Kaum«, meinte Streiff. »Die haben sich offenbar bestens verstanden.« Zum Ärger von Valerie, fügte er in Gedanken hinzu. »Wenn Stüssi Tschudi der Diebstähle verdächtigt hätte und ihm nachgegangen wäre, hätte am Morgen wohl eher Stüssi tot am Fuße der Treppe gelegen. Es ist tatsächlich die Frage, ob diese Diebstähle in irgendeinem Zusammenhang mit dem Mord stehen.«

»Stüssi als Komplize von Tschudi?«, versuchte es Elmer.

»In diesem Fall hätte er wohl davon abgesehen, Tschudi ausgerechnet im FahrGut zu erschlagen. Außerdem hat er ein Alibi.«

»Und was ist mit Valerie Gut? Sie hatte Hugo Tschudi im Verdacht, im Laden zu stehlen. Und sie konnte ihn nicht ausstehen. Oder vielleicht hatte sie irgendwie herausbekommen, dass er es war, der sie belästigt hatte. Sie könnte ihn genauso zufällig gesehen haben und ihm gefolgt sein. Als er in ihr Geschäft eindrang – Valerie Gut hat ein impulsives Temperament und der Laden ist ihr Ein und Alles.«

»Sie hätte in einer solchen Situation sicher kurzen Prozess gemacht«, bestätigte Streiff. »Aber sie hätte ihn eher im Lokal eingeschlossen und die Polizei gerufen. Jemanden zu erschlagen, das passt nicht zu ihr.«

»Kennen Sie sie denn näher?«, wunderte sich Elmer.

»Nein, nein«, wehrte Streiff ab, »nur von früher – außerdem hat sie ein Alibi.«

»Ist es wasserdicht? Dieser Leon Marti, der sagte, sie habe den Abend mit ihm verbracht, ist vielleicht ihr Freund oder Lover, der ihr helfen will.«

»Leon Martis Lover heißt Frank Kubli«, sagte Streiff.

Aha, dachte Elmer beeindruckt, das hat er also schon herausgefunden. Schnelle Arbeit. Er ist eben ein Profi. »Wir reiten auf den Personen herum, die uns bekannt sind«, stellte sie fest. »Aber das Problem ist, dass wahrscheinlich jemand herumläuft, von dessen Existenz wir gar nichts wissen. Es kann ein Komplize gewesen sein, mit dem er in Streit geriet, aber ebenso jemand, der ihn hasste, ihm nachschlich und ihn niederschlug.«

»Also müssen wir herausbekommen, wer Hugo Tschudi hasste«, schlussfolgerte Streiff.

»Wir wissen jetzt«, nahm Elmer noch einen Anlauf, »dass Tschudi so weit ging, eine Frau massiv zu bedrohen. Könnte er das auch bei anderen Leuten gemacht haben? Könnte das nicht auch ein Mordmotiv sein?«

»Valerie hat er anonym bedroht«, gab Streiff zu bedenken. Sie jedenfalls hat seine Stimme nicht erkannt. Der Mann, der ihr auf dem Heimweg folgte, war nicht Tschudi. Das hätte sie auch im Dunkeln gemerkt. Und es sind in der letzten Zeit keine Anzeigen wegen solcher Belästigungen eingegangen.«

2. Teil

Elmer war gegangen. Streiff blätterte ihren Bericht durch. Sein Blick blieb an zwei Wörtern hängen: Valerie Gut. Sie hatte sich nicht sehr verändert. Eigenwillig. Impulsiv. Zielstrebig. Und immer noch die braunen Locken. Etwas Dünnhäutiges hatte er an ihr wahrgenommen, das er früher nicht gekannt hatte. Kein Wunder, nach diesem Schock. Ihr Herz hing an diesem Geschäft, das wusste er. Streiff blätterte weiter, ohne zu lesen. War dieser Mord für ihn ein Fall wie jeder andere? Machte es für seine Arbeit einen Unterschied, dass Valerie davon betroffen war? Er hielt es für ausgeschlossen, dass sie die Täterin war. Sie hatte ein Alibi. Und er kannte sie. Aber falls seine Ermittlungen ergeben würden, dass sie es gewesen war? Würde er seinen Job machen, objektiv und unbestechlich wie sonst auch? Selbstverständlich würde er das tun. Vor dem Gesetz sind alle gleich, zitierte Streiff in Gedanken. Aber sonst eben nicht, fügte er hinzu, ohne selbst genau zu wissen, was er damit meinte.

Er liebte seine Arbeit und er wusste, dass er gut war. Es hatte lange genug gedauert, bis er sich im Klaren gewesen war, was er im Leben tun wollte. Nach der Matura hatte er halbherzig ein paar Semester Jura studiert und war fast erleichtert gewesen, als er bei den ersten Zwischenprüfungen durchgefallen war. Er war schon immer sehr sportlich gewesen, hatte, seit er zehn Jahre alt war, Judo trainiert. Nun begann er in seinem Klub Trainings zu leiten, Kurse zu geben. Es machte ihm Spaß, wenngleich er bei Kursbeginn immer Probleme hatte, sich die Gesichter der Teilnehmer einzuprägen. Er hatte Ideen. Er schrieb Kurse aus für Blinde, Kurse ausschließlich für Mädchen, gab in

Zusammenarbeit mit Schulen und Heimen Kurse für verhaltensauffällige Schulkinder. Es fiel ihm leicht, seinen Schülerinnen und Schülern dabei zu helfen, ihre Unsicherheiten und Ängstlichkeiten zu überwinden, ihren Körper besser zu spüren, ihre Energie auszuleben, ohne dass es zerstörerisch wurde.

Das hatte Anikò gut gefunden. Anikò, seine damalige Freundin. Sie waren schon im Gymnasium zusammen gewesen. Sie hatte nach der Matura Pädagogik studiert und eine Arbeit über eines seiner Trainings geschrieben. Einmal war er gebeten worden, Judokurse für angehende Polizistinnen und Polizisten zu erteilen. Schließlich, mit 27, hatte er beschlossen, selbst zur Polizei zu gehen. Das hingegen hatte Anikò nicht gefallen. Eigentlich war das der Grund für ihre Trennung gewesen. Einen einfühlsamen Judolehrer zum Freund haben war okay, aber mit einem Polizisten wollte sie nicht zusammen sein. Vielleicht waren die endlosen Diskussionen über den Umgang einer Gesellschaft mit Individuen, die sich abweichend verhielten, nur ein Vorwand gewesen, womöglich musste eine Jugendliebe irgendwann zu Ende sein. Es hatte Streiff gekränkt, dass sie immer auf seinem Beruf herumgehackt hatte, als ob er sich durch seinen Entschluss und seine Ausbildung mit einem Mal in einen rechts stehenden, brutalen Deppen verwandelt hätte. Aber auch er hatte die Auseinandersetzung nicht auf eine andere Ebene gebracht. Er hatte sich zuerst sachlich, später ungehalten und ungeduldig verteidigt und ihr ihre politische Blauäugigkeit vorgeworfen. Anikò hielt ihm vor, einer Justiz in die Hände zu arbeiten, die Straftäter einfach wegsperrte, statt sich mit ihrer Geschichte, den Verhältnissen, die sie so weit gebracht hatten, zu befassen. Er konterte, dass für ein Opfer einer Straftat die Lebensgeschichte des Täters das Erlittene nicht mildert.

»Eine Strafe als Rache ebenso wenig«, hatte Anikò zurückgegeben.

»Eine Strafe stellt ein Gleichgewicht wieder her, das durch die Straftat gestört worden ist«, erklärte Streiff. »Indem der Täter bestraft wird, anerkennt die Gesellschaft, dass dem Opfer Unrecht getan worden ist, und nimmt es wieder auf. Gleichzeitig wird dem Täter damit klargemacht, dass sein Verhalten von der Gesellschaft nicht toleriert wird.«

Er hatte versucht, ihr den Unterschied zwischen einer Strafe und Rache zu erklären und ihr die Geschichte einer Frau erzählt, die von ihrem Exfreund schwer misshandelt worden war. Er hatte beim Prozess als Zeuge ausgesagt. Der Mann war verurteilt worden, musste aber seine Strafe nicht verbüßen, da er sich ins Ausland abgesetzt hatte.

›Wissen Sie‹, hatte ihm die Frau anvertraut, ›dass er die Strafe nicht absitzen wird, ist mir vollkommen gleichgültig. Aber dass er verurteilt worden ist, das ist für mich sehr wichtig.‹

Solche Überlegungen waren Anikò, die zu der Zeit ein Praktikum in einem Heim für Kinder aus desolaten Verhältnissen machte, die zum Teil schon mit zehn Jahren delinquierten, fremd gewesen. Verschiedentlich hatte er in einer solchen fruchtlosen Diskussion die Beherrschung verloren und einmal hatte er das Wort ›Gutmensch‹ gebraucht. Das hatte sie ihm nicht verziehen und irgendwann war die Beziehung schließlich zu Ende gewesen.

Vielleicht hatte er sich deshalb recht schnell mit einer Kollegin eingelassen. Es sollte ihm nicht nochmals passieren, dass er sich für seinen Beruf rechtfertigen musste. Er hatte Liliane gerngehabt, sie hatten nach einem Jahr geheiratet. Mit ihr gabs keinen Streit über seine Tätigkeit, im Gegenteil, es war spannend, sich auszutauschen, einander zu erzählen, in was für Situationen man bei seiner täglichen Arbeit geriet und wie man sich verhielt. Von seiner Prosopagnosie hatte er Liliane nie erzählt. Im Laufe von ein paar Jahren hatte Streiff realisiert, dass er mit seiner Frau eigentlich über nichts anderes als die Arbeit reden konnte. Er begann, sich mit ihr zu langweilen. Er hatte keinen Versuch unternommen, sich um die Beziehung zu bemühen, er wurde schweigsam und zog sich zurück, was wiederum sie langweilte. Die Scheidung war kein Drama gewesen. Liliane zog aus, er blieb in der Wohnung, die er ohne sie als wohltuend geräumig und ruhig empfand. Er hatte ein paar Freunde; Arbeitskollegen und einige, die ihm aus der Zeit geblieben waren, bevor er Polizist wurde. Einer war Richter und einer ein auf Strafrecht spezialisierter Rechtsanwalt; mit ihnen diskutierte er gerne über die unterschiedlichen Aspekte ihrer Arbeit.

Auf Valerie hatte er schon ein Auge geworfen, als er noch mit Liliane zusammen war. Eines Morgens war sie auf dem Posten aufgetaucht, weil in FahrGut eingebrochen worden war. Das Verbrechen war nie aufgeklärt worden, aber das hatte sie ihm nicht übel genommen. Sie machte es ihm ebenso wenig zum Vorwurf, dass er Polizist war, und er konnte sich mit ihr über vieles unterhalten. Eines Abends, das war schon nach der Scheidung, hatte er ihr kurz nach 19.30 Uhr sein Fahrrad zur Reparatur gebracht. Ihre Angestellten hatten bereits Feierabend gemacht. Sie hatte ihn auf ein Bier in ihrem Büro im unteren Stock eingeladen, in dem ein kleines Brockenhaus-Sofa stand. Sie hatte ihn angeschaut und die Spangen, mit denen sie tagsüber ihre Locken hochsteckte, aus dem Haar gelöst. Von da an hatten sie sich ab und zu heimlich getroffen, meistens bei ihm. Aber hinterher ging sie natürlich zu ihrem Quacksalber nach Hause. Und er blieb in seiner Wohnung, die noch belebt war von Valeries Präsenz. Nach vier Monaten hatte sie gesagt, es wäre vorbei, sonst müsse sie es Lorenz sagen, sie fühle sich nicht mehr wohl.

Er hatte sie nicht gedrängt, ihrem Freund ihr Verhältnis zu beichten, sondern akzeptiert, dass die Affäre zu Ende war. Es war müßig, sich nun zu fragen, ob das ein Fehler gewesen war.

17 Uhr. Streiff wählte nochmals die verbliebenen Telefonnummern aus Hugo Tschudis Adressbuch, ohne Erfolg. Er schaute aus dem Fenster. Der Verkehr hatte etwas zugenommen. Die ersten Zürcher kamen offenbar bereits aus den Osterferien zurück, früh, damit sie nicht stundenlang im Stau am Gotthard stecken blieben. Ein Mann überquerte die Straße. Etwas übergewichtig, registrierte Streiff automatisch. Seit er dicker geworden war, hatte er begonnen, andere Männer auf ihren Körperumfang zu taxieren. Er fragte sich, ob es Leute gab, die bei seinem Anblick dachten, der könnte ein paar Kilo abnehmen. Ob es Valerie aufgefallen war? Vermutlich sollte er wirklich endlich etwas dagegen unternehmen. Er könnte im Santa Lucia ein Rindercarpaccio und einen Salat essen gehen. Zu Hause im Kühlschrank lag ohnehin nicht viel.

DIENSTAG, 3. WOCHE

1. Teil

Valerie war nervös. Noch eine Stunde, bis sie den Laden öffnen würde. Am letzten Mittwochmorgen war Hugo Tschudi tot aufgefunden worden. Zwei Tage hatten sich Leute in weißen Overalls in ihrem Geschäft aufgehalten und versucht, relevante von irrelevanten Stäubchen, Fasern, Metallsplittern und DNA-Winzigkeiten zu unterscheiden. Am Donnerstag hatte sie erfahren, dass es Hugo Tschudi gewesen war, der sie nachts angerufen und ihr den toten Fisch geschickt hatte. Sie war wie vom Donner gerührt gewesen. Tschudi? Das hätte sie ihm nicht zugetraut. Dieses Schwein. Und dann lässt er sich auch noch in meinem Laden umbringen. Ein Gefühl von Ekel hatte sie erfasst. Am Donnerstagabend war Geschäftsübergabe, FahrGut gehörte wieder Valerie. Sie hatte sich davor gefürchtet, die weißen Kreidestriche, die Hugos Körper markiert hatten, zu sehen. Aber sie waren weggewischt. Die Blutflecken hingegen waren zu sehen. Sie fühlte Abscheu. Am Karfreitagmorgen war sie in den Laden gekommen, zuvor durch die stillen, leeren Straßen gelaufen, bewaffnet mit Putzutensilien, die sie in einem Geschäft im Hauptbahnhof, das an Feiertagen geöffnet hatte, hastig zusammengekauft hatte. Sie hatte darauf verzichtet, Sibel zum Putzen zu bestellen. Das musste sie selbst tun. Denn es ging um mehr als darum, Blut wegzuwaschen. Das Lokal, ihr Reich, war ihr durch den Mord, der darin begangen worden war, entglitten. Jemand hatte sich ihrer Räume bemächtigt und diese für etwas Furchtbares missbraucht und nun musste sie sich ihren Bereich zurückerobern. Valerie war nicht der meditative Typ. Sie entzündete keine Räucherstäbchen, setzte sich nicht auf die Wendeltreppe, um gute Energien ins All ihres Ladens, ihres Ein und Alles, zu verströmen. Sie schob eine Stockhausen-CD in den Player, drehte die Lautstärke voll auf, fast schepperte es, aber das war ihr jetzt egal, und begann zu putzen. Fegte den Boden, schmirgelte Spuren von der Wand ab, verbrauchte literweise so heißes Wasser, dass es ihr durch die Gummihandschuhe hindurch fast die Finger verbrannte, benutzte kein umweltschonendes Putzmittel, sondern verschiedene scharf riechende chemische Mittel in rauen Mengen. Um sie herum war jetzt keine Umgebung, die zu schonen war, im Gegenteil, die oberste Schicht dieser Umwelt, die jüngsten Spuren mussten weg. Wegätzen, dachte sie böse. Seppli hatte sich ins Büro zurückgezogen und nagte an einem Spielknochen, er riss sich nicht darum, Teil dieser Inszenierung zu sein, die sein kleines Hundehirn überstieg.

Beat Streiff hatte sich nochmals bei ihr gemeldet. Ob es sein könnte, dass Tschudi an jenem Tag, bevor er ermordet wurde, den Reserveschlüssel aus der Kasse genommen hatte. Valerie erinnerte sich, dass sie Hugo bemerkt hatte.

»Möglich«, meinte sie.

»Es könnte sein, dass er den Schlüssel zufällig entdeckt hat und die Gelegenheit nutzte.«

»Deine Aufgabe, das herauszukriegen«, hatte Valerie erklärt. »Vielleicht hat er ihn auch irgendwann genommen und ist nachts hereingeschlichen, um Waren zu klauen. Wir haben nicht dauernd überprüft, ob der Schlüssel da war. Das würde erklären, dass Gegenstände wegkamen, die man nicht einfach unauffällig entwenden kann.«

Nachdem sie aufgelegt hatte, war ihr in den Sinn gekommen, dass sie Frau Zweifel nach den Fotos hatte fragen wollen. Sie rief an, aber es sprang gleich der Anrufbeantworter an und sie mochte nicht darauf sprechen.

Sie telefonierte auch nicht nochmals mit Streiff. Die Idee kam ihr gar zu unwahrscheinlich vor, sie wollte sich nicht blamieren und sie wollte nicht als übereifrige Hobbydetektivin dastehen. Zudem, dachte sie in einem Anflug von Boshaftigkeit, soll er es doch selbst herausfinden, wenn er ein guter Ermittler ist. Die Probleme, die sie gerne löste, waren eher technischer Art, da tüftelte sie gerne, probierte aus, zweckentfremdete Materialien und Teilchen, erfand unkonventionelle Lösungen, an denen sie Freude hatte. Aber konnte man sich freuen, wenn man einen Mörder überführte? Wohl nicht wirklich. Nicht mit dem Herzen. Sie dachte an Smiley, den Geheimdienstagenten in John Le Carrés Romanen. Der hatte sich gefreut, als er Karla, seinen Widersacher aus dem Ostblock, bezwungen hatte. Valerie liebte diese Szene am Ende von ›Agent in eigener Sache‹, in der sich Smiley, ganz ohne Triumphgefühl abwendet: ›George, Sie haben gewonnen‹, sagte Guillam, als sie langsam zum Wagen gingen. ›Wirklich?‹, sagte Smiley. ›Ja. Ja, es sieht wohl so aus.‹

Man konnte das natürlich nicht mit Beats Situation vergleichen. Sie konnte ihn bei Gelegenheit fragen, wie es ihm ging, wenn er einen Fall gelöst hatte. Wenn er ihn löste.

Ihr wurde bewusst, wie sehr sie sich wünschte, dass der Mord aufgeklärt wurde. Da war irgendwo in ihrer Umgebung ein Mensch, der gefährlich war. Der jemanden umgebracht hatte. Sie wusste nicht, warum. Vielleicht hatte es mit FahrGut gar nichts zu tun, möglicherweise war der Tatort zufällig. Aber vielleicht auch nicht. Womöglich hatte der Mörder einen Grund, nochmals jemanden umzubringen. Es war kein gutes Gefühl. Ich muss es wissen, dachte Valerie, ich muss wissen, wer es war! Und wenn Beat es nicht herausfindet, dann muss ich eben dahinterkommen. Jedenfalls habe ich ja auch eine Spur. Und von der weiß er bis jetzt nichts. Sie fischte einen Nikotinkaugummi aus ihrer Tasche.

*

Am Freitagabend hatte Leon wieder für sie gekocht, Couscous mit dicken Lammfleischstücken, und er hatte ihr mindestens so viel Rotwein eingeschenkt wie ein paar Tage zuvor.

Valerie erzählte ihm von ihrem Gefühl von Machtlosigkeit und Verlust, von ihrer Empfindung, dass etwas zutiefst Böses in ihre Welt eingebrochen war und etwas Unheimliches, weil sie keine Ahnung hatte, warum es geschehen war und wer dahintersteckte.

»Das siehst du zu dramatisch«, wehrte Leon ab. »Das Böse. Was heißt schon böse? Gut, böse, das sind biblische Begriffe. Die Welt ist nicht klar unterteilt in Gut und Böse, sie ist voll von Widersprüchen, von einem Durcheinander an Motiven, Gedanken, Gefühlen. Das, was man als ›böse‹ bezeichnet, ist doch meistens einfach Dummheit.« Valerie hatte nicht die geringste Lust auf theoretische Erörterungen, aber Leon fuhr fort: »Du weißt nicht, was wirklich geschehen ist in jenen Minuten, da Täter und Opfer in deinem Laden waren. Vielleicht ist der Täter ein armer Teufel.«

Valerie fuhr auf: »Hör auf mit diesem Quatsch! Soll ich den Typen etwa trösten? Das interessiert mich nun wirklich nicht. Verstehst du, ich bin involviert in diese Sache! Zudem hatte ich nie den Wunsch, Sozialarbeiterin zu sein. Und was heißt schon Dummheit? Es gibt hochintelligente Menschen, die ihre Klugheit dafür gebrauchen, anderen zu schaden, sich selbst zu bereichern oder sonst was.«

Seppli, der neben dem Tisch gedöst hatte, hob seinen Kopf.

»Na ja, die Wirtschaftskriminellen, die Mafiabosse möglicherweise schon«, entwickelte Leon seine Theorie ungerührt weiter. »Aber verurteilt werden meistens die Kleinen. Schau, vor ein paar Jahren, als ich in einer Parterrewohnung wohnte, stieg nachts ein Einbrecher bei mir ein, während ich schlief. Er nahm mein Portemonnaie und meinen Compi mit, die beide auf dem Küchentisch lagen. Ich habe keine Anzeige erstattet, das hätte die Welt nicht besser gemacht. Vielleicht hätte jemand diesem Typen einfach einen Compi schenken müssen, dann hätte er es nicht nötig gehabt, einen Einbruch zu begehen.«

Einen Moment lang verschlug es Valerie die Sprache. Das war ja wohl das Letzte. »Ach, und was hätte man dem Mörder von Hugo Tschudi schenken sollen, damit er davon absieht, ihn kaltzumachen?« Sie war ziemlich laut geworden. Seppli stand auf, trottete zu Valerie und sah zu ihr hoch. »Was hast du denn für eine Vorstellung von einem Rechtsstaat? Du bist doch völlig naiv!«

»Komm, reg dich ab«, wiegelte Leon ab, dem nicht mehr ganz wohl war. »Im Übrigen ist es naiv zu glauben, dass der Rechtsstaat Gerechtigkeit herbeizaubern kann.«

»Da wird gar nichts gezaubert!«, gab Valerie zurück. »Ermittlungen in einem Mordfall sind harte Knochenarbeit.« Sie schwieg. Sie war zornig, aber auch erschrocken. Was war mit Leon los? Warum verriet er sie? Verlor sie jetzt auch noch ihren Freund?

Sie riss sich zusammen, erkundigte sich nach Benjas Augenentzündung, aber nur, weil sie nicht mit Getöse und im Streit abhauen wollte. Und sie wollte nicht, dass er mitbekam, wie verletzt sie war. Sie verabschiedete sich bald.

*

Von Samstag bis Montag war sie wie geplant mit Lina weggefahren. Sie war froh wegzukommen, einerseits, weil sie Leon nicht begegnen wollte, aber auch, weil jetzt die Journalisten vom Lokalfernsehen und von der Gratiszeitung wirklich vor ihrem Haus herumstreunten, auf der Suche nach Bildern und Statements. Luís war schon auf dem Bildschirm erschienen. Valerie war ihm nicht wirklich böse, die Verlockung für einen 16-Jährigen war wohl einfach zu groß, aber sie hatte zum Telefon gegriffen und ihm weitere Medienauftritte verboten. Mit Lina fuhr sie ins Bündnerland, nach Vals. Sie hatten etwas spät gebucht, aber mit Glück im Hotel Therme zwei Zimmer ergattert.

Im Auto erzählte sie ihrer Freundin vom Streit mit Leon.

»Wenn er so denkt, will ich gar nicht mehr mit ihm befreundet sein«, brauste sie auf und brach plötzlich in Tränen aus.

»Doch«, beschwichtigte Lina, »das wirst du.« Während sie mit der linken Hand lenkte, fischte sie mit der rechten ein Päckchen Papiertaschentücher aus der Handtasche und schob es Valerie zu. »Der Abend gestern ist gründlich schiefgegangen. Und dieses Thema schneidest du besser nicht mehr an. Da versteht er dich nicht. Ich finde es genauso daneben, was er von sich gegeben hat. Aber kaputt geht eine Freundschaft nicht so schnell.«

Sie gingen, nach einem Spaziergang im Schnee mit Seppli, gleich ins Bad, legten sich ins warme Blütenwasser, schwitzten im Dampfbad, schwammen draußen im Pool, den Körper im warmen Wasser, den Kopf in der kühlen Bergluft. Anschließend wickelten sie sich in weiche Tücher, legten sich auf zwei Liegen und schauten in die weiße Berglandschaft hinaus. Valerie schwieg, aber nicht nur, weil um sie herum Leute dösten oder lasen, sie war wieder in ihre Gedanken versunken. Später, vor dem Abendessen, gingen sie nochmals mit dem Hund den Bach entlang. Valerie schwieg weiterhin.

Plötzlich forderte Lina streng: »Ab sofort denkst du laut. Das bringt nichts, wenn du vor dich hingrübelst. Wenn du schon an nichts anderes denken kannst, sprich wenigstens darüber.«

»Wie soll ich an etwas anderes denken können?«, verteidigte sich Valerie hitzig. »Mein Laden ist am Ende. Das verstehst du nicht mit deinem sicheren Arbeitsplatz.«

Sie lief ein wenig rascher. Lina blieb eine Minute zurück. Dann holte sie ihre Freundin ein, Valerie spürte eine leichte Berührung an der Schulter.

»Es geht dir doch nicht nur darum«, wandte Lina ein, weicher. »Dir hat es den Boden unter den Füßen weggezogen, weil du nicht mehr weißt, wem du trauen kannst. Ist es nicht so?«

»Ja«, gab Valerie zu, »das ist es auch. Ich gehe die Kunden im Geiste durch, Leute, die ich zum Teil als Stammkunden kenne, als Nachbarn aus dem Quartier. Irgendwer hat mein Geschäft benutzt für etwas, was mit mir nichts zu tun hat. Oder doch? Aber was? Ich weiß es einfach nicht. Aber es hätte nicht geschehen dürfen. Es ist mein Laden. Und dann noch der Schock, dass es Tschudi war, der mich belästigt hat. Was hat er bloß damit gewollt? Na ja, das kann mir ja jetzt egal sein.«

»Hast du denn einen Verdacht, wer der Mörder sein könnte?«

Valerie zuckte die Schultern. »Nein. Und ich möchte auch

gar nicht damit anfangen, jemanden zu verdächtigen. Ist ja nicht mein Job. Soll Streiff seine Arbeit machen.«

»Aber es wäre wohl gar nicht so dumm, wenn du dir ernsthaft Gedanken machst, wer der Täter sein könnte. Du bist näher am Laden dran als die Polizei. Du kennst deine Kunden, du kennst deine Konkurrenz, du kannst dich eh nicht raushalten.«

»Ich kann es mir einfach nicht vorstellen.« Valerie biss sich auf die Lippen. »Jemanden umzubringen, wirklich zu töten, das ist Lichtjahre entfernt von irgendeiner Antipathie oder einer Wut auf jemanden. Das ist eine ganz andere Dimension. Ich lese gern Krimis. Aber das ist eine andere Welt, das hat nichts mit der Wirklichkeit zu tun. In der Realität ist ein Mord nichts Spannendes, er ist nur schrecklich und beängstigend. Weißt du, vor ein paar Wochen hatte ich einen Riesenzorn auf eine unverschämte Kundin. Ich habe sie aus dem Laden gejagt, davon habe ich dir erzählt. Aber ich hätte sie doch niemals erschlagen, nicht einmal im größten Wutanfall. Verstehst du, was ich meine?«

Lina nickte. »Klar. Und doch ist es passiert. Vermutlich im Affekt. Es kann gut sein, dass der Täter jemand ist, den du schon mal gesehen hast, der eines Tages im Laden war. Hat Hugo irgendwann jemanden in den FahrGut mitgebracht?«

»Nicht dass ich wüsste. Aber du hast recht. Ich kann mich nicht einfach zurücklehnen und warten, bis die Polizei den Fall aufgeklärt hat. Es ist mein Laden, und er ist beschmutzt, mir weggenommen worden, und ich will ihn mir zurückholen. Aber was soll ich tun? Was kann ich tun?« Wieder ging ihr die alte Frau Zweifel durch den Kopf. Die Fotos, die möglicherweise etwas Wichtiges abbildeten, jemanden zeigten. Das war die einzige Idee, die sie hatte. Aber davon erzählte sie Lina nichts. Vielleicht würde ihre Freundin darauf bestehen, dass sie es Streiff erzählte. Und das wollte sie jedenfalls jetzt noch nicht. Vielleicht würde es Lina aber auch für völlig unwichtig halten und dann war es ohnehin besser, es für sich zu behalten.

»Wie ist es für dich, dass gerade Beat in dem Fall ermittelt?«, wollte Lina wissen.

»Irgendwie finde ich es gut«, antwortete Valerie. »Ich denke, er ist ein guter Ermittler. Und das mit uns ist schon lange her. Aber ich frage mich manchmal vor dem Einschlafen, ob er mich verdächtigt.« Und wenn, fügte sie für sich hinzu, werde ich es ihm nie verzeihen.

»Kaum«, meinte Lina. »Du hast ja ein Alibi. Aber was denkst du über Markus und Luís? Vertraust du ihnen?«

»Schon«, sagte Valerie. »Luís ist noch ein Kind. Und Markus war befreundet mit Tschudi. Nein, das Unheimliche ist ja, dass ich keine Ahnung habe, keine Ahnung, für welches Stück mein Laden das Bühnenbild abgibt. Jedenfalls hat es mir gutgetan, ihn zu putzen. Aber wie ich mich fühlen werde, wenn ich am Dienstag wieder drin stehe, vor Markus und Luís die Chefin spielen und irgendwelche Kunden bedienen muss, die wahrscheinlich nur kommen, um sich den Tatort anzusehen …«

Linas Handy klingelte. »Nem érek rà«, sagte sie ins Telefon. »Juraban vagyok. Igen, Péterrel. Felhívlak holnap.« Ach Lina, dachte Valerie, wider Willen amüsiert. Ihre Stimmung hellte sich ein wenig auf. Sie gingen zurück ins Hotel, setzten sich in die blaue Halle, tranken Tee und lasen – Lina in einem Ausstellungskatalog über Ursina Vinzenz, eine Engadiner Malerin, Valerie einen Roman von George Pérec –, bis es Zeit war fürs Abendessen. Während der Mahlzeit sprachen sie nicht über die schrecklichen Ereignisse der letzten Tage. Valerie gab kleine komische Geschichten zum Besten von merkwürdigen Leuten, die den Laden frequentierten, zum Beispiel von einem alten diebischen Ehepaar, das ihr mit viel Charme und Beredsamkeit ein Werkzeug leihweise abgeluchst, aber nie mehr zurückgebracht hatte, oder von den beiden kleinen albanischen Mädchen. Lina liebte solche Geschichten.

»Wie läuft es mit Hannes?«, fragte Valerie beim Dessert.

Lina schaute ratlos drein und zuckte die Schultern.

»Also, was wäre dir lieber: wenn Hannes nach Berlin zöge oder wenn er nach Bern käme?«

Lina überlegte. Schließlich sagte sie zögernd: »Doch, ich glaube, Bern wäre mir lieber.«

»Also ist alles gut«, sagte Valerie.

»Ich beginne, mich an den Gedanken zu gewöhnen«, gab Lina zu. »Ich bin nur erschrocken, weil ich dachte, er würde sich total verändern und wolle pausenlos mit mir zusammen sein.«

»Unsinn«, widersprach Valerie, »dann würde er nach Zürich ziehen und um deine Hand anhalten.«

Bei dieser Vorstellung musste Lina lachen und war beruhigt. Übergangslos fragte sie: »Was macht eigentlich Beat über Ostern?«

Valerie reagierte abweisend. »Weiß ich doch nicht. Arbeiten wahrscheinlich. Hat ja einen Mordfall zu lösen.«

Lina bereute ihre unüberlegte Frage und wechselte das Thema.

Valerie ging, wie meistens, früh zu Bett. Lina, die ein Nachtmensch war und bei der Zeitung oft bis 23 Uhr arbeitete, setzte sich für eine Weile in die blaue Halle in einen der einladenden Sessel und hörte den jazzigen Melodien des Barpianisten zu, obwohl sie normalerweise Punk bevorzugte.

Am nächsten Morgen war Valerie früh wach. Nach einer kleinen Runde mit Seppli war sie kurz nach 7 Uhr im fast leeren Bad und schwamm ein paar Längen im lauen Wasser, aus dem Dampf in die kalte Luft aufstieg, während vereinzelte kühle Schneeflocken ihr Gesicht nässten. Sie hatte wirr geträumt wie immer in der ersten Nacht in den Bergen, sie konnte sich nur noch an einzelne Bilder erinnern. Übermorgen, dachte sie, werde ich wieder im Geschäft stehen. Es graute ihr nicht mehr davor. Wollen doch mal sehen, sagte sie sich. Das ist immer noch mein Laden. Sie setzte sich für ein paar Minuten in die dämmrig beleuchtete Grotte mit dem 42 Grad heißen Wasser, tauchte anschließend mutig ins kalte Becken und zählte bis 20.

Danach ging sie hinauf, bestellte sich einen ersten Kaffee und wartete auf Lina, die nach 9 Uhr auftauchte, extra früh, wie sie versicherte, damit sie zusammen frühstücken konnten.

Es war Lina, die das Gespräch auf den Mord zurückbrachte. »Du hast mir von dieser Kundin erzählt, weißt du, die, die im Geschäft eine Szene machte wegen der Bremsen«, begann sie.

»Angela Legler, ja«, sagte Valerie, »die hat sich seither nicht mehr blicken lassen, zum Glück. Es ist eine gute Methode, unliebsame Kunden zu vertreiben, indem man ihnen voller Verachtung etwas gratis gibt. Die trauen sich anschließend nicht mehr her, weil sie sich gedemütigt fühlen.«

»Hat Tschudi diese Szene zufällig mitbekommen?«, wollte Lina wissen.

»Hm, daran kann ich mich nicht mehr erinnern. Ich habe nicht darauf geachtet, ich wollte einfach dieses Weib aus dem Laden haben. Warum fragst du?«

»Es ist nur so eine Idee. Du hast mir erzählt, dass Tschudi ziemlich gemein sein konnte. Spöttische Blicke, hämische Bemerkungen, womit er Leute in Rage bringen konnte. Schiesser zum Beispiel. Und diese Angela Legler hat offenbar ein Potenzial zum Ausrasten. Wenn er sie nun provoziert hat, indem er sich über den schmachvollen Rauswurf aus dem

FahrGut lustig gemacht hat? Wenn sie ihm den Hammer in deinem Laden auf den Kopf haute, konnte sie damit auch dir eins auswischen.«

»Ich kann mir das nicht recht vorstellen«, seufzte Valerie. »Allerdings ist es schon so, dass sie hochgradig spinnt. Ich habe überhaupt nicht daran gedacht, dass eine Frau als Täterin infrage kommen könnte. Aber es wäre natürlich möglich. Es braucht nicht besonders viel Kraft, jemandem einen Hammer auf den Schädel zu hauen. Aber komm, lassen wir für den Moment die Mutmaßungen; darüber soll Beat sich den Kopf zerbrechen. Wir könnten das Postauto nach Zervreila nehmen und dort ein bisschen spazieren gehen.«

*

Nun war es so weit. Markus und Luís hatten sich eingefunden, Letzterer ungewöhnlich früh. Er fand es interessant, Direktbeteiligter bei einem so spannenden Ereignis zu sein: Mord. Und bisher nicht aufgeklärt. Jeder konnte es gewesen sein. Jeder, der an FahrGut vorbeiging oder hineinkam. Sagte man nicht, es ziehe den Täter an den Ort der Tat zurück? Luís trug die Idee Valerie vor: Man müsste einen Polizisten vor dem Laden postieren und der müsste alle kontrollieren, die in die Nähe kommen.

»Halt den Mund!«, fuhr Valerie ihn genervt an. Dann sagte sie: »Entschuldige.«

Markus räumte mit versteinertem Gesicht den Veloständer und die Velos vor die Tür. Es war ihm klar, dass das FahrGut-Team in nächster Zeit praktisch wie im Schaufenster ausgestellt arbeiten musste, und er, der gerne im Hintergrund werkelte, hasste das wohl noch mehr als Valerie.

An diesem Vormittag kamen jedoch nur wenige Kunden.

Aber es tauchten, wie erwartet, immer wieder Neugierige auf, die sich ungeniert nach dem Ort des Geschehens erkundigten und ihn besichtigen wollten. Irgendwann deutete Valerie nach draußen und sagte: »Dort, neben dem Brunnen ist es passiert.«

»Ich habe aber gelesen, es war im Keller«, intervenierte der Frager.

»Raus!«, rief Valerie, aber eher überdrüssig und angewidert als wütend.

2. Teil

Sie schaute hinaus und plötzlich blieb ihr Blick an etwas hängen. »Das darf doch nicht wahr sein!« Sie warf das Werkzeug, das sie in der Hand gehalten hatte, auf den Boden und war schon unterwegs. Rief Markus zu, sie sei gleich wieder da. Rannte hinaus, schwang sich aufs Rad und fuhr in Richtung Goldbrunnenplatz. Einem anderen Fahrrad hinterher. Sie hatte es schon aus den Augen verloren, aber dann entdeckte sie die Fahrerin, die es ankettete und im Coop verschwand. Valerie parkierte ihr eigenes Velo etwas weiter entfernt, lief zu dem Fahrrad, das sie verfolgt hatte, kettete es mit einem zweiten Schloss an und wartete in einiger Entfernung auf die Rückkehr der Besitzerin.

Valeries Lebensgeister waren schlagartig zurückgekehrt, im Bruchteil einer Sekunde, als sie das schicke Mountainbike wiedererkannt hatte, das vor etwa zwei Wochen –

es kam ihr wie eine Ewigkeit vor – geklaut worden war, damals, als Markus mit dem falschen Ausweis hereingelegt wurde. Es hatte einen moosgrünen Rahmen, eine Farbe, die bei diesem Modell nur FahrGut im Sortiment hatte. Valerie kannte ihre Fahrräder. Und sie hatte auch die Fahrerin des Velos zweifelsfrei erkannt: Angela Legler. Valerie hatte zwar gehofft, diese Kundin nach dem hässlichen Auftritt in ihrem Geschäft nie mehr wiedersehen zu müssen. Aber jetzt war sie bereit, die Auseinandersetzung auf sich zu nehmen. Angela erschien nach zehn Minuten, ging zu ihrem Rad, um es aufzuschließen, und stutzte, als sie das zweite Schloss bemerkte.

»Was ist denn das?«, hörte Valerie sie verblüfft ausrufen. Sie trat von hinten an sie heran.

»Das ist ein Veloschloss, Angela«, erklärte sie höflich. »Und es sichert ein Fahrrad, das mir vor zehn Tagen aus dem Laden geklaut wurde.«

Angela begann nicht zu toben. Sie stand eher betreten da.

»Woher hast du dieses Rad?«, fragte Valerie, unverändert höflich. Sollte niemand von ihr sagen können, sie besäße keine Umgangsformen.

»Ich habs auf dem Kanzlei-Flohmarkt gekauft, am letzten Samstag.«

»Aha. Vom Flohmi. Interessant«, bemerkte Valerie. »So ein neues, schönes Mounty. Technik vom Feinsten. Wie das wohl auf den Flohmarkt gekommen ist? War sicher sehr teuer.«

»300«, murmelte Angela schuldbewusst.

Valerie war sogar geneigt, ihr zu glauben. Gerade wegen ihres Schuldbewusstseins. Angela verstand genug von Fahrrädern, um zu wissen, dass ein solches, ganz neues Rad zu diesem Preis auf krummen Wegen auf dem Flohmarkt gelandet war. Aber sie hatte es selbstverständlich gerne gekauft, ohne Fragen zu stellen. Dass es ausgerechnet von FahrGut stammte, war natürlich besonderes Pech.

»Wir gehen jetzt miteinander zur Polizei«, erklärte Valerie und Angela Legler sträubte sich nicht.

*

Zita Elmer wollte erst gar nicht glauben, dass die Inhaberin des FahrGut schon wieder vor ihr stand, am ersten Tag, als der Laden wieder geöffnet hatte. Sie nahm ein Protokoll auf und verpflichtete Angela Legler, sie am nächsten Samstag auf den Flohmarkt zu begleiten, um allenfalls die Verkäuferin identifizieren zu können. Angela versicherte, sie habe sie nicht gekannt, würde sie aber eventuell wiedererkennen können. Sie zog zu Fuß ab, während Valerie mit ihrer Beute in den Laden zurückkam. Luís' Bewunderung für seine Chefin war wieder einmal grenzenlos. Er war erleichtert, dass sie nicht mehr den Kopf hängen ließ, sondern fast die Alte zu sein schien. Markus hingegen nahm Valeries Erfolg stumm zur Kenntnis.

Am frühen Nachmittag rief Raffaela Zweifel an und berichtete vom Unfall ihrer Großtante. Also deshalb war sie telefonisch nicht erreichbar gewesen. Es tat Valerie leid zu hören, dass die alte Frau krank war. Aber sofort beschlich sie auch eine Unruhe. Ihre Spur! Die Handyaufnahmen. Wenn Frau Zweifel mit Gehirnerschütterung im Bett lag, konnte sie sie nicht nach den Fotos oder Videos fragen. Sollte sie Raffaela ins Vertrauen ziehen?

»Weiß man schon etwas wegen des Mordes?«, erkundigte sich Raffaela Zweifel.

»Nein, ich jedenfalls nicht«, sagte Valerie, die bei sich dachte, dass Streiff ruhig etwas mitteilsamer sein dürfte. »Haben Sie nicht auch Hugo Tschudi gekannt?«, fragte sie, sich an die Szene in der Bar erinnernd.

»Ach, nur ganz flüchtig.« Die junge Frau lenkte das Gespräch wieder auf ihre Großtante. Sie müsse noch einige Tage strikte Bettruhe einhalten. »Nein, besuchen Sie sie nicht«, antwortete sie auf Valeries Frage. »Sie braucht Ruhe. Sie weiß natürlich nichts von alledem, was in den letzten Tagen bei Ihnen geschehen ist.«

Valerie kam unpassenderweise der Film ›Good Bye, Lenin!‹ in den Sinn, in dem eine ostdeutsche Frau zu DDR-Zeiten ins Koma fällt und erst erwacht, als Deutschland aus neuen und alten Bundesländern besteht.

Raffaela erkundigte sich nach Frau Zweifels Handy. Sie hatte es ihr auf den Nachttisch legen wollen, für Notfälle, weil es handlicher war als der Festnetzapparat, aber sie hatte es einfach nicht finden können. Salome hatte doch vorgehabt, für diesen Seniorenwettbewerb im Quartier Fotos zu machen. Vielleicht hatte sie es irgendwo liegen lassen. Raffaela hatte sie gefragt, aber sie war zu schwach, um sich dafür zu interessieren. Valerie konnte mit Sicherheit sagen, dass das Handy nicht im Fahr-Gut war. Dann hätten es entweder die Polizisten bei ihrer Spurensuche oder sie selbst bei der Putzaktion gefunden. Und wie froh wäre ich, wenn ich es gefunden hätte, dachte sie.

Das Gespräch mit Raffaela Zweifel beunruhigte sie. Sieh an, überlegte sie. Das Handy ist weg. Gut, so ein Gerät ist rasch verloren, und eine alte Frau, ein bisschen vergesslich, hat es schnell einmal verlegt. Und doch. Gerade in dem Moment, als möglicherweise brisante Aufnahmen darauf gespeichert sind, verschwindet es. Ein Handy kann sehr leicht geklaut werden, überlegte Valerie. Gerade einer alten Frau. Vielleicht ist meine Spur doch nicht nur ein Hirngespinst. Wenn ich nur wüsste, was Frau Zweifel fotografiert oder gefilmt hatte. Ob sie selbst sich überhaupt daran erinnern kann? Aber es ist ganz ausgeschlossen, sie jetzt damit zu behelligen. Vielleicht sollte ich doch wenigstens mit Beat

Streiff darüber sprechen? Langsam bekam sie ein schlechtes Gewissen, weil sie die Sache vor ihm geheim hielt. War doch irgendwie kindisch. Sie selbst hatte ja mit ihrer großartigen Spur bisher nichts herausgebracht, während er viel mehr Möglichkeiten hätte. Aber sie konnte ja noch etwas warten, nur so lange, bis sie Frau Zweifel einen Krankenbesuch abstatten und mit ihr darüber reden konnte. Oder sie würde es Beat erzählen, wenn er sich meldete.

MITTWOCH, 3. WOCHE

1.Teil

Der Bann war gebrochen. Valerie stürzte sich in die Arbeit. Sie ignorierte den toten Hugo, der für den Bruchteil einer Sekunde am Fuß der Treppe lag, jedes Mal, wenn sie hinauf- oder hinuntereilte. Sie dachte nicht mehr die ganze Zeit daran, dass nach wie vor jemand herumlief, der Hugo Tschudi getötet, mit einem Hammer auf ihn eingeschlagen hatte. Und im Anschluss offenbar die Kaltblütigkeit besessen hatte, seine Fingerabdrücke sorgfältig abzuwischen.

Und doch hatte sich ihr Verhältnis zu ihrem Geschäft verändert. Es kam ihr irgendwie schutzbedürftig vor. Abends schloss sie es nicht automatisch ab, sondern bewusst, sorgfältig, und einmal fuhr sie nachts aus einem Traum hoch. Sie hatte geglaubt, das Telefon klingeln zu hören, und sofort war der Gedanke da: Es ist wieder etwas passiert mit dem Laden. Aber darüber redete sie mit niemandem. Valerie, du reißt dich zusammen, ermahnte sie sich streng.

An diesem Morgen machte sie sich auf zur Firma Noser und Luchsinger, dem Grossisten im angrenzenden Quartier, bei dem sie Ersatzteile für Reparaturen bezog. Seppli trippelte neben ihr her. Es war ein Geschäft im Kreis vier, ein altes Gebäude in einem Hinterhof. Im Parterre war eine jüdisch-orthodoxe Gemeinde mit ihrem Bethaus eingemietet, an Pessach duftete es nach frischgebackenen Matzen; im oberen Stockwerk verkaufte Luchsinger, der von Noser und Luchsinger übrig gebliebene Partner, Schrauben, Muttern,

Rädchen, Ketten, Speichen, Rücklichter, Bremskabel, Pneus und sogar fix und fertige Kindervelos. Es war eine uralte Bude, schien aus einer ganz anderen Zeit zu stammen. Schon Valeries Vater hatte bei Noser und Luchsinger Waren bezogen, und manchmal hatte sie ihn als Kind bei seinem Einkauf begleitet. Die Holztreppe knarrte, wenn man hinaufstieg, es war düster, roch nach Holz, Gummi und alten Sachen, und es schien ein gigantisches Durcheinander zu herrschen. Es schien aber nur so. Für Luchsingers Blick war das Ganze durch geheime Ordnungsprinzipien strukturiert. Er fand innerhalb von Sekunden alles, was er brauchte. Auch Valerie kam mittlerweile ganz gut zurecht, nicht weil sie das komplexe Ordnungsmuster erkannt hatte, sondern einfach, weil sie mehr oder weniger auswendig lernte, wo sich die Dinge befanden, die sie öfter brauchte. Anfangs hatte Luchsinger versucht, sie auszutricksen, aber als er merkte, dass sie nicht mehr das kleine Mädchen war, das mit seinem Papa glänzende Metallteilchen kaufen kam, sondern erwachsen und sich nicht übers Ohr hauen ließ, begann er, sie ernst zu nehmen. Sie kamen mittlerweile ganz gut miteinander aus. Er duzte sie, was sie sich zähneknirschend gefallen ließ. Ohne ihn zurückzuduzen.

Heute musterte der alte Luchsinger sie besorgt. »Na, was passieren da für Dinge bei dir?«

Valerie reagierte sofort gereizt. »Das hat nichts mit mir zu tun«, gab sie zurück. »Ein Einbrecher hat seinen Komplizen erschlagen.«

Luchsinger lief in seinem Lager umher und suchte zusammen, was Valerie notiert hatte. »Klar doch«, sagte er. »Aber ich will es dir trotzdem sagen: Schiesser zieht über dich her. Setzt Gerüchte in die Welt über dich und den Laden. Triumphiert, dein Geschäft würde es nicht mehr lange geben.«

Valerie zuckte die Schultern. »Hat er schon immer getan. Soll er halt. Ich kann ihm nicht den Mund verbieten.«

»Bist du sicher, dass er nichts damit zu tun hat?«

»Was denn?«, fragte Valerie. »Er wird kaum jemanden in meinem Laden erschlagen, nur um mir etwas zuleide zu tun. Wäre doch ein arg großer Aufwand. Und wenn er in meinen Laden käme, um Ware mitlaufen zu lassen, würde mir das auffallen.«

»Er hat in seinem Schaufenster eines dieser ganz modernen Schlösser, die erst seit Kurzem auf dem Markt sind, wie du welche bei mir gekauft hast. Von mir hat er es jedenfalls nicht bezogen. Und du hast doch erwähnt, dass dir so eines weggekommen ist.«

Valerie ging nicht darauf ein, sie hatte jetzt keine Lust, mit Luchsinger Vermutungen anzustellen. Schnell packte sie ihre Ware ein. »Meinen Laden, den wirds noch lange geben. Mindestens so lange wie Schiessers Schmuddelbude«, erklärte sie, als sie ging. Das mit dem Schloss in Schiessers Schaufenster muss ich Beat erzählen. Falls er mal die Gnade hat, sich zu melden und mich zu informieren, dachte sie trotzig, rief sich aber gleich zur Ordnung. Natürlich musste sie ihm alle Dinge mitteilen, die möglicherweise weiterhelfen konnten. Alle? Na ja, fast alle.

Sie war gerade daran, ein Rad zu zentrieren, als sich die Ladentür weit öffnete. Herein kam ein Mann, etwa 40 Jahre alt, dunkler Typ, in einem kamelhaarfarbenen Mantel. Valerie wusste sofort, dass das Stück teuer gewesen war. Solche Leute hatte sie schon auf der Bahnhofstrasse flanieren sehen, man sah ihnen an, dass sie reich waren, nicht nur an den Kleidern, sondern auch am Gang, am Gesichtsausdruck. Nach Wiedikon verirrten sie sich eher nicht. Was wollte dieser Typ hier? Den Tatort besichtigen? In diesem Fall konnte er gleich wieder abhauen. Er blieb stehen und atmete tief ein.

»Ach, es riecht hier so gut nach Fahrrädern!«, rief er. Sein Deutsch war ausgezeichnet, hatte aber eine deutliche spanische Färbung. Durch das Schaufenster sah Valerie ein Taxi warten, zweifellos mit laufendem Taxameter. Sie ging auf den Mann zu.

»Sie sind die Inhaberin«, sagte er mit Herzlichkeit. Er stellte sich vor. Tabaré Antonio Flores, Geschäftsmann aus Uruguay, eben in Zürich gelandet. Mit Swiss, natürlich. Im Flugzeug – sicher in der Business Class, vermutete Valerie – hatte er in der Swiss-Zeitschrift geblättert und war auf einen kleinen Artikel über FahrGut gestoßen. Kurz entschlossen hatte er am Flughafen ein Taxi genommen und sich herfahren lassen. Luís, der im Hintergrund an einem kaputten Rücklicht hantierte, machte große Augen. Der Geschäftsmann war aber nicht etwa gekommen, um Valerie zu bestaunen, obwohl er durchblicken ließ, dass er es charmant fände, ein Fahrradgeschäft in den kundigen Händen einer Fachfrau zu sehen. Nein, im Artikel war nicht nur die Inhaberin erwähnt worden, sondern es waren zudem die Brompton-Falträder beschrieben worden. Und er, auf dem Weg ins Appenzellische, zur Kur in Heiden, wollte ein solches Faltrad kaufen, um damit die Umgebung seines Kurorts zu erkunden. Valerie führte ihn in den Ausstellungsbereich in der unteren Etage, über Hugos Körper hinweg, und innerhalb einer halben Stunde hatte sie ein teures Brompton verkauft. Der Taxifahrer verstaute es im Kofferraum und Tabaré Antonio Flores reiste nach Heiden weiter. Sein Besuch war wie ein Spuk. Aber Valerie hatte es gutgetan, einen Kunden im Laden zu haben, der nichts von den Vorfällen der letzten Woche wusste, für den FahrGut nichts als ein ganz normales Fahrradgeschäft war. Heute Abend würde sie Lina anrufen. Ihr würde diese schräge kleine Geschichte gefallen.

Valerie war vor ein paar Jahren einmal, zusammen mit einigen anderen Zürcher Fahrradhändlern, von der Firma Brompton drei Tage nach London eingeladen worden. Fabrikbesichtigung, Essenseinladungen, Stadtrundfahrt auf Brompton-Falträdern.

»London?«, hatte Lina gerufen. »Dort ist doch der Stein von Rosetta. Im British Museum! Das Original! Über 2.000 Jahre alt! Den würde ich gerne mal sehen!«

Valerie hatte sie verstanden. Lina liebte alte Schriftstücke. Als sie vor einem Jahr in Istanbul war, hatten sie nicht die Hagia Sophia, nicht der Basar, nicht die Istiklal Caddesi am meisten beeindruckt, sondern die paar kleinen Tontäfelchen der Sumerer im Archäologischen Museum, 5.000 Jahre alt, mit ihren in Keilschrift eingeritzten Texten.

»Komm doch mit nach London«, hatte Valerie vorgeschlagen. Zusammen hatten sie sich andächtig den Stein von Rosetta angesehen. Während Valerie später mit ihren Kollegen in Sachen Falträder unterwegs war, hatte sich Lina in Galerien und in der Tate Modern herumgetrieben und bei Harrods Bücher, Schokolade und Tee gekauft. Eine Sightseeingtour per Fahrrad war nichts für sie. Mit dem Velo fuhr sie höchstens bis zum nächsten Supermarkt.

2. Teil

Diesmal wurde die Ladentür nicht weit aufgestoßen, sie öffnete sich nur einen Spalt und herein schlüpfte Adele Goldfarb. Markus warf ihr einen genervten Blick zu, er konnte mit Kindern nichts anfangen. Aber Seppli hob den Kopf, streckte sich, stieg aus seinem Bettchen und trabte dem Mädchen entgegen. Valerie freute sich.

»Hey, Adele, schön, dass du hereinschaust!«, begrüßte sie das Kind.

Die Kleine sagte nichts, sie blieb einfach stehen und sah sich ängstlich um.

»Komm, Adele«, ermunterte sie Valerie, »setz dich zu mir, dann können wir reden, während ich arbeite. Du weißt ja, dass vor einer Woche etwas Schlimmes passiert ist. Du darfst mich gerne fragen, was du wissen möchtest.«

»Meine Mutter hat mir verboten herzukommen«, gestand das Mädchen. »Weil hier jemand getötet worden ist.«

»Ja, das stimmt. Zwei Leute sind nachts in den Laden eingedrungen, als wir alle nicht da waren. Sie haben miteinander Streit bekommen und der eine ist getötet worden. Aber die Polizei sucht den, der das gemacht hat. Sie wird ihn sicher finden.«

»Nicht wahr, es ist Herr Tschudi, der tot ist?«, wollte Adele wissen. »Ich habe ihn auch gekannt.« Sie schaute vor sich hin. Dann fragte sie: »Haben Sie Frau Zweifel gesehen?«

Valerie erzählte ihr, dass Frau Zweifel hingefallen war und jetzt mit einer Gehirnerschütterung im Bett lag.

»Ist sie noch lange krank? Kann ich sie besuchen?«

»Nein, in ein paar Tagen geht es ihr sicher wieder gut«, tröstete Valerie. »Aber es ist besser, du besuchst sie nicht, wenn sie Ruhe hat, kann sie sich besser erholen. Ihre Großnichte pflegt sie.«

»Die kenne ich auch«, sagte Adele, nachdem sie eine Weile geschwiegen hatte. Sie schwieg weiter, schließlich erzählte sie stockend: »Ich habe Herrn Tschudi mit ihr gesehen. Sie hatten Streit. Die Frau Zweifel war furchtbar wütend.« Pause. »Vielleicht war Herr Tschudi in Frau Zweifel verliebt und sie nicht? Sie ist sehr hübsch, aber er war alt und roch nicht gut.« Pause. »Oder warum haben sie gestritten?«

»Macht dir das Sorgen, Adele?«

Plötzlich mischte sich Markus ein. »Hör auf mit deinen dummen Geschichten, das geht dich alles gar nichts an!«, fuhr er das Mädchen an. »Und überhaupt: Frau Zweifel ist das Handy geklaut worden. Hast du es etwa genommen? Ich habe gesehen, wie du es immer angeschaut hast!«

»Nein!«, wehrte sich die Kleine. Dann fügte sie hinzu: »Sie habe ich übrigens auch gesehen. Jetzt muss ich gehen. Mama wartet.« Und schon war sie aus dem Laden geschlüpft.

»Markus, was sollte das eben?« Valerie war verärgert. »Warum hältst du dich nicht einfach raus, wenn Adele dir auf die Nerven geht? Und was sollte der Vorwurf, sie habe Frau Zweifel bestohlen? Wolltest du sie damit vertreiben?«

Markus knurrte etwas von dummem Kindergeschwätz, das ihn bei der Arbeit störe. Na ja, er war nie besonders freundlich zu den Kindern gewesen, die ins Geschäft kamen. Zudem war er wohl mit den Nerven runter, überlegte Valerie. Und wegen seines Charmes hatte sie ihn ja nicht eingestellt. Am besten, sie ließ ihn sich in Ruhe ein Rad nach dem anderen vornehmen und kümmerte sich selbst um die Kundschaft. Adeles Bedrücktheit ging ihr noch eine Weile nach. Gestern Abend hatten Moshe, Deborah und Aron den ausgeliehenen Anhänger zurückgebracht. So pünktlich wie nie zuvor. Natürlich ein bisschen ängstlich, aber gleichermaßen aufgeregt und neugierig. ›Was ist denn passiert? Wissen Sie, wer es gewesen ist? Dürfen wir schauen?‹ Klar, so waren Kinder. Aber Adele, die ein lebhaftes, an allem interessiertes Mädchen war, hatte keine Spur von Neugier gezeigt. Was bedrückte das Kind? Der Streit? Okay, Adele, dachte Valerie, ich werde es weiterleiten. Sie hatte nun schon eine Liste von kleinen Informationen, über die sie Beat in Kenntnis setzen wollte. Heute Abend rufe ich ihn an, nahm sie sich vor.

*

Valerie bedeutete Markus, er brauche sich nicht zu kümmern, als eine ältere Kundin den Laden betrat. Sie habe Rückenschmerzen, erklärte sie, und ihre Physiotherapeutin habe ihr zu einem Velo mit einer Federgabel geraten. Valerie kannte das Problem. Federgabeln als Therapie für kaputte Rücken lagen im Trend. Ich sollte einen Fortbildungskurs für Physiotherapeuten anbieten, dachte Valerie, mit dem Titel ›Gegen den Irrglauben an die Federgabel‹. Geduldig erklärte sie der Kundin die Wirkung einer solchen Gabel.

»Mit einer Federgabel wird das Rad vorne angehoben, weil sie mehr Platz braucht. Das heißt, der Abstand zwischen Pedal und Boden wird größer, was beim Absteigen ein Problem sein kann. Deshalb stellt der Velofahrer den Sattel tiefer und macht sich so beim Pedalen die Knie kaputt. Und dem Rücken geht es dadurch nicht besser.«

Die Kundin wirkte nicht überzeugt. »Aber meine Physiotherapeutin hat mir dazu geraten«, wiederholte sie.

Valerie zuckte höflich die Schultern. »Die Federgabel federt vorne, nicht am Rücken«, fügte sie hinzu.

Die Kundin verabschiedete sich etwas unzufrieden.

»Willst du den Laden ganz ruinieren?«, kam es aus dem Hintergrund der Werkstatt von Markus. Er schien wirklich erbost zu sein. Dass er Valerie kritisierte, war bis heute nie vorgekommen und es stand ihm auch nicht zu. Vielleicht hatte er die Befürchtung, der Laden würde schließen müssen und er wäre von Neuem arbeitslos.

»Es widerstrebt mir total, den Leuten etwas zu verkaufen, was ihnen nichts bringt, selbst wenn ich damit Geld verdienen könnte«, gab Valerie knapp zurück. Sie wusste, dass es heikel war, gegen aktuelle Trends zu beraten. Aber sie vertraute darauf, dass es längerfristig eben doch das bessere Rezept war. Jawohl, längerfristig, dachte sie trotzig. Die Frau wird mit ihrem untauglichen Federgabelvelo noch reuevoll an mich denken, wenn längst kein Hahn mehr nach dem Mord in meinem Veloladen kräht.

DONNERSTAG, 3. WOCHE

1. Teil

Beat Streiff war wütend. Hätte er ein altmodisches Telefon gehabt, hätte er jetzt den Hörer auf die Gabel geknallt. Aber bei dem kleinen eleganten Ding konnte er nur auf eine winzige Taste drücken, um ein Gespräch zu beenden. Völlig ungeeignet für einen ordentlichen Aggressionsabbau. Warum hatte es so lange gedauert, bis er diese Information bekommen hatte? Ach, er wollte es gar nicht im Detail wissen; es war einfach Schlamperei.

Gestern Abend hatte Valerie ihn angerufen, mit ein paar kleinen, vielleicht nicht unwichtigen Informationen. Sie hatte ihm erzählt, dass Raffaela Zweifel, die Großnichte der alten Frau Zweifel, Hugo Tschudi gekannt hatte. Also immerhin eine weitere Bekannte des Opfers. Und das kleine Mädchen aus dem Quartier, Adele Goldfarb, hatte die beiden bei einem Streit beobachtet. War sie vielleicht auch von ihm belästigt worden? Er würde der Sache nachgehen. Was hatten eine smarte junge Sekretärin und ein randständiger, radikaler Fahrradfreak miteinander zu tun? Auch Schiesser würde er nochmals befragen. Oder Zita Elmer zu ihm schicken. Ein teures Fahrradschloss, das erst seit Neuestem in der Schweiz verkauft wurde und von dem ein Exemplar aus dem Fahr-Gut verschwunden war, funkelte in Schiessers Schaufenster, der seine Waren normalerweise bei Luchsinger bezog. Aber nicht jenes Schloss. Streiff hatte zugeben müssen, dass er mit den Ermittlungen im Moment nicht recht weiterkam.

Vor allem hatten sich keine Hinweise auf einen Komplizen beim Eindringen in FahrGut ergeben. Keine klaren Spuren im Lokal, und keine der wenigen Anschriften im Adressbuch hatte weitergeholfen. Kein möglicher Komplize darunter. Ein paar wenige, desinteressierte Bekannte, aber, so weit man sah, keine Feinde. Streiff hatte ein paar einschlägig vorbestrafte Einbrecher überprüfen lassen, die auf Kleingewerbsbetriebe spezialisiert waren – erfolglos.

Und nun kam heute Morgen – erst heute Morgen! Verdammt! – die Information, dass gegen Hugo Tschudi vor vier Jahren wegen versuchter Erpressung ermittelt worden war. Erpressung konnte ein Mordmotiv sein.

2. Teil

Sibel war im hinteren Teil der Werkstatt dabei, die Fenster zu putzen, Markus hatte sich krankgemeldet, Valerie und Luís wickelten die fünf neu gelieferten ›Schwarzen Schafe‹ aus den Hüllen. Valerie strich über die glänzenden schwarzen Fahrgestelle, die hellbraunen Ledersättel. Auf das Fahrradmodell ›Schwarzes Schaf‹ war sie stolz. Es war ein Rad, das sie selbst zusammengestellt hatte, in Zusammenarbeit mit einer kleinen schweizerischen Velofirma im Luzernischen. Sorgfältig ausgesuchte Einzelteile, alles beste Qualität, Lenker, Schaltung, Licht, Sattel, Bremse, dazu das schöne, schlichte, rabenschwarze Fahrgestell. Das ›Schwarze Schaf‹ war der Longseller von FahrGut, ein Exklusivmodell, der ›Brand‹

sozusagen. Daneben gab es das günstigere Modell mit etwas einfacherer Ausstattung, die silbergraue ›Fledermaus‹. Kurze Zeit hatte sie zudem den ›Roten Hund‹, ein Rennvelo, angeboten, und die ›Gelbe Gefahr‹, ein Citybike, das weniger gut gelaufen war. Das ›Schwarze Schaf‹ liebte sie am meisten. Über 300 Fahrräder dieses Modells hatte sie im Laufe von sechs Jahren verkauft. Beat Streiff hatte eines der ersten erworben. Ob er es bis heute hatte? Interessierte sie das?

Eine halbe Stunde später stand Streiff auf der Matte. Er war natürlich nicht mit dem Velo gekommen. Valerie stellte gerade ein Rad ihres Lieblingsmodells im vorderen Teil des Ladens auf ein kleines Podest, das mit einem Stück Stoff bezogen war, auf dem sich schwarze Schäfchen auf einer Weide tummelten.

»Ich hätte ein paar Fragen an deine Putzfrau, Sibel Evren«, sagte er ohne große Vorreden.

»Ihr könnt euch ins Büro zurückziehen«, bot Valerie etwas überrumpelt an. Sibel war am fraglichen Tag gar nicht hier gewesen. Und geputzt hatte Valerie nach der Tat allein. Sie sah, dass Sibel zusammenfuhr, als Streiff sie ansprach. Sie ging mit ihm nach unten. Die Befragung dauerte ziemlich lange, über eine halbe Stunde. Beat kam allein wieder herauf und ging weg, ohne eine Erklärung abzugeben. Du kannst mich mal, dachte Valerie trotzig.

Sie ging in ihr Büro. Sibel saß bleich auf einem Stuhl, den Kopf in die Hände gestützt. Hatte sie geweint? Was war hier nur los?

»Sibel, es ist gleich Mittag. Magst du auf einen Spaziergang mitkommen?«

Die junge Frau nickte und holte ihren Mantel.

Valerie nahm Seppli an die Leine. Sie gingen durch die Zurlindenstrasse zur Sihl und dann in Richtung Allmend. Eine fahle Sonne drückte durch die Wolken.

»Wenn du nicht willst, brauchst du mir nichts zu sagen«, begann Valerie, »aber ich glaube, es geht dir überhaupt nicht gut.«

»Ich kannte Hugo Tschudi«, sagte Sibel. »Er war schlechter Mensch. Aber ich habe ihn nicht töten, bestimmt nicht!«

»Woher kanntest du ihn denn?«, Valerie ließ Seppli von der Leine, der stocksteif stehen blieb, weil er Angst vor einer Dogge hatte, die ihnen entgegenkam. Erst als die Luft rein war, preschte er los ins Unterholz.

Brockenweise, unterbrochen von Schweigen und hastigen Atemzügen Sibels, die nervös rauchte, manchmal auch unter Schluchzern, kam ihre Geschichte zutage. Sie hatte vor vier Jahren, angestellt bei einer Reinigungsfirma, die Büros eines kleinen Betriebs geputzt. Der Lohn war schlecht gewesen, die Chefin unfreundlich; Sibel war sehr unzufrieden gewesen.

»Dann dort war Hugo«, erzählte die Frau, »Abwart bei diese Firma. Er war sehr nett, er sagte: ›Ja, Sibel, du hast es nicht gut, nicht recht, dass du so wenig verdienen. Aber wehren nützt nichts, Chefin immer stärker.‹«

Hugo war für sie ein guter Freund geworden, sie hatte ihm sogar erzählt, dass sie eine Affäre mit einem Mann hatte, von der ihr Freund, mit dem sie damals zusammenlebte, natürlich nichts wusste. Offenbar hatte Hugo Tschudi Sibel Verständnis vorgeheuchelt, ihre Unzufriedenheit geschürt und sie mit raffinierten Andeutungen angestiftet, sich aus der Portokasse der Firma zu bedienen. Es ging nicht um große Beträge, 200, 300 Franken. Sibel hatte gezögert, aber schließlich hatte sie es getan. Sie hatte ein Kleid gesehen, das ihr so gefallen hatte, und sie wollte ihren Freund zum Essen einladen.

»Kaum ich habe gestohlen«, erzählte Sibel Valerie weiter, »Hugo ganz anders. Droht mir. Ich muss ihm das Geld geben und ich muss wieder Geld klauen und ihm geben. Und er sagt, ich muss mit ihm schlafen, ich gehe mit meinem Freund ins Bett und mit diese andere Mann, also warum nicht mit ihm? Sonst er sagt meine Chefin, dass ich stehle, und meine Freund, dass ich einen anderen habe. Ich war so verzweifelt.«

Valerie hörte stumm zu. Scheiße, dachte sie, armes Kind.

»Ich schlafe nicht ganze Nacht«, sprach Sibel weiter, »dann ich weiß, ich lasse nicht erpressen. Hugo wird nie aufhören.«

Sie war am nächsten Tag zur Polizei gegangen und hatte sich selbst angezeigt. Hugo stritt den Erpressungsversuch ab, es stand Aussage gegen Aussage. Man glaubte Sibel, die widerspruchsfrei bei ihrer Geschichte blieb, und Tschudi wurde zu einer geringen Strafe verurteilt. Natürlich verlor die junge Frau ihren Job, ihr Freund wollte nichts mehr mit ihr zu tun haben und sie bekam eine kleine Vorstrafe. Aber sie nahm das lieber auf sich, als sich einem Erpresser auszuliefern. Valerie war beeindruckt.

Markus hatte sie diese Geschichte nicht erzählt. Sie hatte geglaubt, er würde nichts mit ihr zu tun haben wollen, mit einer, die gestohlen und ihren Freund betrogen hat. Er hatte zwar Hugos Namen ab und zu erwähnt, aber Sibel hatte nicht damit gerechnet, dass damit jener Hugo gemeint sein könnte. Umso mehr war sie erschrocken, als sie ihn vom Café gegenüber des FahrGut aus gesehen hatte, an dem Tag, als sie sich bei Valerie vorgestellt hatte.

»Hast du Markus an jenem Mittag von Hugo erzählt?«, fragte Valerie, die sich daran erinnerte, wie Sibel heftig auf ihren Mechaniker eingeredet hatte.

»Nur ein bisschen«, sagte Sibel. »Markus weiß nicht genau. Ich habe gesagt, er sei zu Kollegin von mir schlecht gewesen.«

»Hast du das alles heute Morgen dem Polizisten erzählt?«

»Ja, er kommt und sagt, er weiß, Hugo wollte mich erpressen. Also ich habe gesagt, wie es war. Jetzt ich habe Angst, er denkt, ich habe Hugo getötet. Wegen Rache oder so.«

»Aber du warst an jenem Abend mit Markus zu Hause«, beruhigte Valerie sie. »Streiff hat dich nicht verhaftet. Ich vermute, er wird nachforschen, ob Tschudi weitere Leute erpresst hat. Leute, bei denen es ihm gelungen ist und die sich mit einer Gewalttat davon befreien wollten.«

»Aber warum in FahrGut?«, wandte Sibel ein.

Ja, warum ausgerechnet im FahrGut, wiederholte Valerie in Gedanken. Es ist nicht logisch. Es geht nicht auf. Da steckt mehr dahinter.

3. Teil

Valerie lag in der Badewanne, in einem nach Milch und Honig duftenden Schaumbad, und hörte ihre Lieblingsmusik, aber leiser als das letzte Mal in der Werkstatt. Die heftigen Dissonanzen beruhigten sie, sie konnte so die Anspannung in ihrem Innern an die Musik delegieren und blieb leer und gleichgültig zurück. Seppli bewachte das Badezimmer. Hugo Tschudi, dachte sie, so ein Schwein. Gibt überall den puristischen Weltverbesserer im Wollpulli und Birkenstock ab. Macht einen Aufstand, wenn jemand ein Hightech-Velo fährt statt eines selbst zusammengebastelten Brockenhausmodells. Und hinter diesem nervigen, aber harmlosen Idioten, mit dem man fast Erbarmen hat, weil niemand ihn mag, steckt ein Intrigant der übelsten Sorte, einer, der Leute manipuliert, der sich gezielt die aussucht, denen es nicht so gut geht, die unsicher sind. Sie selbst hatte ja auch Angst bekommen. Dumm war Sibel keinesfalls, das war Valerie klar. Im Gegenteil, die Frau war sehr intelligent. Vielleicht nagte ein kleiner Groll an ihr, weil sie keine gute Schule besuchen, keinen Beruf hatte lernen können, weil sie stattdessen für Leute putzte oder irgendwelchen Kunden Hamburger briet oder Bier servierte, denen sie eigentlich intelligenzmäßig überlegen war. Möglicherweise hatte Hugo Tschudi genau diesen Schwachpunkt entdeckt und auf dieser Klaviatur gespielt, ganz leise, pianissimo, ganz zart und gnadenlos den Finger in die Wunde gelegt. Tschudi war in der Psychiatrie gewesen und es gab psychisch kranke Leute, das wusste sie, die äußerst hellhörig waren für die Verletzlichkeiten anderer und erbarmungslos diese Fähigkeit ausnutzten.

Sie hatte eine solche Frau gekannt; vor vielen Jahren, während des Studiums, hatte sie für kurze Zeit in einer Wohngemeinschaft mit Lina und ihr zusammengelebt. Petra hieß sie und stammte aus Frauenfeld. Valerie erinnerte sich an eine Szene. Lina war heimgekommen, irgendwie bedrückt, wie schon seit Tagen, hatte keine Lust zu reden. Aber Petra hatte sie nicht in Ruhe gelassen, in gespielter Beiläufigkeit und betonter Harmlosigkeit ein Thema nach dem anderen zur Sprache gebracht: Linas Prüfungsergebnis, den Unfall ihrer Mutter, hatte beharrlich einen Schuss ins Blaue nach dem anderen abgegeben, bis sie endlich mit der Bemerkung, wer denn die hübsche Frau sei, mit der Simon, Linas damaliger Freund, am Abend zuvor durchs Niederdorf geschlendert sei, ins Schwarze getroffen hatte. Lina war zusammengezuckt.

»Oh, das ist sicher schwer für dich«, hatte Petra mit sanfter Stimme, mit einem langen, besorgten Blick geheuchelt. »Ich möchte nicht an deiner Stelle sein.« Es war keine schöne

Szene gewesen. Aber Petra hatte sie, unter einer sehr dünnen Schicht Anteilnahme, schlicht und einfach genossen. Als sich kurz darauf herausstellte, dass Petra psychisch krank war, was sie beim Kennenlerngespräch in der WG natürlich verschwiegen hatte, und, nicht zum ersten Mal, für ein paar Wochen ins Burghölzli musste, hatte sich Valeries Mitgefühl in Grenzen gehalten. Sie konnte ihre Bosheit und ihre Freude am Triumph nicht vergessen. Es war für Valerie und Lina klar, dass Petra nicht zu ihnen zurückkehren würde, und sie besuchten sie auch nicht in der Klinik. Noch heute, dachte Valerie, möchte ich nichts mit Petra zu tun haben. War Hugo ein ähnlicher Typ? Ein kranker, böser Mensch?

Valerie stieg aus dem Bad, streifte sich weiche Leggings, dicke Wollsocken und einen langen Pulli über und schob eine große Fertig-Lasagne in den Ofen. Sie öffnete eine Packung schon gewaschenen Baby-Leaf-Salat und eine Flasche Wein. Leon und Lina kamen heute zum Abendessen. Leon hatte sich bei Valerie entschuldigt. Sie hatte die Entschuldigung angenommen, fühlte aber ihm gegenüber immer noch eine Distanz und Verunsicherung. Deshalb hatte sie beide Freunde eingeladen, in Linas Gegenwart würde sie sich sicherer fühlen und sehen, ob sie den Draht zu Leon wiederfand. Es war ihr klar, dass sie die Geschichte, die sie heute erfahren hatte, für sich behalten musste. Darüber hätte sie einzig mit Streiff reden können. Sie könnte ihn anrufen, aber er war heute Morgen so kurz angebunden gewesen, dass sie es lieber bleiben ließ.

Beim Abendessen vermieden sie zunächst das heikle Thema, sprachen über Kunst, über Bücher, über die Hunde, über Politik.

»Habt ihr es schon gehört?«, kicherte Lina. »Angela Legler will für die Gemeinderatswahlen kandidieren. Für die CVP.«

Valerie grinste. »Na, wenn sie dort so herumtobt wie bei mir im Laden, wird sie nicht viel Erfolg haben. Mir kanns egal sein, ich wähle sie sicher nicht.«

Natürlich kamen sie später doch auf die Ereignisse um FahrGut zu sprechen. Valerie verschwieg, was sie von Sibel erfahren hatte, erzählte aber von Frau Zweifels Unfall und dem verschwundenen Handy. Leon wurde aufmerksam.

»Findet ihr das nicht merkwürdig«, fragte er, »dass die Frau ausgerechnet an diesem Tag einen Unfall hatte?«

»Denkst du, jemand hat ihr ein Bein gestellt?«, witzelte Lina.

»Hört auf«, wehrte sich Valerie gereizt, »für euch ist das ein spannendes Rätselspiel. Aber für mich ist es Wirklichkeit und die Figuren in eurem Mystery sind zufälligerweise richtige, lebendige Menschen, wie die alte Frau Zweifel zum Beispiel. Ich will nicht daran schuld sein, dass sie jetzt krank im Bett liegt!«

FREITAG, 3. WOCHE

1. Teil

Valerie bremste scharf. ›Mord und Todschlag = Weiberwirdschaft‹ war quer über das eine Schaufenster von FahrGut gesprüht. Auf dem anderen war ›Judenfreundin‹ hingeschmiert worden. Valerie fluchte. Eine Welle von Jähzorn überschwemmte sie. So nicht! Sie sperrte Seppli in den Laden und eilte wieder einmal zum Polizeiposten hinüber. Zum Glück war sie heute früh dran. Diese Schmiererei musste bis 9 Uhr weg sein, wenn sie den Laden öffnete. Zita Elmer nahm die Anzeige wegen Sachbeschädigung entgegen, begleitete Valerie zu ihrem Geschäft und fotografierte die Bescherung.

»Da hat es wohl jemand auf Sie abgesehen«, meinte sie, »zumindest auf Ihren Laden.«

Valerie schäumte: »Ja, das glaube ich auch! Und ich glaube noch etwas: dass es Schiesser war. Ich wäre in der Stimmung, hinzugehen, und ihm die Fresse zu polieren!«

Polizistin Elmer schüttelte den Kopf. »Tun Sies nicht. Wir werden untersuchen, ob ers war. Und abwaschen können Sie das leider momentan nicht. Wir müssen erst prüfen, ob wir Fingerabdrücke oder sonstige Hinweise auf der Scheibe finden.«

Valerie explodierte: »So öffne ich den Laden nicht!« Sie schob sich einen Kaugummi in den Mund. Es war 7.30 Uhr. Elmer gelang es, mit einem Umweg über Streiff, auf die Schnelle jemanden vom Technischen Dienst kommen zu lassen, der die notwendigen Untersuchungen vornahm. Valerie hatte Gianni Benelli, ihren langjährigen Fensterputzer erreicht, der bereit war, eine kurze Sonderschicht einzulegen, bevor er zu seinem ersten Kunden fuhr. Um 8.45 Uhr war die Scheibe sauber, alles bestens. Valerie jedoch saß in ihrem Büro und kämpfte mit den Tränen. Das hatte ihr ganz persönlich gegolten. Sie fühlte sich persönlich angegriffen. Als ob jemand sie mit Dreck beworfen hätte. Als sie Luís kommen hörte, riss sie sich zusammen. Markus war immer noch krank. Sie berichtete ihrem Lehrling kurz, was passiert war, zeigte ihm die Fotos, erläuterte das Wort ›Weiberwirdschaft‹ inklusive Rechtschreibfehler und nahm ihm das Versprechen ab, die Sache für sich zu behalten. »Keine Auftritte bei Züri TV«, schärfte sie ihm ein.

Zusammen räumten sie den Veloständer und die Räder hinaus und öffneten das Geschäft. Als ob nichts gewesen wäre. Es sprach sie niemand auf die Schmierereien an. Offenbar war keiner ihrer Kunden frühmorgens am FahrGut vorbeigekommen. Valerie war froh, dass es im Moment nicht allzu früh hell wurde. Sie wollte nicht, dass im Quartier über diesen Vorfall getratscht wurde, dass man sich womöglich lustig machte über sie.

Streiff kam gegen 10 Uhr. Er war nicht begeistert, dass Valerie die verunstalteten Fenster bereits hatte reinigen lassen. Er hätte es sich gerne selbst angesehen, eventuell wäre ihm dabei etwas aufgefallen. Valerie gab sich reserviert.

»Hättest früher aufstehen sollen«, sagte sie knapp.

»Falls du denkst, ich läge bis um 9 Uhr im Bett, täuschst du dich«, gab er zurück, für einen Moment eingeschnappt. Dann kam er wieder zur Sache: »Die Bedeutung des ersten Satzes scheint klar zu sein. Es will jemand deiner Kundschaft nahelegen, dass in deinem Geschäft üble Dinge passieren, weil es von einer Frau geführt wird. Aber was soll der zweite Satz? Hast du viel jüdische Kundschaft?«

»Klar«, nickte Valerie. »Im Kreis drei lebt ja der Großteil der Zürcher orthodoxen Juden. Und die kaufen bei mir. Ich inseriere seit Jahren im Tachles, schon als es noch das Israelitische Wochenblatt war, und ich habe vergangenen Winter einen Veloflickkurs extra für jüdische Buben durchgeführt, nachdem zwei Mütter bei mir angefragt hatten. Und mit den Kindern der Familie Rosenblatt habe ich den sogenannten Gurkendeal, das heißt, ich gebe ihnen die Sachen ein bisschen billiger und einmal im Jahr, wenn die Großmutter Gurken eingelegt hat, bringen sie mir ein paar Gläser davon. Eine Delikatesse, sage ich dir.«

»Das könnte schon den Neid der Konkurrenz erwecken«, meinte Streiff, »nur so als These formuliert. Nicht die Gurken natürlich, sondern die Kundenbindung.«

Er machte sich auf den Weg zur Regionalwache.

Zita Elmer hatte Schiesser bereits vorgeladen. Diesmal gab es keine gemütliche Unterhaltung in dessen eigener Umgebung. Jetzt fand eine formelle Befragung auf einem Polizeiposten, in einem ihm fremden Büro und auf einem unbequemen hölzernen Stuhl statt, einem Polizisten in Zivil und einer uniformierten Beamtin gegenübersitzend, die es hinter ihrem Schreibtisch bequemer hatten als er davor.

2. Teil

Valerie freute sich, als Adele hereinkam. Die Szene von vor zwei Tagen war ihr nicht aus dem Kopf gegangen. Es hatte ihr leidgetan, dass Markus die Kleine so angefahren hatte, die doch ohnehin so bedrückt schien. Damals war sie blitzschnell verschwunden, aber offenbar traute sie sich jetzt wieder herein. Vorsichtig sah sie sich um.

»Markus ist nicht da, er ist krank«, sagte Valerie mit einem kleinen Lachen. »Du brauchst keine Angst zu haben. Aber er hat das vor ein paar Tagen sicher nicht böse gemeint. Wahrscheinlich war er gereizt, weil er sich bereits ein wenig krank gefühlt hat.« Sie wechselte das Thema: »Sag mal, hast du dich an Purim verkleidet? Bist du Königin Esther gewesen? Und hast du Geschenke bekommen?«

Adele nickte. Aber sie erzählte nichts. Offensichtlich beschäftigte sie etwas anderes. »Bist du eine Judenfreundin?«, fragte sie schließlich. Das Geschmiere war also doch nicht unbemerkt geblieben. Ausgerechnet Adele hatte es sehen müssen.

Ja, sie sei heute besonders früh ihre Freundin abholen gegangen, weil sie ihr bei einer Aufgabe helfen musste.

Valerie versuchte, den Ausdruck zu erklären. »Es ist unfreundlich gemeint«, begann sie. »Es wurde wahrscheinlich von jemandem geschrieben, der mich nicht mag, weil die jüdischen Kinder zu mir zu Besuch kommen und ihre Eltern bei mir Fahrräder kaufen.«

»Also von jemandem, der Juden nicht mag?«, forschte Adele.

Valerie seufzte. »Ja«, gab sie zu. Wieso sollte sie es beschönigen? Die Kinder aus jüdisch-orthodoxen Familien, denen man ihre Herkunft aufgrund ihrer Kleider ansah, machten schon in Adeles Alter ihre Erfahrungen mit Antisemitismus.

»Hat Markus es geschrieben?«

»Markus?« Valerie war überrascht. »Ach, du meinst, weil er so unfreundlich zu dir war. Nein, nein, da hatte er bloß schlechte Laune. Zu einem christlichen oder muslimischen Kind wäre er sicher genauso böse gewesen. Ich werde ihm aber sagen, dass er sich nicht mehr so gehen lassen darf.«

Adele sagte eine Weile nichts. Dann kam: »Markus mag uns Juden nicht. Du hast gesagt, dass die Neonazis Juden nicht mögen.«

»Neonazi? Kind, wie kommst du denn darauf?«

»Ich habe Markus gesehen«, sagte Adele.

Valerie wurde langsam hellhörig. »Wo denn?«

Die Kleine öffnete ihre Schulmappe und kramte ein zusammengefaltetes Zeitungsblatt älteren Datums heraus. »Das ist doch Markus«, flüsterte sie und schob es Valerie hin.

Valerie faltete es auseinander und überflog es. Der Ausschnitt war sechs Jahre alt, ein Bericht über ein Treffen von Schweizer Neonazis. Mit Foto. Und auf dem Bild sah man, neben drei anderen jungen Männern, sechs Jahre jünger, aber unverkennbar: Markus.

»Scheiße!«, entfuhr es Valerie.

Adele blieb still.

»Woher hast du dieses Zeitungsblatt?« Als ob es darauf angekommen wäre.

Sie hätten im Keller der Schule Theaterrequisiten ausgepackt, die längere Zeit nicht benutzt worden wären, erzählte das Kind.

»Schau, ich habe nicht gewusst, dass Markus bei einer solchen Gruppe war oder ist«, versicherte Valerie. »Sonst hätte er nicht bei mir arbeiten dürfen. Ich werde mit ihm reden.« Das Mädchen überließ ihr den Zeitungsartikel.

»Ist Frau Zweifel immer noch krank?«

»Wohl schon. Ich habe sie bisher nicht gesehen«, erwiderte Valerie.

Adele hatte es plötzlich eilig.

Darauf also hatte sich die rätselhafte Bemerkung damals bezogen, sie kenne einen Neonazi. Und ihr Blick, als Valerie ihr versichert hatte, sie kenne keine Rechtsextremen. Markus. Markus Stüssi. Ihr Mechaniker.

Da nicht viel los war, hatte Valerie eigentlich vorgehabt, Luís den Verkaufsraum zu überlassen und im Büro die Website zu aktualisieren Sie blieb dennoch in der oberen Etage, nahm sich ein Velo, dessen Vorderrad verbogen war, und begann, es zu reparieren. Sie musste die Hände beschäftigen und den Kopf frei haben. Das Durcheinander ordnen. Der Farbanschlag. Die Informationen über Markus. Ihr Mechaniker war immer sehr schweigsam gewesen. Über seine Weltanschauung oder politischen Ansichten hatte er sich nie geäußert. Sie hatte insgeheim bezweifelt, dass er überhaupt welche hatte. Sie hatte ihn, gestand sie sich ein, einfach für unbedarft gehalten. Ein guter Mechaniker, ein brauchbarer Mitarbeiter, der pünktlich kam, anständig flickte, fachkundig Kunden beriet, fertig. Was er in seiner Freizeit anstellte, darüber hatte sich Valerie nie Gedanken gemacht. Als er Sibel erwähnte, war sie leicht überrascht gewesen, aber eigentlich hatte sie sich gar nie überlegt, ob er eine Freundin hatte oder nicht. Hm. Eine türkische Freundin. Das war wohl bei den Rechtsextremen nicht besonders angesagt. Hatte er ihren Namen deshalb wie ›Sibylle‹ ausgesprochen? Ausländerfeindliche oder antisemitische Bemerkungen hatte sie von ihm nie gehört. Zu Luís, der Portugiese war, war er anständig, gab ihm Tipps, erklärte ihm technische Details.

Kinder mochte er generell nicht. Vermutlich hatte er sich um die jüdische Kundschaft etwas weniger bemüht, weil er lieber Leute beriet, die sportliche Rennvelos oder Mountys wollten. Citybikes oder Kindervelos langweilten ihn. Und Valerie hatte sich um diese Kunden gerne selbst gekümmert, weil sie die Familien, oder zumindest das eine oder andere vorwitzige oder schüchterne Kind, persönlich kannte.

Konnte es sein, dass sie seit zwei Jahren einen rechtsextremen Mechaniker als Mitarbeiter hatte, ohne eine Ahnung davon zu haben? Vielleicht war er nur eine kurze Zeit dabei gewesen, ein paar Treffen, keine Gewalttaten. Aber weiterbeschäftigen konnte sie ihn dennoch nicht. Sie musste mit ihm reden. Valerie war zum zweiten Mal an diesem Tag zutiefst getroffen. Die Kette der Ereignisse, die den Boden unter ihren Füßen wanken ließ, schien kein Ende zu nehmen. Immer gabs eins drauf. Und sie bekam nicht auf die Reihe, wie alles zusammenhing. Hing denn alles zusammen? Oder brach jetzt einfach alles auf, selbst Dinge, die nichts miteinander zu tun hatten? War das zufällig oder wurde das eine Ereignis von einem anderen ausgelöst, wie beim Dominospiel, wo alles ins Rutschen kam, wenn man den ersten Stein antippte?

Valerie fasste sich ein Herz und ging ans Telefon. »Gehst du mit mir essen heute Abend?«

3. Teil

Sie ging mit Streiff ins Weisse Schloss am Hardplatz. Eine ehemalige Bierkneipe, die sich durch die junge Wirtin und ausgezeichnete Köchin zu einem ansehnlichen Restaurant gemausert hatte. Das Lokal war L-förmig. Auf der einen Seite schütteten sich wie eh und je die Alkis mit Bier zu und erzählten einander, unsicher artikuliert, langfädige Geschichten. Auf der anderen Seite jedoch waren die Tische weiß gedeckt, Tischtücher, Stoffservietten, Teelichter auf den Tischen, expressionistische Bilder an den Wänden. Das war Monika Blumers Reich. Sie war in Österreich aufgewachsen und hielt nichts von Nouvelle Cuisine oder asiatischen Reisgerichten. Sie kochte Sauerbraten, Gulasch, Wiener Schnitzel. Und zwar delikat. Heute servierte sie Beat und Valerie dicke Rinderfilets mit knusprigen hausgemachten Pommes frites und Mönchsbartsalat. Seppli hockte unter dem Tisch und schnupperte. Aber er machte sich keine Hoffnungen. Am Nebentisch saß ein Schauspieler aus dem Ensemble des Schauspielhauses, den Streiff von Aufführungen her kannte; er ging gern ins Theater. Seine Nichte schrieb Theaterkritiken, bekam für jede Vorstellung zwei Freikarten und manchmal nahm sie ihn mit. Jenseits der Hardbrücke war der ›Schiffbau‹, eine Dépendance des Schauspielhauses, und im Weissen Schloss ließen sich immer wieder Theaterleute blicken.

Valerie hörte gar nicht mehr auf zu reden. Die anfängliche Distanz, die Fremdheit, die Vorsicht Beat gegenüber waren verschwunden. Es war, wie es vor einigen Jahren eine kurze Zeit gewesen war. Über die Sache mit Sibel und das, was sie heute über ihren Mechaniker gehört hatte, konnte sie aus Diskretionsgründen mit niemandem außer Streiff reden. Und es musste jetzt einfach raus. Sie musste das Chaos in ihrem Kopf lichten.

»Meinst du, Markus hat mein Schaufenster verschmiert?«, fragte sie Beat ratlos. »Ich war im ersten Moment so sicher, dass es Schiesser war. Ich hätte bei ihm einmarschieren und ihm den Hals umdrehen können.«

Streiff musste lächeln. Er kannte ihr Temperament. Wenn auch in einem anderen Zusammenhang. »Wir werden selbstverständlich deinen Mechaniker in dieser Sache noch vernehmen. Mir ist allerdings nicht klar, was er davon haben sollte, selbst wenn er rechtsextrem ist. Warum sollte er seinen Job gefährden, gerade jetzt? Heute haben wir Schiesser tüchtig in die Mangel genommen. Er hat alles abgestritten. Aber wir werden ihn nochmals vorladen. Es könnte sein, dass er den Farbanschlag aus Neid auf dein Geschäft, deinen Erfolg verübt hat. Er hofft jedenfalls, dass der Mord deinem Laden schadet. Vielleicht dachte er, er könne auf dieses Züglein aufspringen, von dieser Geschichte profitieren.«

Paul Schiesser. Ihr Vater und er waren immer auf Distanz gewesen, hatten nicht am gleichen Stammtisch verkehrt. Das Wort Konkurrenz hatte für die beiden Kleingewerbler alter Schule keinen positiven Beigeschmack gehabt. Aber ihr hatte Schiesser manchmal ein Sugus, ein süßes Kaubonbon, zugesteckt oder das Junior-Heftli, das ihr Vater leider nicht im Laden hatte, geschenkt. Er war damals jung gewesen, nicht mal 30 Jahre alt. Aber der achtjährigen Valerie war er natürlich uralt vorgekommen. Und jetzt hasste Schiesser sie so sehr, dass er sie denunzierte, ihr übel nachredete.

»Aber mit dem Mord hat er nichts zu tun?«, wollte sie von Beat wissen. »Und mit den Diebstählen?«

»Wahrscheinlich nicht. Wir sind dabei, das zu überprüfen.«

»Und Markus, wo hängt er mit drin?«

»Wahrscheinlich nicht in diesem Fall. Diese Rechtsextremismusgeschichte ist eine andere Schiene. Ich werde abklären, ob er aktenkundig ist. Red mit ihm, wenn er wieder zur Arbeit kommt. Und allenfalls entlässt du ihn halt und suchst dir jemand Neues.«

Es tat Valerie gut, das ganze Knäuel zu entwirren, die verschiedenen Fäden nebeneinanderzulegen, zu trennen, was nicht zusammengehörte. Was aber noch fehlt, dachte sie, ist, zu merken, was zusammengehört und es zu kombinieren. Das ist Beats Sache. Aber irgendwie auch meine.

»Machst du deine Arbeit eigentlich gerne?«, erkundigte sie sich.

»Ja, sehr. Du fragst wohl, weil ich immer mit Unerfreulichem zu tun habe? Das Unangenehme gibt es eben. Ich arbeite für die Seite der Gesellschaft, die sagt: ›Stopp. So nicht.‹ Und das tue ich gern. Zudem mag ich es, meine grauen Zellen anzustrengen. Wollen doch sehen, sage ich mir jeweils, ob ich wirklich dümmer bin als einer, der sich ein Verbrechen ausgedacht hat.«

»Und?«, setzte Valerie nach. »Bist du gescheiter als die?«

»Meistens!«

»Und ich? Bin ich denn dümmer als der unbekannte Ladendieb? Bin ich dümmer als dieser verdammte Mörder? Muss ich mir das einfach bieten lassen?«

»Du bist auf etwas anderes spezialisiert«, stellte Streiff klar. »Es ist gut, wenn du mir alles erzählst, woran du dich erinnerst und was dir auffällt.«

Valerie kam wieder Frau Zweifel in den Sinn. Die Handykamera. Sie wusste im Moment selbst nicht recht, warum sie immer noch nichts davon sagte. Es ist meine Spur, dachte sie.

Ich werde ihm davon erzählen. Aber zuerst frage ich Frau Zweifel selbst.

»Was denkst du über Hugo Tschudi?«, wechselte sie das Thema. »Was war das bloß für ein Mensch? Wieso hatte er es auf mich abgesehen? Glaubst du, das wäre noch weitergegangen, wenn er nicht getötet worden wäre?«

»Schwierig zu sagen«, meinte Beat. »Man kann ihn nicht mehr psychiatrisch untersuchen lassen. Er hat nie jemanden tätlich angegriffen. Vielleicht hat er es auch mit Erpressungen nicht mehr versucht, weil es ihm bei Sibel Evren nicht geglückt ist. Bei dir ist er anonym geblieben.«

»Er hätte mich auch nicht erpressen können«, stellte Valerie klar.

Sie fasste sich ein Herz und brachte das Gespräch auf jenen unseligen Abend mit Leon, als sie sein Unverständnis so wütend gemacht und verletzt hatte.

Zu ihrer Überraschung lachte Beat einfach über Leons Theorien. Er kannte sie nur zu gut. Nicht nur von Anikò. Auch andere seiner Bekannten, die nicht bei der Polizei waren, kamen ihm immer wieder damit.

»Klar gibt es arme Teufel, die kriminell werden«, gab er zu. »Aber an diese ist im Strafrecht auch gedacht. Es gibt mildernde Umstände, es gibt die Möglichkeit, statt einer Gefängnisstrafe eine Maßnahme zu verhängen, und so weiter. Aber es braucht Regeln, die für alle gelten. Würde man anfangen, einzelne Täter von vornherein zu entschuldigen und Verbrechen nicht zu ahnden, würde die Gesellschaft irgendwann auseinanderfallen; dann gäbe es keinen Grund mehr, sich an die Regeln zu halten. Und es gibt eine Kehrseite bei der Theorie deines Freundes. Viele Menschen empfinden ein bestimmtes Verbrechen als ganz besonders schlimm, Kindesmissbrauch zum Beispiel. Sie müssen das Urteil genauso akzeptieren, das ein Gericht fällt, obwohl es ihnen zu mild erscheint. Sie können nicht einfach hingehen und ihre Vorstellung von Gerechtigkeit durchsetzen.«

»Bis du der Meinung, dass Gerichtsurteile immer gerecht sind?«, fragte Valerie.

»Nein«, gab Beat unumwunden zu. »Aber unsere Gesellschaft würde nicht gerechter, wenn jeder aus dem Bauch heraus entscheiden könnte, wer welche Strafe verdient und wen man laufen lassen sollte.«

Streiff bestellte sich Kaffee und Grappa, Valerie ein weiteres Glas Wein.

»Wie ist es dir denn ergangen in den letzten Jahren?«

Valerie fühlte sich plötzlich befangen. Ja, wie war es ihr denn ergangen? Über die Trennung von Lorenz wollte sie nicht reden. Sie sagte ein paar dürre Sätze übers Geschäft, aber das wollte nicht recht passen. Sie brach ab und gab den Ball unbeholfen zurück. »Und du? Trainierst du bis heute fleißig Judo? Du rauchst nicht mehr, oder?«

Er schwieg einen Moment. Sie hat sicher gemerkt, dass ich zugenommen habe, dachte er. Schließlich fragte er: »Magst du die Filme von Kaurismäki immer noch?«

Sie waren ein einziges Mal zusammen im Kino gewesen. Man hatte sich ja nicht öffentlich miteinander gezeigt. Sie hatten sich zufällig, beide allein, in einem Film von Aki Kaurismäki getroffen. Streiff ging am liebsten allein ins Kino. In Filmen fand er es besonders schwierig, Gesichter voneinander zu unterscheiden. Einmal hatte er in einem Film den Ehemann und den Liebhaber einer Frau nicht auseinanderhalten können, in einem anderen Film hatte er kapitulieren müssen angesichts dreier grauhaariger Darsteller. Er hatte keine Lust, sich im anschließenden Gespräch mit seiner Begleitung zu blamieren und sein Geheimnis preisgeben zu müssen. Aber an jenem Tag hatte er sich natürlich gefreut, Valerie zu treffen, und sie hatten den Abend zusammen verbracht.

Plötzlich strahlte Valerie, so wie er sie von früher kannte. »Klar! Hast du den letzten gesehen, er ist schon ein paar Jahre alt: ›The man without a past‹?«

Er hatte. Dennoch erzählte ihm Valerie haarklein jede Szene, die sie berührt hatte. Er fiel ein, brachte andere Interpretationen ins Spiel; sie legte den Kopf schräg, wenn sie spannend fand, was er sagte, oder widersprach hitzig, wenn es ihr nicht einleuchtete. Die Verlegenheit war wie weggewischt.

»Kannst du die Droste-Hülshoff-Ballade noch?«, forschte Streiff, mutiger geworden.

Valerie schluckte, bevor sie lachte und zitierte: »Sacht pochet der Käfer im morschen Schrein, der Mond steht über den Fichten.« Sie hatte sich eine Zeit lang wegen Eisenmangels Infusionen verabreichen lassen müssen, was jeweils eine Stunde dauerte, und weil sie sich auf der Liege langweilte, hatte sie die lange Ballade ›Die Schwestern‹ auswendig gelernt, die sie bruchstückhaft von der Schule her konnte, und sie einmal vor Beat rezitiert.

›Wir könnten eine Abendgesellschaft geben und du könntest sie vor den Gästen aufsagen‹, hatte er fantasiert. Aber sie hatten natürlich beide genau gewusst, dass es keine gemeinsamen Abendgesellschaften mit Gästen geben würde.

Streiff dachte, wenn dieser Fall gelöst ist, führe ich sie aus. Wenn sie will. Und dann reden wir von ganz anderen Dingen.

Valerie sagte, in seine Gedanken hinein, mit einem kurzen Aufblitzen in ihren Augen, das er nicht recht deuten konnte: »Ich brauche wieder Infusionen. Vielleicht lerne ich Goethes Gedicht über den Fischer.«

*

Später saß Streiff zu Hause, am Küchentisch. Er hatte sich ein letztes Bier aufgemacht. Vor ihm stand sein Laptop. Er startete den Browser und gab eine Internetadresse ein. ›Ihr Weg zum Wunschgewicht. Ein ausgewogenes Programm nach Maß.‹ Er tippte seine Daten ein, Größe und Gewicht. 1,78 Meter, 84 Kilo. Sein Body-Mass-Index betrage 26,5, wurde ihm mitgeteilt. Es wäre sinnvoll, wenn er sein Gewicht dauerhaft reduzieren würde. Er starrte auf die fast volle Bierflasche, stand auf und leerte das Bier aus. Mit irgendetwas musste man ja anfangen. Er setzte sich wieder. Gerechtigkeit, dachte er. Ist das Recht gerecht? Und welches? Unseres? Die Scharia? Der Kanun der Albaner? Das römische Recht? Gerechtigkeit besteht womöglich nur darin, das Recht auf alle gleich anzuwenden, so abstrakt sich das anhört. Und obwohl die Menschen alles andere als gleich sind. Das Recht ist eine Hilfswissenschaft einer nicht existenten Gerechtigkeit. Er bereute ein wenig, das Bier ausgekippt zu haben. Hätte mehr gebracht, die Pommes frites wegzulassen, gestand er sich ein. Aber er holte sich keine neue Flasche, sondern ging zu Bett.

SAMSTAG, 3. WOCHE

1. Teil

7.30 Uhr. Nieselregen. Neun Grad. Immerhin über null. Angela Legler wirkte ziemlich missgelaunt. Zita Elmer war es egal. Sie hatte seit 7 Uhr Dienst und keinen Grund, die Tatortbegehung zeitlich so anzusetzen, dass ihre Informantin zuerst ausschlafen und ausgiebig frühstücken konnte. Das hier war kein gemütlicher Wochenend-Flohmarktbummel, bei dem man, wer weiß, über ein Schnäppchen, zum Beispiel ein Superfahrrad für 300 Franken, stolperte. Wenn die Zeugin Legler hier über etwas stolperte, dann bitte über eine Händlerin, die Hehlerware feilbot. Sie zogen miteinander über den Markt, vorbei an Ständen mit Second- oder Thirdhand-Kleidern, elektronischen Geräten der letzten und vorletzten Generation, mit Büchern, Vinylschallplatten, Kaffeekännchen mit Goldrandmuster, geschnitzten Statuen. Angela Legler schielte auf eine Lederjacke, wagte es aber nicht, stehen zu bleiben. Um die musste sie sich später kümmern. Zita Elmer interessierte sich nicht für den ganzen Kram. Sie mochte neue Sachen, ob Möbel, Kleider, Geschirr – dieses Freiluft-Altwarenlager hatte für sie keinen Reiz. Sie fragte sich, woher denn immer neue alte Sachen kamen. Musste nicht irgendwann das ganze alte Geschirr kaputt sein? Sämtliche 50er-Jahre-Radios funktionsunfähig? Alle Großmutterkleider zerschlissen? Sie warf einen angewiderten Blick auf einen Flamingo aus rosa Porzellan, der einen Aschenbecher verzierte. Glücklicherweise waren ihr Mann und sie sich darin einig. In ihrer Wohnung gab es keine wackligen Antiquitäten, keine verblichenen Teppiche, und das geblümte Teeservice der Urgroßmutter, das ihre Mutter ihr als Hochzeitsgeschenk angeboten hatte, hatte sie so unmissverständlich abgelehnt, dass ihre Mutter ziemlich gekränkt gewesen war.

»Wo ist denn der Stand?«, fragte Zita Elmer mit Ungeduld in der Stimme.

Angela schaute sich um. »Es sind nicht alle jede Woche am gleichen Ort«, erklärte sie. Die beiden Frauen gingen ums Kanzleischulhaus herum, an der Kinobaracke vorbei. Plötzlich stoppte Angela.

»Dort«, sie wies mit einer Kopfbewegung auf einen Stand etwas weiter hinten, beim Zaun, neben der Pyramide.

»Ist es dieselbe Verkäuferin?«, fragte Elmer.

»Ja«, nickte Legler, »aber sie hat weniger Ware.«

Die Verkäuferin schützte ihren Stand mit einer Art Zeltdach, das allerdings nicht besonders groß war. Und die Waren brauchten den Schutz vor dem Wetter. MP3-Player, CD-Spieler, zwei Laptops, ein Mini-TV-Apparat. Sah alles ganz neu aus.

Polizistin Elmer kam die Händlerin vage bekannt vor. Sie ging rasch auf den Stand zu, zeigte der jungen Frau ihren Ausweis und verlangte den ihren. Diese schien nicht zu verstehen, kramte hastig ein etwas knittriges Formular hervor, das sie zu einem Platz auf dem Flohmarkt berechtigte, dann, als Elmer ungehalten den Kopf schüttelte, die Identitätskarte. Ihr Blick glitt über Angela Legler, aber sie schien sie nicht wiederzuerkennen. ›Raffaela Zweifel‹ las Elmer im Ausweis der Verkäuferin; der Name sagte ihr etwas. Sie kam nur nicht gleich darauf, was. Sie wandte sich an ihre Zeugin: »Haben Sie am letzten Samstag an diesem Stand, von dieser Frau ein neuwertiges Cannondale-Mountainbike für 300 Franken gekauft?«

»Ja«, bestätigte Angela Legler.

»Haben Sie«, Elmer richtete sich an Raffaela Zweifel, »dieser Frau vor einer Woche hier ein Mountainbike verkauft?« Raffaela Zweifel schien ziemlich unbehaglich zumute zu sein.

»Ich kann mich an diese Frau nicht erinnern«, erklärte sie. »Und ob ich ein Fahrrad verkauft habe, weiß ich ebenso wenig.«

»Es handelte sich um ein gestohlenes Fahrrad«, klärte sie Polizistin Elmer auf. »Woher beziehen Sie Ihre Ware?«

Es waren im Moment, wohl wegen des Wetters und der frühen Stunde, nicht viele Leute auf dem Areal. An einem Stand nebenan war man deshalb auf die Szene aufmerksam geworden.

»Raffi, hast du ein Problem?«, schaltete sich ein Händler ein.

»Was hat denn diese Schmiertante hier verloren?«, wollte ein anderer wissen. Er fragte es ziemlich laut, sodass sich auch zwei Stände weiter Köpfe hoben. Elmer war an solche Situationen gewohnt, das schreckte sie nicht und sie reagierte rasch.

»Wir führen die Befragung auf dem Posten weiter.«

»Und mein Stand? Meine Ware?«

»Das wird alles abgeräumt«, beschied ihr Elmer. »Die verkaufen Sie erst, wenn geklärt ist, woher alles stammt. Das Fahrrad vom letzten Samstag wurde jedenfalls aus dem FahrGut entwendet.«

Nun schaute Raffaela Zweifel erschrocken drein. »Scheiße! Wie stellen Sie sich das vor?«, beschwerte sie sich nervös. »Ich kann doch jetzt meinen Stand nicht abräumen, wo alles zugestellt ist. Ich komme ja mit dem Auto nicht bis hierher.« Elmer bestellte per Handy Verstärkung, zwei Streifenpolizisten, die sich um das Problem kümmern würden.

Zweifel, überlegte sie, hieß so nicht die alte Frau, die über dem FahrGut wohnte? Die mit der liebenswürdigen Großnichte, die sich um sie kümmerte?

2. Teil

Auf dem Posten nahm Elmer Angela Leglers Aussage auf. Sie hatte die Verkäuferin des Fahrrades zweifelsfrei wiedererkannt. Daraufhin ließ Elmer sie gehen. Sie machte sich davon, nicht ohne der Flohmarkthändlerin einen wütenden Blick zugeworfen zu haben, den diese erwiderte. Als Elmer sie darüber aufklärte, dass Angela Legler nicht selbst mit dem Rad zur Polizei marschiert war, sondern von Valerie Gut überrascht worden war, die ihr Velo auf der Straße erkannt hatte, war sie wider Willen beeindruckt. Sie kannte Valerie von den Erzählungen ihrer Großtante, die sie sehr schätzte, und sie war auch selbst schon im Laden gewesen. An Salome wollte sie jetzt sowieso nicht denken. Sie saß ziemlich in der Tinte, so viel war ihr klar. Ihre Gedanken fuhren Achterbahn. Sie musste sehen, wie sie da einigermaßen heil herauskam. Sie hätte Zeit gebraucht, um nachzudenken, aber diese Polizistin ließ ihr keine Minute. Bloß nicht zu viel sagen, überlegte Raffaela verzweifelt. Aber auch nicht zu wenig. Nicht den Eindruck erwecken, ich wolle etwas verschweigen. Einen Strich ziehen zwischen dem, was ich sagen kann, und dem, was draußen bleiben muss. Bruno. Wut stieg in ihr hoch. Warum hatten sie sich nicht abgesprochen? Warum hatte er ihr nicht gesagt, was Sache war? Und wie viel wusste er von dem, was sie ihm verschwiegen hatte? Raushalten konnte sie ihn jedenfalls nicht. Die Polizistin konnte nichts wissen, außer der Geschichte mit dem geklauten Fahrrad. Also streng dabei bleiben. Nichts von der anderen Sache. Es reichte auch so. Würde sie halt den Bauern opfern, um den König zu retten. Sich naiv stellen.

Elmer begann mit den Personalien. Als sie nach dem Arbeitgeber fragte, gab Raffaela Zweifel geknickt zu, arbeitslos zu sein.

»Wie lange schon?«

»Ein halbes Jahr. Und die Arbeitslosenunterstützung reicht nicht weit.« Raffaela fand es besser, nicht auszubreiten, wofür sie ihr Geld gerne ausgab: Kleider. Partys. Ab und zu eine Linie Kokain. Ein Wellness-Wochenende im Tessin. Damit war erst mal Schluss gewesen.

»In einem Weiterbildungskurs des Regionalen Arbeitsvermittlungszentrums habe ich Bruno Trümpy kennengelernt, einen jungen Kaufmann, der arbeitslos geworden war, weil sein Arbeitgeber Konkurs gemacht hatte. Hat er mir jedenfalls erzählt. Er hatte auch nicht viel Geld, aber er hatte eine Idee. Er kam sehr billig an ganz unterschiedliche Neuware heran, Konkursmasse. Und er hat vorgeschlagen, wir könnten sie auf dem Flohmarkt verkaufen.« Raffaela schwieg. Flohmarkt. Sie hatte erst die Nase gerümpft. Aber Bruno hatte erklärt, sie müsse das professionell sehen. Brauchte sie Geld oder nicht? Also.

Elmer ließ sich Adresse und Handynummer von Trümpy geben und erteilte die Order, ihn auf die Wache zu bringen. Dann setzte sie die Befragung von Frau Zweifel fort.

»Haben Sie ihm das geglaubt mit den Waren aus Konkursmassen?«, fragte Elmer.

»Ja, warum nicht?«, gab Raffaela zur Antwort. »Er kannte sich aus.«

»Sind Ihnen keine Bedenken an der Herkunft der Waren gekommen?« Zweifel zuckte die Schultern. Sie habe Bruno nie genauer gefragt. »Wir hatten eine Arbeitsteilung«, erläuterte sie. »Er beschaffte die Ware, ich verkaufte sie auf dem Flohmarkt.«

»Lief das Geschäft gut?«

»Ja, ganz gut«, gab Raffaela zu. »Es war ein idealer Job, weil die Einnahmen schwarz waren und ich trotzdem Arbeitslosengeld erhielt.« Es läuft bestens, dachte sie. Etwas zugeben macht sich gut. Einen Bauern opfern. Sie fühlte sich ein bisschen besser.

»Seit wann haben Sie dieses Business?«

»Seit etwa einem halben Jahr. Was Bruno vorher gemacht hat, weiß ich nicht.«

»Das Fahrrad war jedenfalls gestohlen, und wir werden sehr bald herausfinden, ob die restlichen Gegenstände ebenfalls Hehlerwaren sind. Und wir werden in Erfahrung bringen, ob Sie wirklich so wenig wussten.« Sie zeigte Zweifel eine Kopie des Ausweisfotos der gestohlenen ID, die als Pfand im FahrGut hinterlegt worden war. Raffaela Zweifel kannte den Mann nicht. Es war jedenfalls nicht Bruno Trümpy, auch wenn er ihm vom Typ her ähnlich war.

»Wie gut kennen Sie Bruno Trümpy?«, wollte Elmer wissen.

Die junge Frau zuckte die Schultern. Was solls, dachte sie. »Wir haben was miteinander«, gab sie zu.

»Sie haben eine Liebesbeziehung?«, hakte Elmer nach. »Und Sie sind dennoch so schlecht informiert über die Geschäfte Ihres Freundes? Das glaube ich Ihnen nicht.«

Zweifel reagierte ungeduldig. »Was heißt hier Liebesbeziehung? Wir leben nicht zusammen. Wir haben was miteinander. Dieses Business. Und ab und zu Sex. That's it.«

Das Telefon klingelte.

»Bruno Trümpy ist hergebracht worden«, erklärte die Beamtin. »Ich werde mit ihm reden. Sie bleiben so lange hier. Ich komme nachher nochmals zu Ihnen.«

Raffaela Zweifel blieb im Vernehmungszimmer zurück, bewacht von einem schweigsamen Polizisten. Sie hätte auch gar keine Lust gehabt, sich mit ihm zu unterhalten. Sie blätterte in einer Zeitung, aber bekam nicht einmal die Headlines mit. Was wird Bruno sagen?, überlegte sie. Vermutlich nicht viel, er ist cool. Aber sie haben ihn überrascht. Und was könnte er überhaupt ausplaudern? Er hat mich ja nicht in alles eingeweiht. Und er selbst weiß genauso wenig über alles Bescheid. Zum Glück.

Scheiße, dachte sie. Wenn mir das hier eine Vorstrafe einbringt, kann ich es vergessen, wieder einen Job zu finden. Ich Idiotin. Ich hätte es damals merken müssen, da hätte ich noch aussteigen können.

Nach einer guten Stunde kam Elmer zurück. Sie hatte nicht nur Trümpy befragt, sondern zudem den Namen ›Zweifel‹ recherchiert. Und siehe da: Eine Salome Zweifel wohnte im selben Haus, in dem FahrGut eingemietet war, aus dem das Rad gestohlen worden war, das eine andere Frau Zweifel verkauft hatte.

»Zufall?«

»Ja«, versicherte die andere Zweifel. Sie gab sofort zu, Salome Zweifels Großnichte zu sein. Sie kenne das Geschäft, verkehre aber nicht dort, denn sie fahre nicht Rad.

Elmer ließ es durchgehen. »Ich habe Bruno Trümpy befragt«, erklärte sie. »Wollen Sie zuerst die gute oder die schlechte Nachricht hören?«

Blöde Kuh, dachte Raffaela und erwiderte nichts.

»Die schlechte Nachricht ist, die Waren, die Sie auf dem Flohmarkt feilgeboten haben, stammten zum kleineren Teil tatsächlich aus einem Einbruch und verschiedenen Diebstählen. Sie, Frau Zweifel, haben Deliktgut verkauft.«

Raffaela wurde blass. Einbruch, dachte sie. Diebstahl. Hehlerware. Verurteilung. Vorstrafe. Scheiße!

»Die gute Nachricht ist«, fuhr Elmer ungerührt fort, »dass Bruno Trümpy alles auf sich nimmt. Er sagte aus, Sie seien nicht beteiligt gewesen, hätten nichts davon gewusst. Er habe Sie nur an der Front eingesetzt. Wir werden uns natürlich die Spurenauswertung jenes Tatorts nochmals vornehmen und überprüfen, ob sich wirklich keine Spuren von Ihnen finden. Wenn nein, haben Sie sich lediglich der Hehlerei schuldig gemacht.«

An der Front eingesetzt, dachte Raffaela, dieses Schwein. Aber, musste sie sich eingestehen, sie hatte sich ja tatsächlich einsetzen lassen. Sie war leichtsinnig und naiv gewesen. Schlicht und einfach dumm. Einmal mehr. Und jetzt? Würde man sie in Untersuchungshaft nehmen?

»Sie können gehen«, hörte sie die Polizistin sagen. Die junge Frau stand auf.

»Einen Moment, noch eine Frage«, wurde sie zurückgehalten. Das hatte sich Zita Elmer bewusst für den Schluss aufgespart. Die verdächtige Person in Sicherheit wiegen und wenn sie glaubt, es sei vorbei, und sich innerlich bereits entspannt hat, nochmals zuschlagen. Sie hatte in dieser Stunde mit Streiff telefoniert, Samstag hin oder her. Er hatte von Valerie Gut die Information erhalten, dass das Mordopfer, Hugo Tschudi, und Raffaela Zweifel sich zumindest flüchtig gekannt hatten und dass Adele Goldfarb die beiden bei einem Streit beobachtet hatte.

Raffaela setzte sich langsam wieder.

»In welcher Beziehung standen Sie zu Hugo Tschudi?«

Die Frage traf Raffaela Zweifel unvorbereitet. »Ich, äh, in gar keiner«, stotterte sie. »Ich, äh, kannte ihn nur sehr flüchtig.«

Es war ein Schuss ins Blaue gewesen, aber Elmer wusste, dass er getroffen hatte. Sie hakte nach. Woher sie ihn gekannt hatte? Durch Bruno Trümpy, gab Raffaela zu. Wie gut? Raffaela schüttelte nur den Kopf. Worüber sie sich gestritten hätten?

»Über nichts. Ich weiß es nicht mehr.«

»Hatten Sie was mit ihm?«

Sie fuhr auf. »Mit dem? Aber sicher nicht!«

Das kam zu spontan, zu aufgebracht, um eine Lüge zu sein. Elmer blieb ungerührt. Da war irgendetwas, dachte sie. Sonst hätte sie nicht so heftig reagiert. »Wollte er etwas von Ihnen? Belästigte er Sie?«

Raffaela Zweifel schaute an ihr vorbei.

»Hat Hugo Tschudi von Ihrem Flohmarkthandel gewusst? Hat er versucht, sich einen Anteil des Gewinns zu sichern? Hat er Sie bedroht?«

Das saß. Raffaela starrte die Polizistin einen Moment an. Dann fing sie sich wieder. Blockte. Ihr Gesicht verschloss sich. »Ich weiß nicht, wovon Sie reden. Fragen Sie Trümpy.«

Jetzt wirds ernst für sie, dachte Elmer. Jetzt hat sie Grund zu blocken. Sie setzte noch eins darauf: »Wo waren Sie am Mittwochabend vor zwei Wochen? Ja, richtig, an dem Abend, an dem Hugo Tschudi ermordet wurde.«

Zweifel reagierte erst gar nicht. Schließlich grub sie mit fahrigen Bewegungen in der Jackentasche nach ihrer Agenda. »Ich kann mich nicht daran erinnern«, sagte sie. Dass das kein Alibi war, war ihr vollkommen klar.

3. Teil

Raffaela Zweifel trat auf die Straße hinaus. Inzwischen war es später Vormittag geworden. Es nieselte noch immer. War immer noch kalt. Sie blickte zu FahrGut hinüber. Sah die Inhaberin vor einem Fahrrad knien, ein Kunde stand daneben. Mist, dachte Raffaela. Sie ließ ihren Blick höher wandern. Salomes Wohnung. Es ging der Tante inzwischen besser, aber besonders fit war sie nicht. Lag im Bett. Schlief viel. Mochte weder lesen noch Musik hören. Sie müsse nachdenken, hatte sie erklärt, als Raffaela gestern rasch bei ihr hereingeschaut hatte, aber sie könne sich nicht mehr erinnern, worüber. Hoffentlich ist diese Gehirnerschütterung nicht der Auftakt zu einer Demenz, hatte Raffaela gedacht. Sie hatte sie heute am späten Nachmittag nochmals besuchen wollen. Aber jetzt würde sie bestimmt nicht zu ihr hinaufgehen. Die fürsorgliche Nichte zu spielen, dazu hatte sie im Moment weiß Gott nicht die Energie. Raffaela setzte sich in das Café gegenüber. Es waren viele Leute dort, Paare, die nach dem gemeinsamen Wochenendeinkauf einen Kaffee tranken, alte Leute, denen es allein in der Wohnung zu langweilig war, Hausfrauen, die eine kurze Pause vom Familienleben brauchten. Raffaela fand einen kleinen freien Tisch und bestellte einen Cappuccino. Hier war er so, wie sie ihn mochte: starker Kaffee, wenig Milch, aber dicker Milchschaum und viel Schokoladenpulver obendrauf. Das hatte sie jetzt nötig. Salome durfte sie nicht so sehen. Vielleicht würde sie, obwohl sie halb weggetreten war, merken, dass etwas nicht in Ordnung war. Dass der Karren wieder einmal ziemlich tief im Dreck steckte. Darin war sie früher sehr fix gewesen, die Tante Salome. Ihr konnte man nicht viel vormachen. Und sie konnte ganz schön streng sein. Nicht, dass sie Strafen aussprach, dafür war sie nicht zuständig. Aber sie hatte einen direkten Zugriff auf das Gewissen der kleinen Raffaela. Legte den Finger erbarmungslos auf die empfindliche Stelle ihrer Seele, wo das Wissen um den Unterschied zwischen Recht und Unrecht wohnte. Natürlich war es Unrecht, dass sie im Coop einen Nussgipfel gestohlen hatte. ›Aber die anderen hätten doch auch …‹

›Stopp!‹ Ausreden ließ Tante Salome nicht gelten. ›Für das, was du getan hast, bist du verantwortlich, nicht die anderen.‹ Sie war ganz anders gewesen als die Eltern, die ihrer ungebärdigen Tochter gegenüber zwischen Nachgiebigkeit und Überforderung schwankten, Raffaela einmal hart bestraften, ein anderes Mal dem Einfluss der anderen Kinder oder der Schule die Schuld zuschoben. Tante Salome konnte aber auch unerwartet großzügig sein. Sie hatte ihr ziemlich ins Gewissen geredet, als herauskam, dass die 15-Jährige mit einer Clique am Lochergut herumhing und tüchtig Bier trank. Aber in den Sommerferien hatte sie sie drei Tage nach Paris eingeladen und kein einziges Mal eine Moralpredigt gehalten. Raffaela war hin- und hergerissen. Genoss sie Paris, weil sie Salome gernhatte? Oder hatte sie ihre Großtante gern, weil sie ihr diese Reise bezahlte? Jedenfalls hatte sie Respekt vor ihr. Aber natürlich hatte sie später weitergemacht wie zuvor. Mit 16 Jahren die Lehre geschmissen. Gekifft, Modeschmuck mitlaufen lassen, war erwischt worden, haarscharf an einer Heimeinweisung vorbeigeschrammt. Die Eltern waren hilflos. Da hatte wieder Salome eingegriffen. Bot an, ihr die Handelsschule zu finanzieren. Raffaela, die selbst wusste, dass es so nicht weitergehen konnte, hatte die Ausbildung durchgezogen. Und die Freude ihrer Großtante hatte sie gerührt. Ihr Verhältnis zu ihr blieb zwiespältig. Aber es machte ihr Spaß, Salome zu erklären, wie ein Handy funktionierte, was man im Internet alles finden konnte, wie praktisch E-Mails waren. Das war ein ungefährliches Terrain und es war ein Gebiet, auf dem Raffaela mehr wusste als die alte Dame, ihr etwas beibringen konnte. Aber es war nicht nur das. Irgendwann war Raffaela der entscheidende Gedanke gekommen. Salome war alt. Sie lebte bescheiden. Sie würde Geld hinterlassen. Möglicherweise ihr, der einzigen jungen Verwandten? Sie kümmerte sich ja um sie. Und so ließ sich Raffaela immer wieder bei ihr blicken. Nicht nur deshalb. Aber auch. Salome bekam mit, dass ihre Großnichte jetzt ein geordnetes Leben führte. Arbeitete. Was sie nicht wusste, war, wie die junge Frau ihre Wochenenden verbrachte. Mit Partys, auf denen sie sich ab und zu eine Linie zog. Später neben Männern aufwachte, an die sie sich kaum erinnern konnte. Das hätte der alten Dame nicht gefallen. Natürlich erzählte Raffaela nichts, als sie ihren Job verlor. Sie fürchtete nicht nur Salomes Einfluss auf ihr Gewissen, sondern darüber hinaus handfeste Konsequenzen. Dass die alte Frau ihr Geld ›Ärzte ohne Grenzen‹ vermachte, zum Beispiel.

Raffaela trank den letzten Rest Kaffee und löffelte sorgfältig den verbliebenen, mit Schokoladenpulver vermischten Milchschaum aus. Ihre Gedanken kehrten zur Befragung zurück. Diese Polizistin war ganz schön tough gewesen. Nicht wesentlich älter als sie. Nicht hässlich, obwohl es ihr nicht schaden würde, fünf Kilo abzunehmen, dachte Raffaela boshaft, aber moralisch wohl eher in der Liga von Salome. Lebte wahrscheinlich in genauer Kenntnis und Beachtung der Grenzlinie zwischen Recht und Unrecht. Ob sie schon mal betrunken gewesen war? Oder einen One-Night-Stand durchgezogen hatte? Vermutlich führte sie eine ›Liebesbeziehung‹. Jedenfalls trug sie einen Ehering. Dumm war sie sicher nicht. Wie hatte sie bloß das mit Hugo herausgefunden? Über Bruno? Sicher wissen konnte die Polizistin nichts, sonst wäre sie anders aufgetreten. Aber sie hatte einen Verdacht.

*

Es war in der Sport-Bar gewesen, wo Bruno und sie vor ein paar Wochen nach dem Flohmarkt ein Bier getrunken hatten. Tschudi war hinzugekommen, Raffaela hatte ihn zum ersten Mal gesehen. Er hatte sich zu ihnen gesetzt und ein Bier bestellt. Er war Raffaela sofort zuwider gewesen. Geduscht hatte er vermutlich vorgestern zum letzten Mal. Und die Art, wie er sie angeschaut hatte. Natürlich wusste sie, dass sie attraktiv war, und sie hatte nichts gegen Männerblicke. Aber sie verachtete alte Männer, die hinter jungen Frauen her waren. Und der da war ungefähr doppelt so alt wie sie. Sicher fast 50.

Er hatte Bruno gefragt, wie denn die Geschäfte so liefen.

»Geschäfte? Meinst du das Bewerbungsbusiness oder meinen Kontostand oder was?«, hatte Bruno gefragt.

»Nein, die Geschäfte. Schicke Musikanlage, die ihr da im Angebot hattet.« Er hatte mit dem Kopf in Richtung Kanzleiareal gedeutet. »Für die habt ihr sicher einiges bekommen?«

»Ach das«, hatte Bruno abgewiegelt. »Das machen wir für einen Freund. Bringt nicht viel ein.«

Tschudi hatte Bruno einen langen Blick zugeworfen.

»Wir sehen uns, wir werden uns sicher einig werden«, hatte er gesagt und war gegangen, ohne sein Bier zu bezahlen, aber nicht ohne Raffaela nochmals ausgiebig zu taxieren. ›Wir sehen uns‹; das hatte nicht nur nach einem nachlässigen Gruß geklungen. Tschudi hatte die Worte betont, Raffaela waren sie wie eine versteckte Drohung vorgekommen. Und was hieß das, dass man sich sicher einig würde. Worüber? Sie hatte Bruno nach ihm ausgefragt, aber der war ausgewichen.

»Ach was, ein Spinner«, hatte er gesagt. »Den kenn ich halt.«

Raffaela hatte nicht weitergefragt. Aber ein ungutes Gefühl war geblieben. Sollte sie aus dem Flohmarkthandel aussteigen? Quatsch, sie brauchte das Geld. Glück hatte sie gehabt, dass sie einen Typen wie Bruno kennengelernt hatte, der Kontakte hatte.

Und doch. Damals hätte ich darauf kommen müssen, dachte Raffaela wieder. Spätestens. Dass mit dem Zeug tatsächlich etwas nicht in Ordnung ist. Wie blöd kann man eigentlich sein?

Ein paar Tage später hatte sie in diesem Café gesessen, als plötzlich dieser Tschudi hereingekommen war. Man kenne sich doch, nicht wahr? Ohne zu fragen, hatte er sich zu Raffaela gesetzt. Wieder dieser schmierige Blick.

»Ich wollte eben gehen«, hatte sie erklärt und sich halb erhoben.

»Oh, du wirst schon ein paar Minuten Zeit haben«, hatte Tschudi widersprochen. Sein Lächeln war unangenehm. Er hatte ihr die Hand auf den Ärmel gelegt. Raffaela hatte ihren Arm hastig zurückgezogen, aber sie hatte sich wieder gesetzt. Tschudi hatte begonnen, Anspielungen zu machen über die Herkunft ihrer Flohmarktwaren. Raffaela, die ja in dieser Hinsicht tatsächlich ihre Zweifel hatte, aber keine Fakten kannte, hatte abweisend und ungeduldig reagiert.

»Erzähl deinen Quatsch woanders und lass mich in Ruhe.«

Diesmal hatte Tschudi seine Hand nicht nur auf ihren Arm gelegt, sondern ihn umfasst. Er hatte nicht mehr gelächelt. »Stell dich nicht so an, du weißt ebenso gut wie ich, dass ihr da geklautes Zeug verhökert. Ein Tipp von mir an die Polizei und ihr habt ein ziemlich großes Problem. Es sei denn«, da hatte er wieder gelächelt, »ich kriege einen Anteil. Einen fairen Anteil. Besprich das mal mit Bruno. Und du und ich könnten uns mal ganz privat treffen, was meinst du? Davon musst du Bruno ja nichts erzählen. Über meine Fähigkeiten hat sich noch keine Frau beklagt.«

Raffaela hatte rot gesehen. Sie war aufgesprungen, hatte seine Hand grob abgeschüttelt. »Hau ab, du seniles Schwein!« Sie hatte das Glas Wasser ergriffen, das mit dem Kaffee gebracht worden war, und es ihm ins Gesicht geschüttet. Dann war sie nach draußen gestürzt.

*

Das musste der Streit gewesen sein, den irgendjemand beobachtet hatte. Warum bloß hatte sie Bruno nichts davon erzählt? Warum hatte sie nicht darauf bestanden, dass er Auskunft gab über seine Bezugsquellen? Vielleicht hätte sie es irgendwann getan. Aber wahrscheinlich eher nicht. Sie hatte die widerwärtige Szene einfach verdrängen wollen. Als sie Tschudi in der Central Bar gesehen hatte, war in ihr wieder die Wut hochgekommen, sie hätte ihm eine in die Fresse knallen können. Deshalb hatte sie sofort kehrtgemacht.

Dann war Hugo Tschudi tot aufgefunden worden. Erschlagen. An Raffaela hatte von diesem Augenblick an die Angst genagt. Eine Idiotin bin ich gewesen!, dachte sie. Es ist einfach zu viel falsch gelaufen. Ich wollte das doch gar nicht. Jetzt stehe ich unter Mordverdacht.

Sie legte fünf Franken hin, verließ das Café und machte sich auf den Heimweg. Sie wohnte in der Ämtlerstrasse, nicht weit vom Albisriederplatz. Ein älteres Haus, nicht besonders gut instand gehalten, mit Zwei- und Dreizimmerwohnungen. Ein schmuddliges Vorgärtchen, in dem zwischen robustem

Grünzeug Abfall lag, Coladosen, Zeitungsfetzen. Im Hauseingang stapelten sich Zeitungsbündel, ein Kinderwagen Marke Brockenhaus stand in der Ecke. Die Treppe knarrte. Frau Rhyner kam ihr entgegen, an der Hand ihre vierjährige Tochter Paulina. Sie wohnten in der Wohnung über ihr und Raffaela hörte durch die dünne Decke jeweils früh am Morgen das Mädchen nach seiner Mutter rufen. Raffaela grüßte kurz, stieg in den dritten Stock – natürlich gab es keinen Lift – und betrat ihre Wohnung. Zwei Zimmer und Wohnküche. Eng. Nicht besonders sonnig. Die Möbel von Ikea. Raffaela seufzte. Ein Loft dachte sie, wenn ich mir nur einen Loft leisten könnte. Einen einzigen riesigen Raum mit Fensterflächen bis zum Boden, hell, geräumig, neu. Wenn ich richtig Geld verdienen würde, hätte ich es nicht nötig, mich mit einem wie Bruno zusammenzutun und diesen Schrott auf dem Flohmarkt zu verkaufen. Dann würde ich jetzt nicht in diesem Schlamassel stecken. Ich muss mein Leben ändern. Das dachte sie oft.

4. Teil

Zita Elmer schaute auf die Uhr. Gleich 17.30 Uhr. Feierabend. Geschafft. Einen produktiven Samstagsdienst hatte sie hingelegt. Sie war mit sich zufrieden. Nahm die Blätter aus dem Drucker und überflog sie. Die Verhörprotokolle von Raffaela Zweifel und Bruno Trümpy. Ergänzt mit weiteren Informationen. Vor allem über Trümpy. Zweifel hatte in dieser Geschichte höchstwahrscheinlich die Rolle der Naiven inne, die sich hereinlegen ließ. Vermutlich war sie in Trümpy verliebt. Über sie existierten jedenfalls keine Einträge und ihre Angaben waren richtig gewesen.

Ihr ›Partner‹ hingegen, so hatte es sich herausgestellt, war ein Kleinkrimineller. Betrügereien, Urkundenfälschungen, kleine Einbrüche, Diebstähle. Trümpy, ein spontaner Mensch, hatte jede sich ihm bietende Gelegenheit genutzt und zum Beispiel einem jungen Mann das Portemonnaie aus dem halb geöffneten Rucksack geklaut. Sehen und Zugreifen waren eins. Volltreffer. Das Ausweisfoto glich ihm vom Typ her. Daraus musste doch etwas zu machen sein. Und daraus war etwas zu machen gewesen. Ein Spitzenfahrrad nämlich. Nachschub für den Flohmarktstand. Dass es FahrGut getroffen hatte, war Zufall gewesen. Trümpy hatte einige Vorstrafen, alle wegen solcher Delikte. Zunächst bedingte, später auch kürzere unbedingte Freiheitsstrafen. Körperverletzungen oder andere Gewaltdelikte tauchen in seinem Strafregister nicht auf. So weit, so gewöhnlich. Routine. Nur: Trümpy und Zweifel hatten beide einen Mann gekannt, der umgebracht worden war. Trümpy hatte abgestritten, dass Tschudi versucht hatte, ihn zu erpressen und sich damit seinen Anteil der Beute zu sichern. Er hatte zudem weit von sich gewiesen, in jener Nacht Tschudis Komplize beim Eindringen in FahrGut gewesen zu sein. Man hatte seine Fingerabdrücke mit den im Ladenlokal festgestellten Spuren verglichen, aber keine Übereinstimmungen gefunden. Das musste nichts heißen. Trümpy war an Verhöre gewöhnt. Allerdings konnte man bei seiner Vernehmung an Intensität zulegen. Vielleicht zu zweit, mit Streiff. The good guy and the bad guy, dachte sie selbstironisch. Sie würde gerne die Rolle des ›bad guy‹, oder besser, des ›bad girl‹ übernehmen. Jedenfalls hatte sie Trümpy nicht ins Wochenende entlassen.

Raffaela Zweifel hatte ihr Erschrecken nicht verbergen können, als sie sie nach Tschudi gefragt hatte. Das musste nicht viel zu bedeuten haben. Dass er umgebracht worden war, wusste sie zweifellos. Aber womöglich steckte doch mehr dahinter. An dieser Spur wollte sie mit Streiff weiterarbeiten. Am Montagmorgen würde er ihren Bericht in seinem E-Mail-Postfach finden. Um 11 Uhr würden sie diesen zusammen besprechen. Streiff hatte ebenfalls Informationen in Aussicht gestellt. Es ging vorwärts. Ob etwas dran war an dieser Verbindung zwischen dem Mordopfer Tschudi und dem Kleinkriminellenpaar Zweifel/Trümpy? Warum hatte Raffaela Zweifel so heftig auf den Namen Hugo Tschudi reagiert? Hatte er sie bedrängt? Hatte sie sich gewehrt? War ihr Temperament mit ihr durchgegangen? Aber warum spätabends im FahrGut? Ob die räumliche und verwandtschaftliche Nähe von Salome Zweifel, Raffaela Zweifel und FahrGut etwas zu bedeuten hatte? Auf jeden Fall waren es Möglichkeiten, die man überprüfen musste. Und sie hatte Lust darauf, das zu tun.

Sie schaltete den Computer aus, nahm den Mantel und ging. Linus, ihr Mann, hatte ein freies Wochenende und versprochen, einzukaufen und zu kochen. Er war kein begnadeter Koch, aber das war sie ebenfalls nicht. Sicher hatte er Koteletts und eine Flasche Wein gekauft. Sie freute sich auf einen gemütlichen Abend, sie wollte mit ihm den heutigen Fall besprechen. Seit dreieinhalb Jahren waren sie verheiratet und verstanden sich nach wie vor gut. Linus hatte vor etwa einem halben Jahr das Thema Kinder angeschnitten, aber sie waren sich unschlüssig. Sicher, Kinder gehörten irgendwie dazu, aber Zita sah sich nicht zu Hause sitzen und den lieben langen Tag ein kleines Kind bewachen. Man könnte versuchen, einen Krippenplatz zu ergattern, aber gleich ginge das Gehetze los wegen der Öffnungszeiten, und dann der

Stress, wenn der Nachwuchs krank war. Und das musste man einkalkulieren. Zudem, so ein Kind war immer da, jeden Tag, mindestens 18 Jahre lang; selbst nachts, wenn es schlief, hatte man zumindest Pikettdienst. Na ja, Linus und sie waren noch jung und hatten ein paar Jahre Zeit, sich zu entscheiden.

DIENSTAG, 4. WOCHE

1. Teil

Salome Zweifel schlug die Augen auf. Keine Kopfschmerzen. Das erste Mal seit, ja, seit wann eigentlich? Was für ein Tag war heute? Vor fast zwei Wochen hatte sie diesen blöden Unfall gehabt. Ein Schwindelanfall. Und war dann über ein Bündel Altpapier gestolpert und mit dem Kopf auf dem Boden aufgeschlagen. Dumm. Aber war da nicht noch etwas gewesen? Sie betrachtete ihren Wecker auf dem Nachttisch. 6 Uhr. Irgendwann würde die Frau von der Spitex kommen, Dürst hieß sie, wenn sie sich richtig erinnerte. Die alte Frau setzte sich im Bett auf. Immer noch keine Kopfschmerzen. Keine Übelkeit. Kein Schwindel. In den letzten Tagen war sie manchmal aufgestanden und ein wenig herumgegangen, aber nur, wenn Frau Dürst oder Raffaela dabei gewesen waren und sie gestützt hatten. Ihre Pflegerin hatte gesagt, das sei wichtig für den Kreislauf und die Muskeln. Es war ganz gut gegangen, aber sie war immer froh gewesen, sich wieder hinlegen zu können. Doch heute fühlte sie sich zum ersten Mal fast ein wenig – wie sollte sie es nennen? Unternehmungslustig? Es war sehr angenehm, keine Schmerzen zu haben. Sie stellte das Radio an. Ein französisches Chanson. Das musste DRS 1 sein. Salome Zweifel hasste französische Chansons. Dennoch: immer noch keine Kopfschmerzen. Sie stand auf und ging ins Badezimmer. Vor ein paar Jahren hatte sie sich eine Dusche einbauen lassen, die sie betreten konnte, ohne über den Badewannenrand steigen zu müssen. Sie würde heute nicht warten, bis Frau Dürst kam, um ihr zu helfen.

Eine halbe Stunde später setzte sie sich im Wohnzimmer in ihren Sessel. Etwas anstrengend war es schon. Aber sie hatte geduscht, war angezogen, gekämmt und ihr weißes dichtes Haar lag zu einem ordentlichen Knoten geschlungen am Hinterkopf. Komplett ohne Hilfe. Sie ging in die Küche. Alles war da. Milch, Butter, Brot. Sie machte sich Frühstück, schaltete auch hier das Radio an und hörte zum ersten Mal seit ihrem Sturz Nachrichten. Zum Teil war von Dingen die Rede, die sie nicht verstand, weil sie nicht alles gehört hatte. Ein Selbstmordattentat, Wahlen irgendwo in Lateinamerika, ein Raserunfall im Tessin, ein Bahnstreik in Italien. Nun, alle Ereignisse der letzten zehn Tage würde sie nicht in der Zeitung nachlesen können. Aber heute würde sie endlich wieder den Tages-Anzeiger aufschlagen. Und sie würde nicht warten, bis Frau Dürst ihr die Zeitung hinaufbrachte. Sie stieg vorsichtig die Treppe hinunter, um das Blatt zu holen.

Als ihre Pflegerin eine halbe Stunde später kam, fand sie ihren Schützling am Küchentisch sitzend, beim zweiten Milchkaffee, die Lesebrille auf der Nase, die Zeitung lesend.

»Aha, auferstanden!«, sagte sie. »Das ist jetzt aber plötzlich gegangen.«

»Lange genug«, brummte Frau Zweifel, »aber seit heute Morgen bin ich wieder klar im Kopf. Keine Schmerzen, kein Schwindelgefühl.«

»Schön, aber übernehmen Sie sich nicht«, gab die Spitex-Frau zu bedenken. »Ein bisschen schonen müssen Sie sich weiterhin. Bleiben Sie heute zu Hause, abgesehen von einem kurzen Besuch bei Doktor Hefti, damit er schauen kann, ob Sie wirklich wieder in Ordnung sind. Ich werde Sie anmelden.«

Mittags kam Raffaela vorbei. Sie hatte von Frau Dürst gehört, dass es ihrer Großtante besser ging, und brachte zur Feier des Tages eine Schale mit Sushi-Häppchen aus der Migros Gourmessa, die Salome so gerne aß, und ein Stück Apfelstrudel aus dem Paradicsom um die Ecke. Viel Appetit hatte die alte Frau nicht, aber sie aß dennoch recht vergnügt ein paar Sushis.

»Was ist alles geschehen in den letzten Tagen?«, fragte sie. »Habe ich irgendwas verpasst?«

Raffaela nahm sich zusammen. »Ach was«, winkte sie ab, »lass es dir jetzt einfach gut gehen. Ruh dich noch aus. Schau, ich habe dir ein Hörbuch mitgebracht. Eine Krimigeschichte von Friedrich Dürrenmatt. Gelesen von Bruno Ganz. Den magst du doch.«

Ja, den mochte sie. Und jetzt mochte sie auch wieder zuhören, wenn ihr Kopf sich endlich wieder anständig benahm.

»Übrigens«, bemerkte Raffaela vor dem Gehen. »Weißt du, wo du dein Handy gelassen hast? Ich wollte es dir auf den Nachttisch legen, als du krank warst, aber ich habs nicht gefunden.« Salome Zweifel grübelte, und wusste plötzlich wieder, dass sie über etwas nachdenken musste. Und das hatte mit dem Handy zu tun. Raffaela hatte es eilig, sie musste wieder zur Arbeit, war nur in ihrer Mittagspause schnell zu ihr gekommen. Salome Zweifel setzte sich in ihren Sessel. Jetzt galt es, den Anschluss wiederzufinden. Irgendetwas war gewesen. Das Handy. Das kleine Mädchen Adele. Seppli. Ihr ehemaliger Schüler. Valerie. Der Fotowettbewerb. Bruchstückhaft kamen die Erinnerungen zurück. Sie hatte im FahrGut Aufnahmen gemacht. Das war, sie schaute in ihrem Taschenkalender nach, an einem Mittwoch vor fast zwei Wochen gewesen. Aufnahmen. Von Seppli. Später hatte sie das kurze Video angeschaut, auf der

Bank vor dem Geschäft. Aber der kleine Hund war nicht darauf gewesen.

Salome ging ins Schlafzimmer hinüber, wo auf einem kleinen Pult ihr Laptop stand. Den hatte sie lange nicht mehr eingeschaltet. Sie klickte den Browser an, nicht den Internet Explorer, sondern Mozilla Firefox, der sei besser, hatte Raffaela versichert. Sie musste ihre E-Mails abrufen. Das Passwort. Nun kam ihr das Gespräch mit Valerie Gut über Passwörter in den Sinn. Sie hatte tatsächlich ein narrensicheres gefunden; genau richtig für eine alte vergessliche Närrin, dachte sie selbstironisch. Und sie wusste es noch. Der Sturz hatte also ihr Gehirn nicht komplett durcheinandergebracht. Nun kam es darauf an. Ihr Herz klopfte, als sie wartete, dass sich die Seite mit ihren E-Mails öffnete. Sie atmete tief aus. Es war da. Sie hatte sich vorhin nicht mehr erinnern können, ob sie die Aufnahme an ihre E-Mail-Adresse gesendet hatte oder nicht. Sie hatte. Sie wusste nicht mehr, ob sie das Video anschließend von ihrem Handy gelöscht hatte, wie sie es meistens gleich tat. Hoffentlich. Denn offenbar war es verschwunden. Hatte sie es auf der Bank liegen gelassen? Gut möglich.

Sie klickte auf das Icon, das das Attachment symbolisierte, die kleine Videoaufnahme. Jetzt konnte sie sich genau erinnern, was sie darauf sehen würde. Sie klickte auf ›Start‹ und schaute sich die 30 Sekunden an. Ihre Erinnerung hatte sie nicht getäuscht.

Sie schaltete den Laptop aus. Das kurze Filmchen brauchte sie sich kein zweites Mal anzusehen. Sie ging hinüber ins Wohnzimmer. Setzte sich in ihren Sessel. Dachte nach. Valerie. Sie war bei ihr in die Schule gegangen. Vor über 30 Jahren. Ein aufgewecktes kleines Mädchen. Manchmal hatte sie Spuren von Karrenschmiere an den Händen gehabt, wenn sie in die Schule kam. Sie war ja praktisch in der Werkstatt ihres Vaters aufgewachsen. Aber Frau Zweifel hatte darauf bestanden, dass sie saubere Hände hatte, und schickte sie zum Händewaschen. Valerie hatte widerstrebend gehorcht, es ihr aber nicht übel genommen. Im Grunde waren sie gut miteinander ausgekommen. Valerie war intelligent. Lernte schnell. Rechnete und zeichnete gerne. Salome Zweifel hatte es schön gefunden, dass sie schließlich das Geschäft ihres Vaters übernommen hatte und mit dem Laden sogar in ihr Haus gezogen war. Sie hatte Valeries Erfolg am Rande mitbekommen, nicht als Kundin natürlich, aber als Nachbarin, und sich darüber gefreut. Anfangs hatte sie sich ein wenig Sorgen gemacht, wie Valerie sich in dieser Männerwelt behaupten würde. Lieferanten, Angestellte, fast alles Männer. Aber sie hatte erkannt, dass sie anscheinend problemlos zurechtkam. Sie konnte recht energisch auftreten, wenn es nötig war.

Salome Zweifels Gedanken schweiften weiter. Zu einem anderen ehemaligen Schüler. Ihn hatte sie manchmal ebenfalls hinausschicken müssen. Nicht zum Händewaschen, sondern sie hatte ihn für zehn Minuten vor die Tür gestellt, weil er sich schlecht benommen hatte. Er hatte gestört. War unkonzentriert gewesen. Ein unruhiges Kind. Hatte kleine Papierbällchen in der Gegend herumgeworfen. Die Mädchen in den Arm gekniffen. Heute würde man sagen, er sei auffällig, vielleicht ein ADHS-Kind. Freunde hatte er nicht viele gehabt. Und er war kein guter Schüler gewesen. Hatte schon in der ersten Klasse Mühe gehabt, mitzukommen. Lesen, schreiben, rechnen. Alles sehr schwierig für ihn. Hatte sie ihn gerngehabt? Schwierig zu sagen. Sie konnte nicht alle Kinder gernhaben, hatte aber immer versucht, gerecht zu sein. Keinen Schüler zu bevorzugen, keinen zu benachteiligen. Aber sie war auch streng gewesen. Es gab Regeln und die galten. Wer dagegen verstieß, erhielt eine Strafe. Natürlich hatte sie sich ab und zu Gedanken darüber gemacht, was aus den Kindern, die in der ersten Klasse zu ihr kamen und sie nach der dritten wieder verließen, einmal werden würde. Aber sie hatte keine Prognosen gestellt. Mit sieben, acht, neun Jahren ist sehr vieles offen. Ein Kind kann sich entwickeln, ein anderes sich verschließen. Sie hatte auch für diesen Schüler keine Prognose gewagt. Wie alle anderen konnte er es schaffen. Aber sie hatte keine Ausnahme für ihn gemacht. Obwohl sie gewusst hatte, dass er in schwierigen Familienverhältnissen lebte. Alle Kinder gleich behandeln. War das richtig gewesen? Er hatte eine Unterschrift gefälscht. Ungeschickt. Er hätte eine schlechte Note zu Hause unterschreiben lassen sollen. Vielleicht hätte er dafür Ohrfeigen kassiert. Die Fälschung hatte sie natürlich sofort bemerkt. Sie hatte ihn nach der Stunde dabehalten und es ihm auf den Kopf zu gesagt. Der Kleine hatte zu weinen begonnen und es zugegeben.

»Ich werde das deinen Eltern mitteilen müssen«, hatte sie ihm erklärt.

Er hatte sie gebeten, es nicht zu tun. »Ich werde es nie mehr machen!«, hatte er unter Tränen versprochen. »Aber sagen Sie es nicht meinen Eltern. Mein Vater schlägt mich.«

Sie hatte sich nicht erweichen lassen. Der Kleine war dann drei Tage nicht zur Schule gekommen. Sie hatte ihn nicht gefragt, warum. In den drei gemeinsamen Jahren hatte sie kein gutes Verhältnis zu ihm aufbauen können, und als er in der vierten Klasse die Schule wechselte, hatte sie ihn aus den Augen verloren.

Sie hatte nie mehr an ihn gedacht. Bis sie ihn plötzlich wiedergesehen hatte. Viele, sehr viele Jahre später. Im Quartier. Sie hätte ihn natürlich nicht erkannt. Aber die Verkäuferin im Paradicsom hatte ihn bei seinem Namen genannt. Und dieser Name war ihr bekannt vorgekommen. Sie hatte den Mann ab und zu gesehen und allmählich war die Erinnerung zurückgekommen. Er schien sie nicht mehr zu kennen. Oder vielleicht tat er nur so. Hatte bei der ersten Begegnung, als er den Paradicsom verlassen hatte, in seinem Blick für den Bruchteil einer Sekunde etwas aufgeblitzt? Jedenfalls hatten sie sich nicht gegrüßt. Es war ihr lieber so. Sie hatte es, bis heute, vermieden, genauer über jene Szene nachzudenken. Diese Geschichte hatte im Hintergrund gelauert und ihr ein wenig Unbehagen bereitet. Ein wenig, ja, Schuldgefühle. Ein schlechtes Gewissen. Es war das, was die Kinder hatten, wenn sie die Aufgaben abgeschrieben hatten, statt sie selbst zu lösen. Oder wenn sie zu spät kamen. Oder mit einem Spickzettel ertappt wurden. Jetzt hatte sie, die alte Lehrerin Salome Zweifel, ein schlechtes Gewissen.

Was sollte sie machen? Das Video löschen? So tun, als ob sie nichts gesehen hätte? Das ging nicht. Aber das Nächstliegende, das ging ebenso wenig. Sie überlegte hin und her. Sie musste an beide Seiten denken. Oder an drei, eigentlich. Auch wenn es für vieles endgültig zu spät war. Zu spät, um es wiedergutzumachen. Aber vielleicht konnte sie doch noch jemandem helfen. Und etwas Unrechtes, das geschehen war, wieder in Ordnung bringen. Sie wusste plötzlich, was sie tun musste. Sie nahm das Telefon zur Hand und wählte. Sie hatte Glück. Danach wollte sie für eine Weile nicht weiter nachdenken. Sie legte die CD ein, die Raffaela ihr mitgebracht hatte, und hörte der angenehmen Stimme von Bruno Ganz zu, die von einem frisch pensionierten Kommissar las, der Übeltäter besuchte, die er in der Vergangenheit hatte laufen lassen. Nach einer Weile schreckte sie auf. Sie war eingenickt. Sie schaute auf die Uhr. Sie hatte eine ganze Weile geschlafen. Nun ging sie in die Küche. Setzte in einer Pfanne Wasser auf. Nahm eine Aluschale aus dem Kühlschrank. Wärmte sie im Wasserbad. Setzte sich. Aß. Großen Hunger hatte sie nicht. Sie wusch das Geschirr ab. Schaltete den Fernseher ein. Dann war es endlich Zeit.

Sie band sich die Schuhe zu und schlüpfte in den Mantel. Ging die Treppe hinunter. Es war dämmrig. Sie trat aus dem Haus; es lag kein Zeitungsbündel da. Sie wandte sich nach links. Das Herz war ihr schwer, sie hatte ein wenig Angst, aber sie fühlte sich doch zuversichtlich. Sie bog in einen Innenhof ein.

MITTWOCH, 4. WOCHE

1. Teil

Um 3 Uhr begann es leicht zu regnen. Um 5 Uhr wurde Salome Zweifel gefunden. Sie war klein und mager, weißhaarig, in einen kamelhaarfarbenen Mantel gehüllt, ein dunkles Bündel an einer Hausmauer in der Zentralstrasse. Ein Passant, auf dem Weg zum ersten Tram an der Schmiede Wiedikon, bemerkte sie. Eine alte Frau. Sie atmete nicht. Ihr Gesicht war kalt. Ihre Hände waren bläulich und steif. Der Mann, ein junger, aus Nigeria stammender Bauarbeiter namens Amadou Huber, der auf dem Weg zur Arbeit war, alarmierte die Polizei.

Zita Elmer rief sofort Streiff an. Eine halbe Stunde später war er da. Sie schauten auf den schmalen Körper, auf das Gesicht, dem der Tod einen strengen Ausdruck verlieh. Dann wurde Frau Zweifel weggetragen, in die Rechtsmedizin gebracht. Es war nicht sicher, dass sie an dem Ort gestorben war, wo sie aufgefunden wurde. Zu sorgfältig war der kleine Körper an der Hausmauer platziert. Wenn sie auf dem Nachhauseweg zusammengebrochen wäre, hätte sie wohl eher in der Mitte des Trottoirs gelegen. Warum war sie überhaupt aus dem Haus gegangen? Wollte sie einfach einen kleinen Spaziergang machen? Oder hatte sie ein bestimmtes Ziel gehabt? Das war eher unwahrscheinlich, denn sie war ja zehn Tage krank gewesen. Hatte sie zufällig jemanden angetroffen?

Eine erste Durchsuchung ihrer Wohnung ergab nicht viel Auffälliges. Außer dass der Laptop fehlte. Auf dem kleinen

Schreibtisch im Schlafzimmer entdeckte Streiff ein ADSL-Kabel, ein Netzteil und eine Maus, aber der Computer fehlte. Vielleicht war er in Reparatur? Das musste jedenfalls abgeklärt werden. Es waren verschiedene Fingerabdrücke gefunden worden. Eine Nachbarin hatte Elmer gesagt, dass neben Frau Zweifel in der letzten Zeit ihre Großnichte, eine Spitex-Angestellte, der Hausarzt, die Putzfrau und auch sie selbst ab und zu in der Wohnung gewesen waren.

Streiff und Elmer, wieder zurück auf der Regionalwache, schauten sich ratlos an. Eben waren erste Informationen von der Rechtsmedizin eingetroffen. Die alte Frau war eines natürlichen Todes gestorben. Ein Herzanfall. Aber nach ihrem Ableben waren ihr, als sie am Boden lag, mehrere heftige Tritte versetzt worden, die dem toten Körper Quetschungen und einen Rippenbruch zugefügt hatten. Wer tat denn so etwas? Gestorben war Salome Zweifel spätestens um 22 Uhr, eventuell sogar etwas früher. Das sprach dafür, dass sie nach ihrem Tod auf die Straße gelegt worden war. Sonst wäre sie wohl früher gefunden worden, denn in dieser Wohngegend, in dieser Straße waren zu jener Zeit gewöhnlich noch Passanten unterwegs. Wo war die Frau also gestorben und wo war ihr Körper versteckt worden, bis er irgendwann nachts an der Hausmauer platziert wurde? Es hatte zwei Stunden geregnet, bevor sie entdeckt worden war, weder Fußabdrücke noch andere Spuren waren auszumachen.

»Salome Zweifel«, rekapitulierte Elmer, »die im gleichen Haus wohnt, in dem FahrGut eingemietet ist, wo vor drei Wochen ein Mord begangen wurde, stirbt. Zwar eines natürlichen Todes, aber nach ihrem Ableben ist ihr Gewalt angetan worden. Sie war die Großtante von Raffaela Zweifel, die vor zwei Wochen ein im FahrGut gestohlenes Fahrrad verkaufte. Diese hatte das Mordopfer gekannt, war möglicherweise von ihm erpresst oder belästigt worden. Oder beides.« Sie verwarf die Hände. »Was soll das Ganze? Das sind Puzzleteilchen, die in der Form zusammenzupassen scheinen, aber kein Bild ergeben. Aber Zufall kann das alles nicht sein.«

Nein, Streiff glaubte ebenfalls nicht, dass das ein Zufall war. Aber auch er konnte keinen sinnvollen Zusammenhang ausmachen.

»Raffaela Zweifel steckte in finanziellen Schwierigkeiten«, sagte er. »Wir müssen abklären, ob sie die Erbin ihrer Großtante ist.«

Ob die alte Frau Geld hinterließ? Primarlehrerin. Hatte einfach gelebt. Günstige Wohnung. Keine teuren Hobbys. Hatte vermutlich etwas auf die Seite gelegt. Ob sie es ihrer Großnichte hinterlassen hatte? Streiff, der einen Ordner mit persönlichen Dokumenten aus Salome Zweifels Wohnung mitgenommen hatte, fand nach kurzem Suchen das Testament. Von Hand verfasst, die zierliche, gut lesbare Schrift einer ehemaligen Lehrerin, datiert und vom Hausarzt und einer Nachbarin unterschrieben. Salome Zweifel hinterließ ihr Vermögen von immerhin annähernd 100.000 Franken ihrer Großnichte Raffaela.

»Wir müssen überprüfen, wo die Frau gestern Abend war«, meinte Streiff. »Aber es ergibt dennoch keinen Sinn. Die alte Dame ist nicht umgebracht worden. Und weshalb hätte Raffaela Zweifel sie auf der Straße platzieren und ihr Tritte versetzen sollen? Und den Laptop hätte sie nicht zu entwenden brauchen. Den erbt sie ohnehin.«

Stehen wir jetzt wieder am Anfang?, fragte sich Zita Elmer entmutigt. Ihr Hochgefühl vom letzten Samstag war verflogen. Trümpy war nach wie vor in Haft. Aber er leugnete standhaft, Tschudis Komplize gewesen, von ihm erpresst worden zu sein oder ihn gar umgebracht zu haben. Spuren von ihm hatten sich im FahrGut keine gefunden und in Tschudis Adressbuch war er nicht verzeichnet. Auch wenn das nichts heißen musste. Dabei wäre er geradezu die ideale Besetzung gewesen, als Komplize wie als Erpressungsopfer. Aber er wollte die Rolle nicht. Alibi für die Mordnacht hatte er keines. Aber das genügte nicht. Die Sache mit dem hypermodernen Schloss in Schiessers Laden hatte sich so unbefriedigend wie unspektakulär in Luft aufgelöst. Es war einfach nicht mehr da und Schiesser hatte bestritten, je eines besessen und ausgestellt zu haben. Auch ob er das Schaufenster angesprüht hatte, war bis jetzt nicht bewiesen.

Streiff fragte sich, weshalb die Ermittlungsarbeit in diesem Fall so zäh vorankam. Jede Spur verlief im Nichts. Aber es musste irgendeine Kleinigkeit geben, eine vielleicht unwichtig erscheinende Information, eine Beobachtung, die im richtigen Licht betrachtet werden musste; irgendein Detail, bei dem man einhaken konnte. Das gab es immer, bei jedem Fall. Meist fand er es schneller. Aber er zweifelte nicht daran, dass er noch darauf stoßen würde.

2. Teil

Zita Elmer kam selbst im FahrGut vorbei, um die Todesnachricht zu überbringen. Valerie zog es das Herz zusammen. Frau Zweifel war alt gewesen, ja. Und nicht ganz gesund. Alte Menschen sterben, das war so. Aber die Tritte. Jemand hatte der alten, toten Frau mehrere grobe Tritte versetzt. War es ein Betrunkener gewesen, nachts, der auf dem Heimweg war und irgendwelche Aggressionen an diesem wehrlosen Körper abreagiert hatte? Natürlich hatte Frau Zweifel davon nichts mehr gespürt, dennoch empfand es Valerie als schlimme Verletzung der Würde. Sie empfand Reue, weil sie Frau Zweifel nicht mehr gesehen, sich nicht um sie gekümmert hatte. Sie war gut versorgt gewesen, aber Valerie wünschte sich sehr, sie hätte sie ein letztes Mal sehen können, die Ladentür wäre noch einmal aufgegangen und die alte Dame wäre hereingekommen. Seppli wäre ihr entgegengetrabt, Valerie hätte ihr einen Stuhl hingestellt und sie hätten geplaudert, während sie ein Rad reparierte, sie hätte ihr Anekdoten aus dem Ladenalltag erzählt und sie nach dem Wettbewerb gefragt. Valerie biss die Zähne zusammen. Das war vorbei. Es würde nie mehr so sein.

Dieser Tod war, nach den Diebstählen, nach dem Mord in ihrem Geschäft, nach dem Geschmiere auf ihrem Schaufenster ein weiteres Stück Boden, das ihr unter den Füßen weggezogen wurde. Sie arbeitete mechanisch weiter. Auch Markus, der seine Grippe überwunden hatte, und Luís erledigten ihre Aufgaben schweigend.

Die Tritte gingen Valerie nicht aus dem Kopf. War Frau Zweifel ein zufälliges Opfer gewesen oder hatte die Misshandlung doch ihr persönlich gegolten? Wieder ging ihr jener Mittwoch durch den Kopf, an dem sie Frau Zweifel zum letzten Mal gesehen hatte. Der Trubel im Laden, die verschwundenen 4.000 Franken, und am nächsten Morgen die Entdeckung des Mordes. Frau Zweifels Handy, mit dem sie im Laden fotografiert hatte und das plötzlich verschwunden war. Und jetzt war sie tot und nach dem Tod misshandelt worden. Sie hatte Streiff noch immer nichts von den Handyaufnahmen erzählt. Nun musste sie es endlich tun. Egal, ob er ihre Idee unsinnig fand oder ihr, im Gegenteil, böse war, weil sie sie so lange zurückbehalten hatte.

Eine Viertelstunde später stand Streiff im Laden.

»Du hast dich mit Frau Zweifel unter anderem über ihre Versuche am Computer unterhalten. Hast du ihr auch geholfen?«

»Nein«, gab Valerie zur Antwort, »das hat ihre Großnichte Raffaela gemacht, die hat alles für sie eingerichtet.«

»Du hast keine Idee, warum ihr Laptop aus der Wohnung verschwunden sein könnte?«

Valerie schüttelte den Kopf. Plötzlich hielt sie inne. Ihr wurde heiß und kalt. Frau Zweifels Laptop war verschwunden? Der Laptop, auf dem sie ihre Aufnahmen speicherte? Meine Spur, dachte sie, der ich selbst nachgehen wollte. Ich hätte es Beat längst sagen müssen.

»Komm, wir gehen ins Café«, sagte sie. »Ich muss dir unter vier Augen was erzählen.«

Streiff hörte sich Valeries Bericht an, ohne sie zu unterbrechen. Aha, dachte er, endlich, das könnte es sein, das Detail, bei dem man einhaken kann. Sie sah ihn nicht an, während sie redete. »Es tut mir leid«, sagte sie schließlich. »Wenn ich es dir früher berichtet hätte, würde Frau Zweifel womöglich noch leben. Dann hättet ihr mit ihr reden und den Laptop überprüfen können. Ich bin vielleicht schuld daran, dass sie sterben musste.«

»Hör auf, so zu denken«, widersprach Streiff. »Frau Zweifel ist nicht umgebracht worden. Über die Umstände ihres Todes wissen wir bisher nichts Genaues. Und falls jemand ihr Sterben verursacht hat, liegt die Verantwortung bei jener Person, nicht bei dir. Aber es ist schon gut, dass du endlich damit herausgerückt bist.«

3. Teil

Um 13.30 Uhr klingelte das Telefon. Markus reichte seiner Chefin den Hörer. »Goldfarb«, beschied er knapp. Valerie hatte es bis jetzt nicht über sich gebracht, Markus zu sich zu zitieren. Sie musste warten, bis wieder ein wenig Ruhe eingekehrt war. Auch in ihr selbst. Hoffentlich bald, obwohl es im Moment nicht so aussah. Aber sie betrachtete ihren Angestellten jetzt mit anderen Augen.

Adeles Vater war am Apparat. Ob das Mädchen mittags im FahrGut gewesen sei?

»Nein«, sagte Valerie, »warum?«

Sie habe nach der Schule vor dem Mittagessen rasch im Laden vorbeikommen wollen, um eine neue Veloglocke zu kaufen. Sie sei nicht nach Hause gekommen. Valerie befragte ihre Angestellten. Keiner der beiden hatte Adele heute gesehen, weder im Geschäft noch auf der Straße.

»Es tut mir leid«, sagte Valerie hilflos. »Wahrscheinlich ist sie bei einer Freundin.« Haben Sie sie auf dem Handy angerufen, wollte sie fragen, aber dann fiel ihr ein, dass Adele keines besaß. Er würde das Mädchen weitersuchen, sagte Simon Goldfarb. Valerie versicherte, sie würde sich sofort melden, wenn Adele auftauchte. Angst wollte sich in ihr ausbreiten, aber sie rief sich streng zur Ordnung. Das Mädchen wurde erst seit anderthalb Stunden vermisst. Bestimmt war sie bei einer Schulkollegin oder sie hatte auf dem Heimweg eine Katze getroffen, mit der sie spielte, oder sie hatte das Geld für die Veloglocke für Süßigkeiten aus der Koscher-Abteilung in der Migros ausgegeben, die sie jetzt mit schlechtem Gewissen in einem Hauseingang aß.

Nachmittags meldete sich Polizistin Elmer. Adeles Eltern hatten eine Vermisstenanzeige aufgegeben. Sie hatten überall herumgefragt, bei Bekannten, in der Schule, niemand hatte die Kleine gesehen. Sie hatten Angst, ihre Tochter könnte entführt worden sein. Noch ein Vorfall, der Verbindung hatte zu FahrGut, hatte Elmer gedacht. Ein verschwundenes Mädchen, das im Geschäft ein und aus gegangen war. Das das Mordopfer und einen Verdächtigen zumindest flüchtig gekannt hatte. Das mit der toten alten Dame gut bekannt gewesen war. Und es gab einen Mordverdächtigen, der möglicherweise etwas gegen ein kleines jüdisches Mädchen hatte.

Valeries Herz verwandelte sich in einen schweren, harten Klumpen. »Sucht ihr nach Männern oder sucht ihr nach antisemitischen Typen?«, fragte sie.

Nach einem Moment des Schweigens erklärte Zita Elmer: »Nach beidem. Wir werden Paul Schiesser nochmals befragen.«

Markus Stüssi, dachte Valerie. Aber das war nicht möglich. Markus war den ganzen Morgen in der Werkstatt gewesen. Nur über Mittag war er eine Stunde weg. Und wie auch immer seine politische Haltung vor ein paar Jahren ausgesehen haben mochte, er hatte derzeit eine türkische, muslimische Freundin. Sicher, Markus mochte Kinder nicht, vielleicht konnte er insbesondere jüdische Kinder nicht ausstehen, aber er würde kein jüdisches Mädchen entführen. Auch nicht, wenn es zu ihm gesagt hatte: ›Sie habe ich auch gesehen.‹?

4. Teil

Valerie saß im Büro. Es war kurz vor 19 Uhr. Alles war reingeräumt, die Kassenabrechnung gemacht, ihre beiden Angestellten waren gegangen. Es gab keinen Grund, dass sie weiter hierblieb. Von Adele hatte man bisher nichts gehört. Valerie wollte jetzt nicht nach Hause. Wenn sie ging, wollte sie abschalten, aber das konnte sie momentan nicht. Sie musste nachdenken. Seppli schlief, dicht an den kleinen Elektroofen geschmiegt. Allerdings konnte Valerie das bewegte Durcheinander in ihrem Kopf kaum als Nachdenken bezeichnen. Adele, Frau Zweifel, Raffaela Zweifel, Markus, Hugo Tschudi, ihre eigene Schuld, alles wogte hin und her. Sie überlegte sich Zusammenhänge, verwarf sie wieder, suchte andere Verbindungen. Und was hatte das alles mit FahrGut zu tun, zum Teufel?, fragte sie sich in einem Moment von aufwallendem Zorn. Warum suchten sich die Leute für ihre Diebstähle, Erpressungen und Morde, für ihr Sterben und Verschwinden ausgerechnet ihr Geschäft aus? Gleich schämte sie sich dieses Gedankens. Valerie schaute vor sich hin. Plötzlich bemerkte sie etwas auf dem Boden. Bückte sich und hob es auf. Komisch, wunderte sie sich, wo kommt denn das her? Plötzlich kam ihr in den Sinn, wo sie so ein Ding das letzte Mal gesehen hatte. Sie hielt den Atem an. Ihr Herz begann, heftig zu klopfen. Sie mahnte sich zur Ruhe. Vielleicht lag es ja schon lange dort. Andererseits hatte Sibel erst vor Kurzem staubgesaugt.

Seppli hob den Kopf. Er hatte das feinere Gehör. Aber nun hörte Valerie es ebenfalls. Ein leises Schleifen, oder war es ein lautes Atmen? Oder beides? Es kam aus der Richtung des Kellerabteils gegenüber der Garderobe, in dem allerlei

Schrott vor sich hin alterte. Sie benutzten es selten. Einen Moment lang verharrte Valerie schreckensstarr. Im nächsten Augenblick war sie ganz ruhig. Sie stand auf, griff sich eine Eisenstange, ging auf das Kellerabteil zu und blieb stehen. Die Türe, sah sie jetzt, war einen Spalt offen.

»Ist da jemand?«

Die Tür ging langsam auf. Adele stand da. Ein Häufchen Elend. Aber gesund. Unversehrt. Sie begann sofort zu weinen. Valerie legte die Eisenstange langsam zu Boden. Sie hätte am liebsten mitgeweint vor Erleichterung.

»Komm«, sagte sie nur, zog die Kleine ins Büro und gab ihr ein Taschentuch. »Wie lange bist du schon hier unten?« Offenbar seit Stunden. Brockenweise, unterbrochen von Schluchzern, erzählte Adele ihre Geschichte. Valerie hatte ihr eine Schokoladenmilch angeboten, aber die Kleine hatte das mit einem entschiedenen Kopfschütteln abgelehnt, weil sie nicht koscher war. Valerie war beeindruckt. Sie hatte gedacht, dass man es mit den Speisegesetzen in solchen Ausnahmesituationen vielleicht etwas lockerer nehmen würde. Adele hatte in der Schule gehört, dass die alte Frau Zweifel gestorben war. Und da war ihr klar geworden, dass sie daran schuld war.

»Warum denn?«

»Weil«, stotterte Adele, »sie mit dem Handy vielleicht hätte Hilfe herbeirufen können und nicht hätte sterben müssen.«

»Aber das Handy hatte sie doch verloren«, wandte Valerie verwirrt ein.

Adele schüttelte den Kopf. »Ich habe es genommen«, flüsterte sie. »Ich wollte es nicht stehlen, nur ein bisschen behalten, weil ich keines haben darf. Ich wollte nur die Bilder von Seppli anschauen und es ganz sicher zurückgeben.« Sie hatte es auf der Bank entdeckt, auf der Frau Zweifel es vergessen hatte. Aber dann war die alte Dame krank geworden und sie hatte es nicht zurückgeben können. Sie hatte immer mehr Angst bekommen, weil sie gestohlen hatte. Sie nestelte das kleine silberfarbene Gerät aus ihrer Schultasche hervor und reichte es Valerie. Diese atmete tief durch. Jetzt hielt sie es in der Hand, das Ding, das ihr in den vergangenen zwei Wochen so viel Kopfzerbrechen bereitet hatte.

»Zuerst dachte ich, ich könnte es ihr in den Briefkasten legen, aber es sind doch sicher meine Fingerabdrücke drauf«, wisperte Adele. Und dann hatte Markus sie beschuldigt, es genommen zu haben. Womöglich hatte er sie beobachtet. Daraufhin hatte sie nicht mehr aus noch ein gewusst.

»Und heute Morgen habe ich gehört, dass sie tot ist.« Adele schluchzte. Sie hatte sich nicht getraut, nach Hause zu gehen, aus Angst, ihren Eltern erzählen zu müssen, was sie Schlimmes getan hatte. Bloß noch verstecken wollte sie sich. So war sie mittags, von niemandem bemerkt, durch die Hintertür in den Laden geschlüpft, in den unteren Stock geschlichen und hatte sich im Kellerabteil verkrochen. Sie hatte leise geweint und war auf dem alten zerschlissenen Sessel, der dort stand, eingeschlafen, dann wieder aufgewacht und hatte immer noch nicht gewusst, was sie tun sollte. Schließlich hatte Valerie sie gehört.

»Jetzt rufe ich erst mal deine Eltern an«, beruhigte sie Valerie. »Sie haben große Angst um dich. Sie haben schon die Polizei angerufen, dass sie dich suchen soll.« Beim Wort ›Polizei‹ begann das Mädchen wieder zu weinen, aber Valerie beruhigte sie. »Es wird dir wegen des Handys nichts geschehen«, versicherte sie. »Vielleicht ist es sogar sehr gut, dass gerade du es auf der Bank gefunden und so gut aufbewahrt hast. Denn möglicherweise können wir deshalb etwas Wichtiges erfahren.« Während sie auf Adeles Eltern warteten, erzählte ihr die Kleine, wie Frau Zweifel ihr an jenem Mittwoch gezeigt hatte, wie man Fotos und kleine Videofilme als MMS versenden konnte. Die Aufnahmen anzuschauen, dazu blieb keine Zeit mehr, aber Frau Zweifel hatte versprochen, sie würde ihr ein Foto von Seppli als Mail schicken. Adele wusste Papas E-Mail-Adresse, er würde sicher nichts dagegen haben. Sie hatte die Aufnahmen später auf dem Handy anschauen wollen, aber sie waren gelöscht worden.

»Weißt du denn, wie das funktioniert?«, fragte Valerie.

»Klar, von den anderen«, sagte Adele, »ich habe Sruli zugeschaut und Deborah.«

Valerie überprüfte das Handy. Der Akku war natürlich mittlerweile leer. Adele hatte gesagt, es seien keine Aufnahmen mehr darauf. Die Sache ließ ihr keine Ruhe. Hätte sie Streiff bloß früher informiert.

*

Später am Abend rief Beat sie an. »Gute Nachrichten, soweit in diesem Zusammenhang von guten Neuigkeiten die Rede sein kann. Schiesser hat gestanden, die Schaufenster von FahrGut angesprüht zu haben.« Elmer und er hatten ihn am Nachmittag, während Adele abgängig war, offenbar ziemlich in die Mangel genommen. Dem Verdacht ausgesetzt, einen Mann erschlagen und ein kleines Mädchen entführt zu haben, war er schließlich geständig, wollte reinen Tisch machen und die Wahrheit sagen. Ja, er war es gewesen, er war in jener Nacht mit einer Spraydose unterwegs gewesen, nicht gerade in Turnschuhen und Wollmütze wie die Kids, die nachts ihre Malereien und Tags auf Mauern platzierten, aber er hatte das Schaufenster von Valerie beschmiert. Er wollte ihr schaden, er wollte, dass ihr Geschäft einging. Offenbar war er überzeugt davon, dass seines dann besser laufen würde. Über diesen Irrtum klärte ihn Streiff nicht auf. Natürlich konnte es sein, dass Schiessers Geständnis ein Ablenkungsmanöver war, es war kein Beweis, dass er kein Mörder war. Aber immerhin war ein Delikt aufgeklärt und Adele war wieder aufgetaucht. Valerie ging, nach einem ausführlichen Telefongespräch mit Lina und einem kleinen Spaziergang mit dem Hund, etwas getröstet zu Bett.

DONNERSTAG, 4. WOCHE

1. Teil

Am nächsten Vormittag waren Markus und Luís im Laden, kümmerten sich um Kundschaft und Reparaturen. Seppli wanderte in der Werkstatt herum und lauerte auf einen Moment, in dem er hinausschlüpfen und allein eine Runde im Quartier drehen könnte. Sibel war im unteren Stock und säuberte die Ecke mit der Fahrradbekleidung. Valerie saß am Computer in ihrem Büro und betrachtete den Porzellanvogel. Eigentlich hatte sie jede Menge zu tun: Rechnungen bezahlen, die Umsatzzahlen des letzten Monats analysieren, Bestellungen schreiben, den ganzen administrativen Kram, den sie nicht besonders liebte. Daran denkt man natürlich nicht, wenn man ein Geschäft eröffnet, das ging ihr immer durch den Kopf, wenn sie eine solche Schicht Büroarbeit einschieben musste. Und daran, mutmaßte sie, war vermutlich Markus mit seinem Laden gescheitert. Im Geschäft ihres Vaters hatte die Mutter solche Aufgaben erledigt und Valerie hatte dem gar keine Beachtung geschenkt, nicht registriert, wie aufwendig diese Arbeit war. Fasziniert hatte sie das, was der Papa machte, nicht die Mama, die am Pult saß und schrieb. In ihren Visionen hatte sie an matt glänzende, funkelnagelneue Räder gedacht, die ihr förmlich aus den Händen gerissen würden, an kreativ gestaltete Schaufenster, an professionelle Beratungen und ewig dankbare Kunden, an fantasievolle Aktionen, die massenhaft Leute anlockten. Tja. Und dann saß man da, machte Lohnabrechnungen, suchte Unterlagen für die Steuererklärung zusammen oder verpackte 3.000 Prospekte in 3.000 Briefumschläge. Im Grunde war sie daran gewöhnt. Und die kreative Arbeit kam ja nicht zu kurz.

Aber heute hatte sie für beides keinen Nerv. Der letzte Schrecken hatte sich zwar aufgelöst. Adele war wieder da. Wahrscheinlich bekam sie jetzt von ihren Eltern sogar ein Handy, nicht als Luxusaccessoire, sondern mehr als Ortungsgerät. Aber alles andere war nach wie vor ungeklärt. Der Mord an Tschudi. Und die Todesumstände des zweiten Opfers, Frau Zweifel. Ein Herzanfall, das konnte passieren bei alten Leuten, selbst wenn sie kein besonders schwaches Herz hatten; einfach weil sie alt waren. Frau Zweifels Herz war 80 Jahre alt gewesen. Möglicherweise war sie nach der Gehirnerschütterung zu früh aufgestanden. Niemand hatte sie hinausgehen sehen. Aber vielleicht hatte sie etwas erlebt, was für ihr Herz zu viel gewesen war. Jemand – der mit den Tritten? – hatte Frau Zweifels Wohnungsschlüssel genommen, hatte aus ihrer Wohnung das Notebook geholt und ihr die Schlüssel in die Manteltasche zurückgesteckt. Warum eigentlich diese Mühe? Oder war jemand anders in der Wohnung gewesen? Raffaela Zweifel besaß einen Schlüssel wie auch die Frau von der Spitex und bei einer Nachbarin war ebenfalls einer deponiert, für alle Fälle.

Der Laptop. Dort waren vermutlich die Aufnahmen gespeichert, die Frau Zweifel an jenem Mittwoch im Fahr-Gut gemacht hatte. Das heißt … Ganz langsam begann Valerie etwas zu dämmern. Sie hatten doch miteinander gesprochen … Was hatte Frau Zweifel nur erzählt? Ein Passwort … ein Kabel, das nicht funktionierte … kein Outlook. Ja, das war es! Frau Zweifel hatte kein E-Mail-Programm. Sie verwaltete ihre Nachrichten online. Sie hatte eine Bluewin-Adresse. Valerie ging auf die Homepage des Anbieters. Tippte Frau Zweifels E-Mail-Adresse ein. Jetzt müsste sie ihr Passwort kennen und sie wäre drin. Könnte sich die Fotos und Videos anschauen. Ihr Gespräch über die Vergesslichkeit, über Kennwörter kam ihr in den Sinn. Das Foucaultsche Pendel ... Jacopo Belbo ... Casaubon, wie er Dutzende von Versuchen macht. Bis er schließlich einfach die Frage, die das System ihm stellt, richtig beantwortet. Und schon hat er Zugang zu Jacopos Dateien. Aber bei Bluewin stand einfach ›Passwort‹. Keine Frage. Nichts, was eine verborgene Information beinhalten könnte. Valerie begann, sinnlos Begriffe einzutippen, ohne sich wirklich zu überlegen, was sie da machte. Dann stoppte sie. Wenn ihr das gelingen sollte, musste sie systematisch vorgehen. Durfte sie das überhaupt? Meine eigene Spur, ging es ihr zum wiederholten Mal durch den Kopf. Ach was, schadet doch nichts, wenn ich es versuche. Klappt ja wahrscheinlich sowieso nicht. Sie dachte nach. Ließ das Gespräch mit Frau Zweifel nochmals Revue passieren. Startete weitere Versuche. Sie hatten über Vergesslichkeit geredet. Über Wortspiele. Über ein passendes Wort. Über Anagramme. Sie unternahm einen weiteren Versuch. Noch einen. War doch sinnlos. Selbst wenn sie auf der richtigen Spur war, gab es x Möglichkeiten. Sie kritzelte Wörter in großen Buchstaben auf ein Blatt Papier. Zuoberst den Begriff ›PASSWORT‹. Sie betrachtete den Begriff mit zusammengekniffenen Augen. Schließlich schrieb sie darunter: ›WAS SPORT‹, ›PS SO WARS‹, ›PROST WAS‹. Sie gab eine Kombination nach der anderen ein. Versuchte weitere Ausdrücke. Gar nicht so einfach. Sie gab wieder etwas ein. Allzu viele Kombinationen gab es ja nicht. Noch eins. Plötzlich war sie drin. In Salome Zweifels Mailbox. Sie kam sich fast vor wie bei einem Einbruch. Spürte, dass Röte in ihre Wangen stieg. Sicher machte sie sich strafbar. Es waren nicht viele E-Mails im Posteingang.

Valerie öffnete das mit dem Absender von Frau Zweifels Handynummer, mit dem Datum des Mittwochs vor zwei Wochen. Sie klickte es an. Es war ein kleines Video. 30 Sekunden. Es war nicht Seppli darauf, wie er auf der Werkbank tanzte. Es war die offene Kasse zu sehen. Und man konnte eine Person beobachten, die hastig nach ein paar großen Noten griff und sie in der Hosentasche verschwinden ließ.

Filmende. Valerie speicherte das Video auf ihrem Computer. Dann loggte sie sich aus Frau Zweifels Mailbox aus. Blieb eine Weile ganz still sitzen. Ohne zu denken. Bis sie spürte, dass sie die Gedanken nicht länger fernhalten konnte, dass sie drohten, sie wie eine Woge zu überrollen.

Sie schickte Beat eine SMS, damit er sich bei seinen Mails einloggte. Er antwortete. Sie sandte ihm das kleine Video. Er reagierte sofort. Valerie schloss den Browser und schaltete den Computer aus. Sie hatte getan, was sie konnte. Der Rest war Streiffs Sache. Sie ging langsam in den Verkaufsraum hinauf. Markus und Luís waren dabei, Reparaturen auszuführen. Der Anlehrling fragte Markus etwas wegen einer defekten Felgenbremse, der Mechaniker erklärte. Die Eingangstür klingelte, ein Kunde schob ein lädiertes Fahrrad herein. Valerie nahm es entgegen, ließ sich erklären, was geflickt werden musste, füllte den Reparaturzettel aus, nannte ein Abholdatum. Sie machte alles automatisch, funktionierte, aber sie hätte hinterher nicht wiederholen können, was sie mit dem Kunden gesprochen hatte. Meine eigene Spur, dachte sie. Alles erschien unwirklich.

2. Teil

Valerie schaute auf den Platz vor ihrem Fahrradladen. Ein Auto hielt. Auch im Hinterhof des FahrGut stoppte ein Wagen. Durch die Vordertür betrat Streiff das Geschäft, flankiert von zwei uniformierten Polizisten. Ein weiterer Beamter blieb vor der Eingangstür stehen. Streiff schaute an Valerie vorbei, die ihrerseits ihn weder ansah noch grüßte. Im Raum war es plötzlich sehr still. Streiff ging auf Markus und Luís zu, die, ihre Köpfe über ein Rad gebeugt hatten und in ihre Arbeit vertieft schienen. Sie schauten auf, Luís fuhr zusammen.

»Herr Stüssi«, sagte Streiff, sein Tonfall war anders als sonst. Bevor Streiff weiterreden konnte, reagierte Markus. Im Nachhinein dachte Valerie, dass sie das am meisten verwirrt und überrumpelt hatte, die rasche Reaktion ihres Angestellten, der sonst weder schnell schaltete noch sich behände bewegte. Er fuhr mit der einen Hand in die Tasche seines Arbeitsoveralls, packte mit der anderen Luís, hatte plötzlich ein Messer in der Hand, schlang einen Arm um den Jungen, hielt ihm die Waffe an den Hals. Er machte einen langsamen Schritt rückwärts, in Richtung der Tür, die in den Hinterhof führte. Dort standen zwei uniformierte Polizisten. Markus sah sie nicht.

»Bleiben Sie stehen!«, befahl Streiff ruhig.

Luís' Augen waren weit aufgerissen, er schaute Valerie an. Valerie sagte zu Markus mit nicht sehr lauter, schleppender Stimme, als ob es nicht so wichtig wäre: »Markus, lass Luís los. Das funktioniert so nicht. Du machst alles nur noch schlimmer. Es läuft hier nicht so wie im Fernsehkrimi.«

Markus tat einen weiteren Schritt. Valerie schaute an ihm

vorbei auf die beiden Beamten an der Hintertür. Markus stoppte. Im selben Moment waren hastige Schritte auf der Wendeltreppe zu hören. Sibel. Sie sah die Szene von hinten, begriff, stieß einen Schreckensschrei aus. Markus drehte sich nicht zu ihr um. Aber er ließ das Messer fallen, sein Arm, mit dem er Luís umklammert hatte, sank herab. Im Bruchteil einer Sekunde waren zwei Polizisten bei ihm, drehten ihm die Arme auf den Rücken und legten ihm Handschellen an. Luís lehnte sich bleich an die Wand. Sibel, Tränen in den Augen, hatte Markus an den Schultern gepackt.

»Was tust du, was hast du getan?«, schrie sie ihn an. Er sagte nichts. »Bei was ich habe dich geholfen?«, fragte sie leise. »Hast du mich anlügen?«

Streiff schob sie sanft weg. Der Verhaftete wurde hinausgeführt. Der Kriminalbeamte wandte sich Valerie zu. »Ich lasse von mir hören.«

Im nächsten Moment war auch er weg und Valerie war plötzlich allein mit einem ziemlich zittrigen Luís und einer jungen Frau, der die Tränen über die Wangen liefen. Sie schloss die Ladentür ab, es war sowieso gleich Mittag, ging mit den beiden in ihr Büro und setzte Kaffee auf.

Luís saß auf dem kleinen Sofa und schüttelte den Kopf. »Was mit Markus los?«, fragte er. »Spinnt plötzlich? Und warum Polizei da?« Allmählich wurde ihm klar, was abgelaufen war. »Markus gestohlen? Oder«, er brach ab und schaute Valerie erschrocken und verwirrt an, »er Hugo tötet?«

Valerie tat Luís leid. Natürlich, der Kleine wusste nicht viel über die Hintergründe all der Vorfälle der letzten Zeit. Sie hatte ihn da raushalten wollen und ihm nur das Nötigste erklärt. Und sein Deutsch reichte nicht aus, um sich aus aufgeschnappten schweizerdeutschen Bemerkungen etwas Sinnvolles zusammenzureimen. Valerie erklärte ihm, dass Markus die 4.000 Franken gestohlen hatte, die in der Kasse fehlten. Er atmete hörbar aus.

»Er damals gesagt, ich habe Geld nehmen«, erinnerte er sich empört. »Und jetzt …«

Valerie entschuldigte sich bei ihm: »Es ist mir vorhin nicht in den Sinn gekommen, dass ich dich vor ihm schützen müsste.«

Luís grinste schon wieder ein bisschen. Jetzt war er ja in Sicherheit und irgendwie, ging ihm auf, war das eine außerordentlich interessante Situation, in die er da geraten war. So etwas kannte er bisher nur aus Fernsehkrimis.

»Der mich voll in Gewalt«, führte er aus. »Messer ganz nah am Hals. Du gesehen? Aber ich ganz ruhig. Sonst jetzt vielleicht tot.«

Valerie wurde es abermals elend zumute.

Seine Kollegen würden beeindruckt sein. Er, Luís, der immer der Kleine war, quasi Hauptdarsteller in einem richtigen Krimi. Auf der komfortablen Basis seines Opferstatus versuchte er, mit seiner Chefin die Erlaubnis für einen Lokalfernsehtermin auszuhandeln.

»Warts ab«, bat Valerie müde. »Ich werde erst deine Eltern anrufen und sie darüber informieren, was geschehen ist. Und wir wissen ja noch gar nicht genau, was Markus wirklich getan hat.«

Von Markus' Ladendiebstahl, der auf dem Video festgehalten war, wussten Sibel und Luís nun. Von dem kleinen Gegenstand, den sie heute Morgen auf dem Boden ihres Büros gefunden hatte, noch nicht.

»Was?«, empörte sich Luís. »Er mich gewürgt mit Arm und bedroht mit Messer.«

»Ich habs gesehen, Luís«, fast stiegen nun auch Valerie Tränen in die Augen, »ich bin verdammt froh, dass dir nichts passiert ist. Ich mag jetzt einfach nicht daran denken, wie das alles in den Medien verbraten wird. Ja, sicher, du darfst es den Journalisten erzählen, wenn deine Eltern einverstanden sind. Aber melde dich nicht selbst. Warte, bis die Polizei die Pressemitteilung herausgibt. Dann werden sie von sich hören lassen, du wirst sehen.« Sie gab ihm für den Rest des Tages frei.

Sibel hingegen blieb still. Valerie mochte sie nicht mit Fragen bedrängen. Die Türkin nahm wieder das Putzzeug zur Hand.

»Sibel, du brauchst doch heute nicht mehr …«, begann Valerie. Aber sie war schon auf dem Weg in Richtung Kleiderecke. Hatte sie ihrem Freund tatsächlich nicht erzählt, dass Hugo einmal versucht hatte, sie zu erpressen?, fragte sich Valerie, als sie schweren Herzens hinaufging. Sie verbot sich strikt weitere Fragen. Wenn sie nur eine zuließe, würden sie unzählige weitere wie eine Lawine überrollen, sodass sie es nicht aushalten würde, hierzubleiben und weiterzumachen. Sie ging mit Seppli auf einen Spaziergang. Etwas essen mochte sie nicht. Um 13.30 Uhr schloss sie die Ladentür auf.

Nach einer Viertelstunde kam Sibel hinauf. Sie war schon umgezogen, hatte die Jacke an und ihre Tasche über der Schulter.

»Ich muss weg«, sagte sie.

Valerie nickte. »Ist schon in Ordnung.«

Sibel zögerte, dann erklärte sie: »Ich muss eine Aussage bei der Polizei machen.«

3. Teil

Die Tür ging auf und Markus Stüssi wurde hereingeführt. Die beiden Beamten nahmen ihm die Handschellen ab und verließen den Raum. Es war später Nachmittag. Stüssi hatte einige Stunden in einer Zelle verbracht. Er trug noch immer seinen dunkelgrünen Arbeitsoverall. Man hatte ihm seine braune, grob gestrickte Wolljacke und etwas zu essen gebracht. Streiff bedeutete ihm, sich ihm gegenüber zu setzen. Zwischen ihnen stand Streiffs Schreibtisch, auf dem rechts neben dem Telefon ein Pelikan aus Porzellan seine Flügel ausgebreitet hatte und seinen Schnabel reckte.

»Wir haben bei Ihnen eine Hausdurchsuchung durchgeführt«, begann er. »Sie wissen wohl, was wir gefunden haben?«

Stüssi schwieg.

»Unter anderem ein Schloss«, fuhr Streiff fort. »Ein Abus Granit Futura, ganz neues Modell, kostet über 135 Franken. Genau so eins, wie es aus dem FahrGut entwendet wurde.«

Stüssi zuckte die Schultern.

»Und zwei Pumpen für je 70 Franken. Werden ebenfalls von FahrGut geführt. Dort wurden zufälligerweise zwei davon geklaut. Bei Ihnen hingegen, Herr Stüssi, wurde weder eine Quittung noch ein Bestell- oder Lieferschein gefunden, rein gar nichts wurde entdeckt, was erklären würde, wie Sie zu diesen Gegenständen gekommen sind.«

Stüssi antwortete nicht.

»Es ist ja weiteres teures Zubehör aus dem FahrGut gestohlen worden«, setzte Streiff erneut an. »Ich frage mich natürlich: Haben Sie private Kunden, denen Sie unter der

Hand günstig Waren verkauft haben, Waren, für die Sie gar nichts bezahlten?«

Nun sagte Stüssi zum ersten Mal etwas. Drei Worte: »Beweisen Sie es.«

»Ja, ja«, nickte Streiff gedankenverloren. »Schwierig zu beweisen, wenn es keine schriftlichen Unterlagen gibt. Keine Quittungen, keine Namenslisten. Ziemlich kompliziert, wenn jemand so außerordentlich schlau ist wie Sie.« Eine Sekunde Stille. »Aber wir können Ihnen etwas anderes beweisen.« Nun klang seine Stimme nicht mehr nachdenklich. Er tippte zwei, drei Befehle in den Laptop ein, der vor ihm stand, und drehte ihn anschließend um, sodass Stüssi auf den Bildschirm blicken konnte. Und er sah, was zuerst Frau Zweifel gesehen hatte, auf der Bank vor dem FahrGut, klein auf ihrem Handydisplay, dann Valerie auf ihrem Computer im Büro, zu guter Letzt Streiff, als er Valeries Attachment geöffnet hatte. Stüssi musste mit ansehen, wie er selbst in die Kasse langte, sich ein paar 1.000er-Noten griff und sie mit einer so raschen wie beiläufigen Bewegung in seiner Hosentasche verschwinden ließ. Er zuckte zusammen.

»Aber wie haben Sie«, stammelte er fassungslos. »Das Ding ist doch im …« Er brach erschrocken ab.

»Aha«, bemerkte Streiff gelassen, »›das Ding‹ haben Sie also entsorgt.« Und er fügte hinzu: »Sie verstehen wohl nicht allzu viel von Computern und elektronischer Kommunikation?«

Stüssi sah nicht so aus, als hätte er den Begriff ›elektronische Kommunikation‹ verstanden. »Ich weiß von nichts«, behauptete er und verschränkte die Arme vor dem Körper. Er starrte vor sich hin, vermutlich mit dem Mysterium beschäftigt, dachte Streiff sarkastisch, wie ein Videofilm, der in einem Computer steckte, den er höchstpersönlich beiseitegeschafft hatte, jetzt in einem anderen Computer auferstehen konnte.

»Wie Sie sehen, können wir Ihnen beweisen, dass Sie die 4.000 Franken gestohlen haben«, erklärte Streiff. »Wenn Sie den Mund nicht aufmachen, verlängern Sie einfach Ihre Haft.«

»Was wollen Sie denn noch?«, fragte Stüssi verstockt. »Sie haben die Filmaufnahme. Ich streite es nicht ab.«

»Dieses und jenes«, sagte Streiff mit einer fast sanften Eindringlichkeit. »Kommen wir nochmals auf die Zubehördiebstähle zurück. Möchten Sie jetzt etwas dazu sagen?«

Stüssi schwieg. Man sah förmlich, wie es hinter seiner Stirn arbeitete. Er ist dumm, dachte Streiff, aber auch schlau. Und er kämpft um sein Leben.

»Ja«, räumte Stüssi endlich ein. »Ich habe das Zeug genommen.«

Streiff dachte: Er opfert einen Bauern, um den König zu retten. Aber er ist auf der Hut. Ich werde ihn überrumpeln.

»Was war das für eine Neonazi-Gruppe, der Sie sich angeschlossen haben?«

Stüssi war verwirrt. Worum ging es hier eigentlich? »Das ist lange her«, erklärte er, »Jahre. Ich bin schon lange nicht mehr dabei. Was hat das mit dem Diebstahl zu tun?«

»Eine Mitgliedschaft bei einer Neonazi-Gruppe«, sagte Streiff nachdenklich. »Diebstähle am Arbeitsplatz. Gründe, die Sie Ihre Anstellung gekostet hätten, nicht wahr? Und das hätten Sie sich nicht leisten können, bei Ihren Schulden, die Sie seit Ihrem Konkurs abstottern. Das durfte unter keinen Umständen herauskommen, wie?« Er machte eine kurze Pause. »Sie waren ganz schön«, wieder eine Pause, »erpressbar.«

Stüssi zuckte zusammen.

»Sind Sie unter Druck gesetzt worden, Herr Stüssi?«

Schweigen.

»Sind Sie von Hugo Tschudi erpresst worden?«

Stüssi schaute Streiff entsetzt an.

»Sie haben heute Ihren Mitarbeiter Luís Zafar mit einem Messer bedroht. Das ist ein schweres Delikt.«

Die Verwirrungstaktik wirkte. Streiff sah, Stüssi konnte keinen klaren Gedanken mehr fassen. Er war gefangen in diesem undurchschaubaren Netz von unterschiedlichsten Vorwürfen, Anspielungen, Anschuldigungen. Jetzt zum Großangriff.

»Wo waren Sie am Mittwochabend vor zwei Wochen?«

Stüssi blickte nicht mehr durch.

Streiff nickte ungeduldig. »Ja, ja, Sie vermuten schon richtig, der Abend, an dem Hugo Tschudi umgebracht wurde.«

»Das habe ich doch schon gesagt«, wehrte sich Stüssi, der wieder etwas selbstbewusster wurde. »Zu Hause. Mit meiner Freundin. Das hat sie bezeugt.«

»Sie hat es widerrufen«, erklärte Streiff leise und schaute dem Verdächtigen ins Gesicht. »Gerade eben. Sie sagt, Sie wären an jenem Abend weg gewesen. Zur Tatzeit.«

Stüssi wurde schwindlig. Sibel. Die Tatzeit. Das Video. Das Geld. Bevor er irgendetwas sortieren konnte, setzte Streiff noch eins darauf: »Haben Sie Hugo Tschudi umgebracht, weil er Sie erpresst hat? Weil Sie einer Neonazi-Gruppe angehörten? Weil Sie Waren klauten? Weil Sie die 4.000 Franken gestohlen hatten? Haben Sie ihm das Geld abgeliefert?« Bevor Stüssi nur den Mund aufbekam, legte er nach: »Oder haben Sie Tschudi umgebracht, weil er vor vier Jahren Ihre Freundin erpresst hat?« Sehr kurze Pause. »Was haben Sie mit dem Laptop gemacht? Wie sind Sie an den Computer herangekommen? Wie kam eine Haarklammer von Frau Zweifel ins Büro von FahrGut?«

Markus Stüssi war am Ende seiner Kräfte. »Hat Sibel mich

verraten?«, fragte er langsam und ungläubig. Vor allem anderen war es dieser Gedanke, der im ganzen Chaos in seinem Bewusstsein angekommen war. Wut stieg in ihm hoch.

*

Streiff dachte zwei Stunden zurück. Er war damit beschäftigt gewesen, den ersten provisorischen Bericht über die Hausdurchsuchung bei Stüssi anzuschauen. Da war ihm gemeldet worden, dass Sibel Evren ihn sprechen wollte. Sie war hereingekommen, blass, mager, müde, aber dennoch sehr bestimmt. Und hatte das Alibi zurückgenommen, das sie ihrem Freund für den Mordabend gegeben hatte.

»Ich wollte mich schützen«, hatte sie erklärt und hatte hastig hinzugefügt. »Angst, dass ich verdächtig, weil Hugo mich vor vier Jahren erpresst. Und ich verlor Arbeit und Freund. Sie können denken, dass ich mich wollte rächen. Ich war sicher, dass Markus nicht zu tun damit. Also ich dachte, es schadet nicht. Aber heute, heute er hat diesem Jungen Messer an den Hals halten. Ich wusste nicht, dass Markus so etwas tun kann. Mich wollte er beschützen, hat mir Job beschafft. Mir geholfen.«

Streiff hatte ihre Aussage aufgenommen. »Und wo waren Sie an jenem Abend?«, hatte er gefragt. Sie hatte die Schultern gezuckt.

»Immer zu Hause. Aber ich weiß, ich kann nicht beweisen, weil Markus fort war. Ich jetzt wieder verdächtig. Aber besser so als lügen und immer mehr lügen und verstecken und nicht wissen, wo es hinführt.«

Die Frau war intelligent. Im Gegensatz zu ihrem Freund. Und sie hatte Mut. Streiff glaubte ihr.

»Bin ich jetzt verhaftet?«, hatte sie gefragt. Streiff hatte den Kopf geschüttelt.

»Sie können gehen, aber halten Sie sich zur Verfügung. Wir werden sicher nochmals mit Ihnen sprechen müssen.«

Sie war schon fast aus der Tür gewesen, da hatte Streiffs Stimme sie aufgehalten: »Haben Sie Ihrem Freund die Geschichte von Tschudis Erpressungsversuch erzählt?«

Sibel hatte sich langsam umgedreht.

»Ja«, hatte sie geantwortet.

»Und wie hat er reagiert?«

»Er hat nichts gesagt«, hatte sie erwidert. Dann war sie aus der Tür.

*

»Ja«, nickte er jetzt auf Stüssis Frage, »Sibel hat die Wahrheit gesagt. Weil sie begriffen hat, dass Lügen nichts bringt. Sie ist mutig, Ihre Freundin. Sie hat Rückgrat. Im Gegensatz zu Ihnen.« Die Provokation war gezielt eingesetzt. Und sie wirkte.

»Sie war nichts ohne mich!«, brach es aus dem vierschrötigen Mann heraus. »Sie hatte keinen Job, keine Wohnung. Ich habe sie zu mir genommen, ihr geholfen. Obwohl sie eine Türkin ist. Ein Nichts! Und jetzt verarscht sie mich. Wie alle. Ich bin immer schon verarscht worden. Von allen. Von Tschudi. Von dieser alten Schrulle. Aber diesmal hat sie mich nicht kleingekriegt. Diesmal nicht.« Er erhob sich langsam, groß, breitschultrig, zitternd vor Wut. Kam einen Schritt auf Streiffs Schreibtisch zu.

»Setzen Sie sich«, sagte der Kriminalbeamte scharf. »Und jetzt der Reihe nach.«

Es war unterdessen dunkel geworden. Streiff spürte keine Müdigkeit, er war hoch konzentriert, wach, alle seine Antennen waren ausgefahren, auf sein Gegenüber fokussiert. Er war in einem Zustand höchster Aufmerksamkeit und

Offenheit, in dem er fast intuitiv jede Kleinigkeit im Verhalten eines Angeschuldigten wahrnahm und zu deuten verstand, in dem er Lügen entlarvte, Behauptungen parierte, Ausreden vom Tisch wischte, auf Andeutungen einging, aus seinem widerstrebenden Gegenüber nach und nach die Wahrheit herausholte. Hinterher, wenn er sich die Bandaufnahme eines Verhörs anhörte, konnte er selbst kaum mehr sagen, was ihn geleitet hatte, warum er an einer Stelle unerbittlich nachgehakt, eine andere Aussage nachlässig übergangen hatte, den Vernommenen unversehens mit einer früher gemachten Aussage konfrontiert hatte, einmal sprunghaft vorgegangen war und dann wieder erbarmungslos eine bestimmte Spur verfolgt hatte.

Stüssi setzte sich. Er war geschwächt, registrierte Streiff. Die Wut, die ihn überkommen hatte, das Gefühl, verraten worden zu sein, hatten ihn ungeschützt zurückgelassen. Streiff orderte einen Kaffee für ihn. Dann begann Markus Stüssi zu reden.

FREITAG, 4. WOCHE

1. Teil

Gegen 21 Uhr beendete Streiff seinen Bericht. Anderthalb Tage hatte er sich mit Markus Stüssi unterhalten. Zuerst hatte er seinen Widerstand überwinden müssen und dann, als die Schleusen offen waren, hatte Markus nicht mehr aufgehört zu reden. Streiff hätte den Bericht genauso gut am kommenden Tag abschließen können, aber wenn er ein Verhör beendet hatte, konnte er erst abschalten, wenn er es schriftlich niedergelegt hatte, solange seine Erinnerung ganz frisch war und die Tonaufnahme, wenn er sie anhörte, von Bildern, von Gefühlen, von flüchtigen Assoziationen des Augenblicks begleitet war.

Markus Stüssi war ein Mensch, der sich immer als Verlierer fühlte. Irgendwie war er das ja auch, dachte Streiff. Die Frage war, ob seine Geschichte nicht dennoch anders hätte herauskommen können. Es war nicht zu entscheiden, wie viel er selbst mitgestrickt hatte an dem Muster, das sein Leben prägte, inwiefern ihm das unselige Strickzeug in die Hände gezwungen worden war. Es waren niemals nur die Umstände schuld, wenn ein Mensch einen anderen umbrachte, davon war Streiff überzeugt. Ein kleines Stück Selbstverantwortung musste jeder tragen, das gehörte zu seiner Würde. Wenn man ihm diese Selbstverantwortung absprach, sprach man ihm damit die Eigenständigkeit, die Selbstbestimmung ab. Wenn man alles entschuldigte, blieb letztlich der Respekt auf der Strecke. Die Situation eines Menschen mochte noch so unerträglich sein, noch so ausweglos erscheinen, letztlich, an einem ganz kleinen Ort gab es trotzdem einen Spielraum für die Entscheidung: ja oder nein. Markus Stüssi hatte sich entschieden. Er hatte Hugo Tschudi getötet.

Seine Lebensumstände waren in der Tat schwierig gewesen. Von Anfang an. Ein strenger Vater, der ihn schlug. Eine Mutter, die ihm nicht beistand. Ein Versager in der Schule, der knapp versetzt wurde, ein Junge, der nicht viele Freunde hatte, verschlossen und in sich gekehrt, ein Einzelgänger, der aber, wenn er verspottet wurde, sich in plötzlichen Zornausbrüchen mit Schulkollegen prügelte. Er gewann meistens, nicht weil er der Stärkste war, sondern weil es ihm ernst war, weil seine Wut größer war als die der anderen. Seine Verfehlungen wurden den Eltern gemeldet, worauf der Vater ihn seinerseits verprügelte. Nach der Schulzeit fand er in letzter Minute eine Lehrstelle, obwohl kein Lehrstellenmangel herrschte. Handwerklich war er gut, in der Theorie war es wieder knapp, aber er bestand die Lehrabschlussprüfung. Die Mädchen wollten nichts von ihm wissen, er sah nicht gut aus, er war nicht charmant; manche lachten ihn aus, andere übersahen ihn einfach. Er war immer noch verschlossen und wortkarg, aber in ihm brodelte ein Groll, eine Wut, die sich nicht mehr in Pausenschlägereien entladen konnte. Er brauchte ein anderes Ventil. Durch Zufall landete er bei einer rechtsextremen Gruppe. Das hatte nichts mit einer politischen Einstellung zu tun, Markus hatte gar keine politische Meinung. Streiff hatte ihn gefragt, welche Partei er wähle. Stüssi ging nie wählen. Aber in dieser Gruppe konnte er seinen Groll loswerden, denn auch die anderen trugen Aggressionen in sich. Man übte sich nachts im Wald im Schießen, man fantasierte darüber, wie es wäre, die Macht zu übernehmen, was man mit den Linken tun würde, mit den Ausländern, mit den Juden. Manchmal prügelte man sich mit Punks.

Als Markus mit Mitte 20 seine Stelle verlor, weil das Geschäft, ein kleiner Laden in einem Dorf, geschlossen wurde, beschloss er, auf der Karriereleiter eine Stufe hinaufzuklettern, und heuerte in einem großen coolen Laden in der Stadt an, bei Landolt im Seefeld. Ein hektischer Betrieb mit zehn Angestellten. Markus hatte gedacht, es falle nicht auf, wenn er ab und zu etwas mitlaufen ließ oder einen Artikel, den er verkaufte, nicht in die Kasse eintippte. Es wurde aber doch bemerkt. Er verlor wieder den Job, wurde fristlos gekündigt. Er konnte von Glück reden, dass sein Chef auf eine Anzeige verzichtete. Aber er bekam natürlich kein Zeugnis von jenem Arbeitgeber, bei dem er immerhin ein Jahr gewesen war, und es durfte nicht bekannt werden, dass er je dort gearbeitet hatte. Deshalb erfand Stüssi für Bewerbungen die Legende von der Weltreise auf dem Velo. Dieser Beweis von Kreativität hatte Streiff verwundert. Aber Stüssi war es ans Lebendige gegangen, das hatte Energie freigesetzt. Dass er nichts Konkretes von seiner Reise erzählte, fiel nicht auf, er redete ja sowieso nicht viel. Da es mit der Stellensuche trotzdem nicht klappte, machte er selbst eine kleine Bude auf. Innerhalb von zwei Jahren ging er in Konkurs. Mit hohen Schulden. Statt endlich Erfolg zu haben, hatte er die Karre gründlich in den Dreck gefahren. Er musste sich wieder eine Stelle suchen. Und fand sie ausgerechnet im FahrGut bei Valerie Gut. Eine Frau als Chefin. Die Erfolg hatte. Und wie. Die Bude des Vaters von einem kleinen Quartierladen in wenigen Jahren zum stadtbekannten, angesagtesten Geschäft aufgebaut. Sie hatte es geschafft. Er nicht. Er begann, bei ihr zu arbeiten, es blieb ihm nichts anderes übrig. Er hasste den Laden, er hasste Valerie, die ihm jeden Tag sein eigenes Versagen vorführte, so kam es ihm vor. Sie zahlte einen guten Lohn, mehr als der Branchendurchschnitt. Er nahm ihr sogar das übel. Er arbeitete und er hielt den Mund. Bezahlte seine

Schulden ab. Dann hatte er eine Idee. Er bot einem Kollegen, der in einer Landgemeinde ein kleines Geschäft führte, an, er könne ihm günstiges Zubehör beschaffen. Der Mann, der mit seiner Bude ständig am Existenzminimum herumkrebste, nahm an. Markus besorgte die Ware nachts im FahrGut und polierte so seine Einnahmen wie auch sein Selbstwertgefühl etwas auf. Am folgenden Abend ›entdeckte‹ er beim Diebstahlcheck das Fehlen der Sachen. So weit recht schlau, gestand ihm Streiff zu. Jedenfalls unter der Voraussetzung, dass kein Verdacht auf ihn fiel. Und Valerie hatte in der Tat ihre beiden Angestellten nie verdächtigt.

2. Teil

Markus Stüssi saß in seiner Zelle. Er fühlte sich ausgebrannt. Da war keine Wut, keine Angst. Keine Gedanken an die Zukunft. Er hatte nie in seinem Leben so viel geredet wie in den letzten anderthalb Tagen. Und er hatte einen aufmerksamen Zuhörer gehabt. Dass er ihm letztlich aus beruflichen Gründen zugehört hatte und ›alles, was er gesagt hatte, gegen ihn verwenden konnte‹ – Markus kannte die Formel aus den Fernsehkrimis –, war ihm egal gewesen. Es kam ja ohnehin nicht mehr darauf an, er war dran wegen des Mordes an Hugo. Aber es war nicht nur das. Sibel hatte ihn verraten.

Er hatte sie in einer Bar, in der er ab und zu ein Bier trank, kennengelernt. Sibel war hübsch, zart, ernsthaft. Sie gefiel ihm. Und sie übersah ihn nicht, im Gegenteil, sie hatte ihn angeschaut. Sie lachte auch nicht über ihn. Sie war zwar Ausländerin, aber von der Rechtsextremengruppe hatte sich Markus schon vor einiger Zeit abgesetzt. Sibel ging es noch schlechter als Markus. Sie war arbeitslos, ohne Wohnung, hatte vorübergehend bei einer Cousine Unterschlupf gefunden. Plötzlich stand er gar nicht so schlecht da: eine Wohnung, wenn auch in einem unrenovierten Altbau, ein Job, wenn auch auch kein prestigeträchtiger. Ein paar Nebeneinnahmen. Dass er mit dem eigenen Geschäft pleitegegangen war und Schulden abbezahlte, brauchte Sibel ja nicht zu wissen. Sie zog zu ihm, fand kleine Putzjobs, erledigte für ihn den Haushalt. Es war, wie es sein sollte: eine Frau, die sich um ihn kümmerte. Das Essen stand auf dem Tisch, wenn er abends heimkam. Und zwar nicht irgendetwas Türkisches mit Schafkäse und komisch gewürztem Hackfleisch oder so, sondern Cervelatsalat. Oder Käsewähe. Oder Teigwarengratin mit Schinken. Und wenn er nicht heimkam, weil er auf ein Bier ausging, nahm sie es hin. Nachts eine Frau neben ihm im Bett. Manchmal legte sie im Schlaf einen Arm um ihn. Er lag dann ganz still, bewegte sich nicht, damit sie sich ja nicht von ihm wegdrehte. Es kam vor, dass er wach blieb, nicht einschlafen wollte, weil er sich wünschte, sie würde sich zu ihm umdrehen und ihn umarmen. In jener Nacht, in der er Hugo getötet hatte, hatte sie schon geschlafen, als er heimkam. Er hatte sich neben sie gelegt, gewartet, regungslos, aber sie hatte ihn nicht berührt. Es war ihm nie in den Sinn gekommen, sie seinerseits in den Arm zu nehmen.

Auf ein Bier ging er ab und zu mit Hugo Tschudi. Das war eine neue Erfahrung. Einen Kollegen zu haben. Die Typen von der Neonazigruppe, das war etwas anderes gewesen. Dort hatte man nicht über Persönliches geredet, sondern nur über diesen Scheißstaat, der den Linken und den Juden mit ihren Zapfenlocken alle Macht ließ und die Asylanten verhätschelte. Hugo hingegen interessierte sich für ihn.

Ja, ja, es war nicht richtig, wie Valerie Markus behandelte, das war ihm schon aufgefallen. Wie sie sich als Chefin aufspielte. Dabei hatte die doch gar keine Ahnung. Tat nur so, als ob sie über alles Bescheid wüsste. Und manchmal musste sie Markus zu Hilfe rufen, weil sie für etwas zu wenig Kraft hatte. Die beiden Männer lachten überlegen. Hugo, der nur Wasser trank, bestellte Markus ein weiteres Bier. Er lud ihn meist ein. Winkte ab, wenn Markus protestierte. Und Markus, der, wenn es ans Bezahlen ging, schon einiges intus hatte, ließ ihn gewähren. Hugo, das war ihm in solchen Momenten klar, war ein echter Freund. Verstand ihn. Unterstützte ihn.

»Willst du dir von der Valerie alles gefallen lassen?«, hatte er einmal gefragt. »Du musst dich doch wehren.«

Markus, schon ein wenig angetrunken, hatte zufrieden gekichert. Na, ja. Schließlich hatte er erzählt, dass er sich schon ein bisschen schadlos hielte. Hie und da etwas raustrug. Und selbst verkaufte. Hugo hatte die Schultern gezuckt. »Nicht schlecht für den Anfang. Aber das tut der doch nicht weh. Weißt du, was die für Gewinne einstreicht?«

Markus wusste es nicht. Er hatte keine Gewinne eingestrichen, als er selbstständig gewesen war. Aber das sagte er nicht. Er ließ sich von Hugo darlegen, dass Valerie mit dem Laden massig Geld verdiente, und in ihm meldete sich wieder die Wut.

Hatte Hugo vorgeschlagen, er solle sich mal richtig bedienen, oder war es seine eigene Idee gewesen? Jedenfalls war plötzlich die Gelegenheit da gewesen und Markus hatte sie genutzt. 4.000. Und es wusste niemand davon. Er brauchte davon keinen Rappen an die verhassten Gläubiger zu bezahlen. Er könnte mit Sibel Ferien machen. In Thailand. An einem einsamen Strand. Im Spätherbst. Nach Saisonende.

Er würde ihr erzählen, er habe gespart. Er war in Hochstimmung gewesen bis zur Mittagspause. Bis er Sibel im Café traf. Aufgewühlt. In Angst. Was er mit diesem Hugo zu tun habe? Wieso? Ein Kollege halt. Und dann hatte Sibel es ihm erzählt. Zitternd. Wie er reagieren würde? Hugo hatte Sibel verarscht? Für Markus geriet alles durcheinander. Die Freude über die 4.000 Franken. Eine leise Angst, erwischt zu werden. Eine schwarze Wut auf Hugo. Er hatte Sibel beruhigt. Sie war heimgegangen, während er am Nachmittag bei der Arbeit noch schweigsamer war als sonst.

Er war an dem Abend auf dem Heimweg, als Hugo ihn auf dem Handy anrief. Er müsse ihn dringend sprechen. Nein, nicht in einer Kneipe. Ungestört. Am besten im Laden. Um 21 Uhr. Das war Markus recht. Er würde Hugo zur Rede stellen, was dieser wohl nicht erwartete. Es hatte in seinem Kopf keinen Raum für Gedanken darüber, was Hugo von ihm wollte. Er ging heim, aß mit Sibel, sagte, er gehe auf ein Bier.

Und plötzlich war Hugo ganz anders gewesen. Statt ihm zu gratulieren zum gelungenen Diebstahl – Mensch: 4.000, großartig, was? –, hatte er ihm eröffnet, er habe ihn dabei beobachtet. Na ja. Und? Sie hatten es doch zusammen besprochen gehabt. Aber Hugo hatte alles Komplizenhafte verloren. Markus hatte mit einiger Verzögerung begriffen, was Sache war. Hugo, der ihn zu dem Diebstahl angestiftet hatte, erpresste ihn jetzt. Verlangte von ihm das gesamte Geld. Sonst werde er Valerie einiges über ihren Angestellten erzählen.

»Und wie willst du beweisen, dass ich die 4.000 Franken geklaut habe?«, hatte sich Markus gewehrt.

»Wer spricht denn davon?« Hugo hatte sein überlegenes, triumphierendes Lächeln aufgesetzt, das der Mechaniker schon an ihm gesehen hatte. Aber diesmal galt es ihm.

»Meinst du, deiner Chefin würde es gefallen, wenn sie wüsste, dass sie einen, wie dich angestellt hat? Fristlos würde sie dich entlassen.«

Hugo hatte alles von ihm gewusst. Seine Mitgliedschaft bei den Neonazis. Die Kündigung bei Landolt. Aber woher?

»Dass du keine Weltreise mit dem Fahrrad gemacht hattest, hatte ich schnell raus«, klärte ihn Hugo auf. »Denn im Unterschied zu dir war ich wirklich unterwegs. Was du erzählt hast, war nur Quatsch. Da habe ich mich natürlich gefragt, was du denn sonst in dieser Zeit gemacht hattest. Nur so aus Neugier, weißt du. Ein bisschen Recherche, ein bisschen Glück – and here we are. Ja, mein Guter, du hast wirklich Dreck am Stecken. Ich schlage vor, du übergibst mir die gesamte Kohle. Du hast einen sicheren Job mit einem festen Lohn. Im Gegensatz zu mir. Ich muss schauen, wie ich durchkomme. Die 4.000 sind natürlich nur die erste Rate.«

Hugo verlangte alles. Und Nachschub. Wie er es mit Sibel gemacht hatte. Genauso, wie er es mit Sibel gemacht hatte. Das hatte er ihm ja heute vorhalten wollen. Jetzt war er selbst reingelegt worden. Markus wurde erst ganz kalt. Dann stieg die Wut hoch, in schnellen Schüben. Immer höher. Schwarz. Oder rot. Markus konnte es nicht unterscheiden. Es war auch egal. Er stand mit Hugo oben an der Treppe. Woher er plötzlich den Hammer hatte, hätte er nicht sagen können. Er schlug auf Hugo ein. Mehrmals. Rot. Schwarz. Hugo fiel die steile Treppe hinunter und rührte sich nicht mehr. Markus schlich einige Stufen hinunter. Hugo war tot. Jetzt nichts wie weg. Aber halt, zuerst den Hammer abwischen. Und: Wie war Hugo hereingekommen? Es durfte nichts auf ihn, Markus, hindeuten. Seine Gedanken liefen wild durcheinander. Er holte aus der Kasse den Reserveschlüssel. Tappte hinunter, überwand sich, Zeigefinger und Daumen des toten Hugo daraufzudrücken und ihn ihm in die Hosentasche zu schieben. Dann nichts wie weg. Die Hintertür offen lassen. Wer hatte Hugo umgebracht? Egal. Nicht er. Jeder konnte reinkommen durch die offene Tür. Jetzt nach Hause. So schnell wie möglich. Und ruhig werden. Sibel durfte nichts merken.

Sibel hatte keinen Argwohn gehabt. Sie war sofort bereit gewesen zu bezeugen, dass er den ganzen Abend bei ihr gewesen war. Weshalb ihn einem Verdacht aussetzen, bloß weil er allein ein Bier trinken gegangen war? Markus war erst mit der Zeit aufgegangen, warum sie so rasch willens gewesen war, für ihn zu lügen. Umso besser. Die Sache schien für ihn erledigt. Kein Verdacht fiel auf ihn. Spuren? Klar gab es Fingerabdrücke, Fußspuren, weiß Gott was alles von ihm im Laden. Er hatte ein Alibi. Er hatte Hugo Tschudi gekannt. Ja. Und?

Fast zwei Wochen später hatte die Zweifel ihn angerufen. Die alte Hexe. Er hatte angenommen, dass sie ihn nicht mehr erkannt hatte. Es war schließlich über 20 Jahre her. Er hatte sofort gewusst, wer sie war, als sie zum ersten Mal ins Geschäft gekommen war. Er hasste sie noch wie damals. Er war sieben gewesen. Sie erwachsen. Seine Lehrerin. Und er einer der schlechtesten Schüler der Klasse. Mangelhafte Noten. Nach drei ungenügenden Zensuren musste man zu Hause das Heft unterschreiben lassen. Er hatte es nicht über sich gebracht. Hatte die Unterschrift seines Vaters kopiert. Einen halben Nachmittag lang geübt. Schließlich ins Heft gesetzt. Unsicher. Verzittert. Sie hatte es gemerkt. War unerbittlich geblieben. Und er war von seinem Vater verdroschen worden wie selten. Drei Tage konnte er nicht in die Schule gehen. Die Mutter hatte ihm zu essen gebracht. Ohne mit ihm zu reden. Und als er wieder in den Unterricht ging, hatte das Miststück von Lehrerin ihn nicht einmal gefragt, warum er drei Tage nicht gekommen sei. Sie hatte es genau gewusst. Aber es war ihr egal gewesen.

Jetzt war er hier gestrandet. Als Angestellter in diesem Laden, was er täglich als Demütigung empfand. Und wer ging hier ein und aus, um seine Erniedrigung vollständig zu machen? Die alte Paukerin. Er tat so, als kenne er sie nicht. Zog sich in den hinteren Teil der Werkstatt zurück, wenn sie auftauchte. Offenbar hatte sie ihn doch erkannt. Rief ihn an und wollte mit ihm reden. Er hatte keinen blassen Schimmer, worum es gehen könnte. Willigte widerstrebend ein, sie zu treffen. Um 21 Uhr im Laden. Hatte kein gutes Gefühl dabei. Führte sie ins Büro. Und dann kam die und erklärte ihm, sie habe gesehen, wie er vor zwei Wochen 4.000 Franken einsteckte. Habe es gefilmt. Auf dem Computer gespeichert. Nein, sie wollte ihn nicht erpressen. Sie sülzte herum, begann von früher zu reden, ja, von jener alten Geschichte. Es fiel ihr sichtlich schwer. Sagte, sie wolle es diesmal nicht wieder so machen wie damals. Es sei ein Fehler gewesen. Ein Fehler. Was nützte ihm das, 25 Jahre später? Sie verlangte von ihm, das Geld zurückzulegen. Valerie zuliebe. Dann würde sie nicht zur Polizei gehen. Sonst schon. Das Geld zurücklegen. Es war ein Hohn. Die schwarze hitzige Wut kam über Markus. 25 Jahre später mischte sich diese Person wieder in sein Leben, drohte, es kaputtzumachen.

Nein, er hatte sie nicht getötet. Vielleicht hätte er. Aber es war nicht nötig gewesen. Er hatte sich vor ihr aufgebaut. Breitschultrig, vierschrötig, vor der kleinen alten Frau. Er hatte ihr gedroht. Mit allem, was ihm einfiel. Er würde sie … Sie war förmlich in sich zusammengesunken.

»Ich will doch mit Ihnen reden«, hatte sie gesagt. »Ich möchte etwas wiedergutmachen.«

Wiedergutmachen? Was hatte die für eine Ahnung. Sie hatte Angst bekommen vor ihm.

»Ich möchte mich bei Ihnen entschuldigen für damals«, hatte sie beteuert. »Aber ich möchte, dass Sie ehrlich durchs Leben gehen. Es ist besser.«

»Du alte Hexe!«, hatte er sie angeschrien. Endlich hatte er es ihr ins Gesicht gesagt, was er immer gedacht hatte. Plötzlich hatte sie die Hand ans Herz gelegt, komisch gekeucht und war zusammengesackt. Hatte dagelegen. Vor ihm auf dem Boden. Tot. Scheiße. Er hatte sie womöglich noch mehr gehasst. Was sollte er jetzt tun? Einfach abhauen ging nicht. Sie war klein. Schmal. Leicht. Er beugte sich zu ihr herunter und nahm ihr den Wohnungsschlüssel aus der Tasche. Schlich sich zu ihr nach Hause, steckte den Laptop in seinen Rucksack, ging zur Limmat, die Sihl führte zu wenig Wasser, und schmiss ihn hinunter, beruhigt, dass das Beweismittel damit aus der Welt geschafft war. Dann schlich er zurück. Wartete bis Mitternacht. Hob die tote Frau auf. Trug sie hinauf, hinaus auf die Straße. Er hatte Glück. Niemand sah ihn, wie er sie ablegte, dicht an eine Hausmauer. Als er sie so daliegen sah, tot und wehrlos, kam noch einmal die Wut in ihm hoch. Schutzlos sah sie aus, dabei war sie ein solches Dreckstück, eine Intrigantin, dieses Scheißweib, das ihm sein Leben hatte verderben wollen. Er versetzte ihr einige heftige Tritte und machte sich davon. Fuhr heim und legte sich zu Sibel ins Bett.

Das wusste der Polizist nun alles. Er hatte ihm bestätigt, dass er die alte Zweifel nicht umgebracht hatte. Dass sie von allein abgekratzt war. Wenn schon, verdient hätte sie es. Darauf wäre es nun wirklich nicht mehr angekommen. Es kam jetzt auf gar nichts mehr an.

3. Teil

Beat Streiff blätterte den Bericht durch. Das Tötungsdelikt Tschudi Hugo war aufgeklärt. Am Montag würde er seine Erkenntnisse der Staatsanwaltschaft übergeben. Selbstverständlich auch Zita Elmer. Möglicherweise war sie enttäuscht, dass er sie, nachdem sie an den Ermittlungen beteiligt gewesen war, vom Verhör ausgeschlossen hatte. Aber das hatte er allein durchziehen müssen. Wenn Stüssi glaubhaft machen konnte, im Affekt gehandelt zu haben, würde seine Strafe nicht allzu hoch ausfallen. Dass Tschudi ein Erpresser war, konnte belegt werden. Sibel Evren würde in diesem Punkt eine wichtige Zeugin zugunsten des Angeklagten sein. Und vielleicht würden noch mehr Opfer von Tschudi den Mund auftun. Streiff klappte den Bericht zu. Das war Markus Stüssis Geschichte.

Der Täter war ermittelt, die Sache abgeschlossen. Abgeschlossen? Er hatte sich etwas vorgenommen für diesen Moment. Vor einer Woche. Im Weissen Schloss. Es machte ihn nervös. Sollte er es auf morgen verschieben? Er konnte seine Chancen nicht recht einschätzen. Aber morgen waren sie kaum größer als heute. Jedenfalls wollte er die Sache anders angehen als beim ersten Mal. Weniger formlos. Auf einen Notizblock kritzelte er ›Blumen‹. Dann griff er zum Telefon.

ENDE

Glossar

Abwart Hausmeister

ADHS Aufmerksamkeitsdefizit-/Hyperaktivitätsstörung

AHV Alters- und Hinterlassenenversicherung, Altersrente

Anlehrling, Lehrling Azubi

Brockenhaus Trödelladen, Secondhandshop

Bude kleines, schmuddeliges Geschäft

Burghölzli Psychiatrische Universitätsklinik Zürich

C-Bewilligung Niederlassungsbewilligung

Coop Schweizer Großhandel

CVP Christlichdemokratische Volkspartei

flicken reparieren

folgen gehorchen

Globus Kaufhaus

Habitués Stammgäste

IV Invalidenversicherung

Käsewähe Käse-Tarte, ähnlich einer Quiche Lorraine

Matura Abitur

Migros Schweizer Großhandel

pedalen in die Pedale treten

Pikettdienst Zu Hause geleisteter Bereitschaftsdienst, Rufbereitschaft

Polizeiposten Polizeiwache

Pro Senectute Schweizer Fach- und Dienstleistungsorganisation im Dienste älterer Menschen

Prosopagnosie Gesichtsblindheit

Quartier Stadtviertel

Schmier Abwertende Bezeichnung für Polizei (»Bullen«)

Schlussbouquet Schluss-Überraschung

Spitex Schweizer Verband für spitalexterne Hilfe, Gesundheits- und Krankenpflege

SUVA Schweizerische Unfallversicherung

verwedeln im Unklaren belassen, nicht deutlich machen

Velo Fahrrad

Velomech (Velomechaniker) Fahrradmechaniker

Dank

Zuallererst danke ich Ingrid Kaufmann, ohne die es dieses Buch überhaupt nicht gäbe.

Beat de Roche danke ich für die aufmerksame und kritische Lektüre des Manuskripts und ein paar sehr schöne Ideen.

Und ich danke Linus Reichlin für sein Feedback und seinen fachlichen Rat.

Weitere Krimis finden Sie auf den folgenden Seiten und im Internet: www.gmeiner-verlag.de

PAUL LASCAUX

Feuerwasser

231 Seiten, Paperback.
ISBN 978-3-8392-1011-6.

STILLE WASSER Im idyllischen Justistal im Berner Oberland prallen Gegensätze aufeinander: Die Eidgenössischen Kraftwerke planen dort den größten Stausee der Schweiz, ein einflussreicher Dorfbewohner möchte an gleicher Stelle einen riesigen, voralpinen Fun-Park errichten. Dann werden innerhalb kurzer Zeit die Verantwortlichen beider Projekte auf grausame Weise ermordet.

Die Berner Polizei steht zunächst vor einem Rätsel, ebenso wie das agile Detektivduo Heinrich Müller und Nicole Himmel. Doch dann kommen die Ermittlungen ins Rollen: Müller & Co stoßen auf geheimnisvolle Militärgebirgsfestungen aus dem Zweiten Weltkrieg, degustieren Wasser und Eau de Vie und begegnen Alpenbewohnern, die mehr wissen, als sie zugeben wollen …

WILLIBALD SPATZ

Alpendöner

322 Seiten, Paperback.
ISBN 978-3-8392-1028-4.

TATORT ALLGÄU Birne, Anfang 30, hat in Kempten gerade seinen neuen Job als Redakteur bei einem Verlag für Wanderführer angetreten, als seine Nachbarin, die alte Frau Zulauf, blutüberströmt aufgefunden wird. Mord inmitten beschaulicher Alpenidylle – so hatte Birne sich seinen Neuanfang im Allgäu nun wirklich nicht vorgestellt!

Ein türkischer Imbissbudenbesitzer, ein Motiv, ein Kebabmesser – die Polizei hat den mutmaßlichen Mörder der Frau schnell dingfest gemacht. Doch dann stolpert Birne in die Ermittlungen …

GMEINER

Wir machen's spannend

Alle Gmeiner-Autoren und ihre Krimis auf einen Blick

ANTHOLOGIEN: Tödliche Wasser • Gefährliche Nachbarn • Mords-Sachsen 3 • Tatort Ammersee (2009) • Campusmord (2008) • Mords-Sachsen 2 (2008) • Tod am Bodensee • Mords-Sachsen (2007) • Grenzfälle (2005) • Spekulatius (2003) **ARTMEIER, HILDEGUND**: Feuerross (2006) • Katzenhöhle (2005) • Drachenfrau (2004) **BAUER, HERMANN**: Karambolage (2009) • Fernwehträume (2008) **BAUM, BEATE**: Ruchlos (2009) • Häuserkampf (2008) **BECK, SINJE**: Totenklang (2008) • Duftspur (2006) • Einzelkämpfer (2005) **BECKMANN, HERBERT**: Die indiskreten Briefe des Giacomo Casanova (2009) **BLATTER, ULRIKE**: Vogelfrau (2008) **BODE-HOFFMANN, GRIT / HOFFMANN, MATTHIAS**: Infantizid (2007) **BOMM, MANFRED**: Glasklar (2009) • Notbremse (2008) • Schattennetz • Beweislast (2007) • Schusslinie (2006) • Mordloch • Trugschluss (2005) • Irrflug • Himmelsfelsen (2004) **BONN, SUSANNE**: Der Jahrmarkt zu Jakobi (2008) **BOSETZKY, HORST (-KY)**: Unterm Kirschbaum (2009) **BUTTLER, MONIKA**: Dunkelzeit (2006) • Abendfrieden (2005) • Herzraub (2004) **BÜRKL, ANNI**: Schwarztee (2009) **CLAUSEN, ANKE**: Dinnerparty (2009) • Ostseegrab (2007) **DANZ, ELLA**: Kochwut (2009) • Nebelschleier (2008) • Steilufer (2007) • Osterfeuer (2006) **DETERING, MONIKA**: Puppenmann • Herzfrauen (2007) **DÜNSCHEDE, SANDRA**: Friesenrache (2009) • Solomord (2008) • Nordmord (2007) • Deichgrab (2006) **EMME, PIERRE**: Pasta Mortale • Schneenockerleklat (2009) • Florentinerpakt • Ballsaison (2008) • Tortenkomplott • Killerspiele (2007) • Würstelmassaker • Heurigenpassion (2006) • Schnitzelfarce • Pastetenlust (2005) **ENDERLE, MANFRED**: Nachtwanderer (2006) **ERFMEYER, KLAUS**: Geldmarie (2008) • Todeserklärung (2007) • Karrieresprung (2006) **ERWIN, BIRGIT / BUCHHORN, ULRICH**: Die Herren von Buchhorn (2008) **FOHL, DAGMAR**: Das Mädchen und sein Henker (2009) **FRANZINGER, BERND**: Leidenstour (2009) • Kindspech (2008) • Jammerhalde (2007) • Bombenstimmung (2006) • Wolfsfalle • Dinotod (2005) • Ohnmacht • Goldrausch (2004) • Pilzsaison (2003) **GARDEIN, UWE**: Die Stunde des Königs (2009) • Die letzte Hexe – Maria Anna Schwegelin (2008) **GARDENER, EVA B.**: Lebenshunger (2005) **GIBERT, MATTHIAS P.**: Eiszeit • Zirkusluft (2009) • Kammerflimmern (2008) • Nervenflattern (2007) **GRAF, EDI**: Leopardenjagd (2008) • Elefantengold (2006) • Löwenriss • Nashornfieber (2005) **GUDE, CHRISTIAN**: Homunculus (2009) • Binärcode (2008) • Mosquito (2007) **HAENNI, STEFAN**: Narrentod (2009) **HAUG, GUNTER**: Gössenjagd (2004) • Hüttenzauber (2003) • Tauberschwarz (2002) • Höllenfahrt (2001) • Sturmwarnung (2000) • Riffhaie (1999) • Tiefenrausch (1998) **HEIM, UTA-MARIA**: Wespennest (2009) • Das Rattenprinzip (2008) • Totschweigen (2007) • Dreckskind (2006) **HUNOLD-REIME, SIGRID**: Schattenmorellen (2009) • Frühstückspension (2008) **IMBSWEILER, MARCUS**: Altstadtfest (2009) • Schlussakt (2008) • Bergfriedhof (2007) **KARNANI, FRITJOF**: Notlandung (2008) • Turnaround (2007) • Takeover (2006) **KEISER, GABRIELE**: Gartenschläfer (2008) • Apollofalter (2006) **KEISER, GABRIELE / POLIFKA, WOLFGANG**: Puppenjäger (2006) **KLAUSNER, UWE**:

Alle Gmeiner-Autoren und ihre Krimis auf einen Blick

Pilger des Zorns • Walhalla-Code (2009) • Die Kiliansverschwörung (2008) • Die Pforten der Hölle (2007) **KLEWE, SABINE**: Die schwarzseidene Dame (2009) • Blutsonne (2008) • Wintermärchen (2007) • Kinderspiel (2005) • Schattenriss (2004) **KLÖSEL, MATTHIAS**: Tourneekoller (2008) **KLUGMANN, NORBERT**: Die Adler von Lübeck (2009) • Die Nacht des Narren (2008) • Die Tochter des Salzhändlers (2007) • Kabinettstück (2006) • Schlüsselgewalt (2004) • Rebenblut (2003) **KOHL, ERWIN**: Willenlos (2008) • Flatline (2007) • Grabtanz • Zugzwang (2006) **KÖHLER, MANFRED**: Tiefpunkt • Schreckensgletscher (2007) **KOPPITZ, RAINER C.**: Machtrausch (2005) **KRAMER, VERONIKA**: Todesgeheimnis (2006) • Rachesommer (2005) **KRONENBERG, SUSANNE**: Rheingrund (2009) • Weinrache (2007) • Kultopfer (2006) • Flammenpferd (2005) **KURELLA, FRANK**: Der Kodex des Bösen (2009) • Das Pergament des Todes (2007) **LASCAUX, PAUL**: Feuerwasser (2009) • Wursthimmel • Salztränen (2008) **LEBEK, HANS**: Karteileichen (2006) • Todesschläger (2005) **LEHMKUHL, KURT**: Nürburghölle (2009) • Raffgier (2008) **LEIX, BERND**: Fächertraum (2009) • Waldstadt (2007) • Hackschnitzel (2006) • Zuckerblut • Bucheckern (2005) **LOIBELSBERGER, GERHARD**: Die Naschmarkt-Morde (2009) **MADER, RAIMUND A.**: Glasberg (2008) **MAINKA, MARTINA**: Satanszeichen (2005) **MISKO, MONA**: Winzertochter • Kindsblut (2005) **MORF, ISABEL**: Schrottreif (2009) **MOTHWURF, ONO**: Taubendreck (2009) **OTT, PAUL**: Bodensee-Blues (2007) **PELTE, REINHARD**: Inselkoller (2009) **PUHLFÜRST, CLAUDIA**: Rachegöttin (2007) • Dunkelhaft (2006) • Eiseskälte • Leichenstarre (2005) **PUNDT, HARDY**: Deichbruch (2008) **PUSCHMANN, DOROTHEA**: Zwickmühle (2009) **SCHAEWEN, OLIVER VON**: Schillerhöhe (2009) **SCHMITZ, INGRID**: Mordsdeal (2007) • Sündenfälle (2006) **SCHMÖE, FRIEDERIKE**: Fliehganzleis • Schweigfeinstill (2009) • Spinnefeind • Pfeilgift (2008) • Januskopf • Schockstarre (2007) • Käfersterben • Fratzenmond (2006) • Kirchweihmord • Maskenspiel (2005) **SCHNEIDER, HARALD**: Erfindergeist • Schwarzkittel (2009) • Ernteopfer (2008) **SCHRÖDER, ANGELIKA**: Mordsgier (2006) • Mordswut (2005) • Mordsliebe (2004) **SCHUKER, KLAUS**: Brudernacht (2007) • Wasserpilz (2006) **SCHULZE, GINA**: Sintflut (2007) **SCHÜTZ, ERICH**: Judengold (2009) **SCHWAB, ELKE**: Angstfalle (2006) • Großeinsatz (2005) **SCHWARZ, MAREN**: Zwiespalt (2007) • Maienfrost • Dämonenspiel (2005) • Grabeskälte (2004) **SENF, JOCHEN**: Knochenspiel (2008) • Nichtwisser (2007) **SEYERLE, GUIDO**: Schweinekrieg (2007) **SPATZ, WILLIBALD**: Alpendöner (2009) **STEINHAUER, FRANZISKA**: Wortlos (2009) • Menschenfänger (2008) • Narrenspiel (2007) • Seelenqual • Racheakt (2006) **SZRAMA, BETTINA**: Die Giftmischerin (2009) **THÖMMES, GÜNTHER**: Das Erbe des Bierzauberers (2009) • Der Bierzauberer (2008) **THADEWALDT, ASTRID / BAUER, CARSTEN**: Blutblume (2007) • Kreuzkönig (2006) **VALDORF, LEO**: Großstadtsumpf (2006) **VERTACNIK, HANS-PETER**: Ultimo (2008) • Abfangjäger (2007) **WARK, PETER**: Epizentrum (2006) • Ballonglühen (2003) • Albtraum (2001) **WILKENLOH, WIMMER**: Poppenspäl (2009) • Feuermal (2006) • Hätschelkind (2005) **WYSS, VERENA**: Todesformel (2008) **ZANDER, WOLFGANG**: Hundeleben (2008)